独裁者はこんな本を書いていた 上

ダニエル・カルダー DANIEL KALDER
黒木章人 訳

THE INFERNAL LIBRARY

On Dictators, the Books They Wrote, and Other Catastrophes of Literacy

原書房

独裁者はこんな本を書いていた

上巻

THE INFERNAL LIBRARY

: On Dictators, the Books They Wrote,

and Other Catastrophes of Literacy

by

Daniel Kalder

レオンとアニーのヘンダースン夫妻へ

悪人ほど非難しやすく理解しづらい人間はいない。

——フョードル・ドストエフスキー

作家とは人間の魂の技術者である。

——ヨシフ・スターリン

私は作家ではない。

——アドルフ・ヒトラー

上巻

目次

下巻

目次

はじめに 〈独裁者文学〉の伝統

本書は〈独裁者文学〉についての研究書だ。独裁者文学とは、独裁者自身が執筆したか、もしくはその名が冠された〝聖典〟の総体のことだ。つまり本書は人類史上最悪の本についてまとめた本だということになる。そうしたおぞましい本を徹底的に調べることはとてつもない苦痛だった（さまざまな解釈があるだろうが、本書では独裁者のことを〝自由選挙をあまり好まず、自分の意志を押し通すことばかりに腐心する為政者〟とする）。

だからこそ私はこの本を書いたのだ。

暴君が書いた本なら帝政ローマの昔からあった。しかし二十世紀に入ると、独裁者たちは突如として自分の思いや考えを大量に垂れ流すようになった。この傾向は二十一世紀になっても続いている。彼らが書いてきたものの多くは論文的な作品であり、なかには宗教的・精神的な告白めいたものもある。詩や回顧録を著した独裁者もいるし、ロマンス小説を残した者もいる。実際のところ、世界で一番売れた本は言うまでもなく聖書だが、神ではなくひとりの人間について書かれた本としての第一位は、『毛主席語録』という、独裁者の言葉をまとめた本だ。出版当時、独裁者たちの本は空前の発行部数を記録し、読者たちの心を捉え、浅はかな知識人たちからの称賛を浴びた。ところがそうした本の大半は今では完全に消えてしまい、関心もまったく失われてしまった。そうなってしまったのは彼らの多くが歴史に悪名を残す大量殺戮《さつりく》者だったからなのだが、その一方で私には、彼らの著書についての研究が疎かになっているように思えた。だから彼らの著書を詳細に調べたのだが、それはまちがいなく有意義な経験だった。独裁者たちの〝魂〟に触れたような気がした。彼らの心の内までは読み取れなかったにしても、退屈極まりない全体主義がもたらした、何千万もの人々が何世代にもわたって耐え忍んできた苦痛に満ちた時代を垣間見せてくれるという歴史学的な価値はあった。

独裁者は波瀾万丈の人生を歩むものだ。彼らは何百万もの人々の生死を左右できる権力を掌握し、そして玉座から引きずり下ろされるまでは、往々にして小さな神のような暮らしを送る。並の作家たちよりもはるかに興味深い人生だろう。強大な権力と突飛な発想を持ち合わせている彼らは、たとえ小国の独裁者であろうともそこそこ面白い本を書ける立場にある。たとえそれが偶然の産物であったとしても……それでいて彼らの発する言葉は十中八九つまらないことこの上ない戯言なのだ。ナンセンスなことしか言えないのに面白い本を書ける、その理由を私は知りたかった。

独裁者たちの本を調べていくうちにわかったのだが、驚くべきことに彼らの多くは著述家としてそのキャリアをスタートさせている。この発見は、自分の思想信条は神の言葉並みに尊いものだという誇大妄想的な思い込みが生まれた理由を解明するうえで大きな一助となった。さらに言うと、彼らの著書は〝正真正銘の〟聖典だった。二十世紀の独裁者たちはライバルたちの言動を意識していて、その著作に精通していることも多かった。そうやって〈独裁者文学〉の伝統は育まれていった。本書では、独裁者たちの作品の奥底を覗き見ることで、計り知れないほど荒廃した彼らの心を描くことができたと思う。そしてその独裁者が権力を掌握していた期間に起こった、おぞましい出来事の数々を調べることもできた。

本と読書は本質的に有益なものだ。これは現代人の共通認識だと言っていい。文字が綴られた紙の束に過ぎないもののことを、絶大な効果のある〝魂の特効薬〟だと多くの人は見なしている。しかしそれはまったく誤った認識だ。少し考えればわかることなのだが、本と読書は重大な害を及ぼすこともあるのだ。ここでひとつだけ例を挙げてみよう。もしスターリンの母親が息子を神学校に入れて読み書きを学ばせなかったら、その後の世界はどうなっていただろうか？　彼がマルクスとレーニンの著書に触れることがなかったとしたら？　父親と同じような酒好きの靴職人か、ひょっとしたらグルジア（現在のジョージア）の首都トビリシの小悪党になっていたかもしれない。後者の場合なら災いや不幸をばら撒いたかもしれないが、それでも歴史的事実よりもはるかに小さな規模だったことだろう。結果として、二十世紀はかなりましな時代になっていたことだろう。同様のことは歴史のなかにも見ることができる。識字率が上がるにつれて、さまざまな宗教の聖典が抱える矛盾が露見し、軋轢《あつれき》が生じたとき、そうした聖典の不穏な部分を排除し、穏当な部分にのみ眼を向けるという大きな動きは起こらなかった。それどころか多くの人々は不穏な部分に鼓舞され、そのせいで大量殺戮と抑圧の時代をもたらした。識字能力は、人間に与えられた天の恵みであるとともに災厄の種でもあるのだ。その意味において、独裁者たちの著書は研究する価値が大いにある。善行をうながしつつも悪行をそそのかす宗教の聖典とはちがい、彼らの本はほぼ完全にマイナスの影響しかもたらさない。まさしく悪書の純粋形だ。そして宗教の聖典とちがって矛盾点はぐっと少ない。

ぶっちゃけて言えば、私が独裁者たちの著書についての本を書いたのは、誰も書いていなかったからだ。山があったから登ってみた、ただそれだけの話だ。が、その山の中腹あたりにたどり着いた時点で、もう後戻りはできなくなってしまった。

ところが本書の執筆中に予期せぬことが起こった。世界が大きく変わってしまったのだ。〈ガーディアン〉紙で〈独裁者文学〉についての短い記事を書くようになった二〇〇九年の時点では、冷戦時代で時計が止まったような政権がまだいくつも存在していた。私としては、歴史的なイベントを書き記しているような気分でいた。ところが、二〇一〇年末に〈アラブの春〉が起こった。この運動は自由と民主主義の夜明けであり、独裁政権はそのうち歴史から葬り去られることだろう――こんなびっくりするような無邪気で能天気な言説を、当時の政治家やジャーナリスト、そしてシンクタンクの面々は発しつづけた。そんな与太話など、私はにわかには信じることができなかった。結局のところ、世界を見渡せば独裁政権のほうがリベラルな民主主義政権よりもずっと多いのだから。〈アラブの春〉が起こった時点で、本書はまだ書き始めたばかりという状態だったが、早々に暗礁に乗り上げてしまったかもしれないと思ったものだ。運動に対する反動が起こるまではまだ時間がかかるだろうから、〈独裁者文学〉というテーマが今日性を取り戻すのはそれからだと考えていた。

それはとんだ思いちがいだった――反動は間髪をいれずに起こった。独裁政権は中東でものの見事に、あっという間に復活した。独裁者たちはトルコとロシアで支配力を増し、中国とイランとサウジアラビアをはじめとした多くの国々で極めて安定した政権運営を続けていた。世界中の多くの地域の多くの人々の自由が制限されるようになった。本書を書き終える頃には、西側諸国でも民主主義を明らかに脅かすような出来事が起こるようになっていた。私たちは、ポスト冷戦期の自己満足的な世界秩序がもはや通用しない、秩序なき時代に突入したのだ。過度の不安と恐怖に満ちた半世紀を知らない世代が成人期を迎えていた。反体制派の政治家と理論指導者たちは自信を高め、体制派に戦いを挑んでいた。かつては奇説として脇に追いやられていた考え方は本流になりつつあった。民族主義がふたたび台頭するようになり、急進主義者たちは社会主義のことを、まるで自分たちが考え出した最先端の思想であるかのように吹聴した。エリート層のなかには、庶民の反乱を恐れるあまり民主主義に対する疑問を大っぴらに口にする者も出てきた。

要するに現在は、ありとあらゆることがまったくまちがった方向に転がっていった二十世紀初頭に少し似ているのだ。だからと言って、今の時代のポピュリストや理論家や急進主義者たちが一世紀前の先人たちと同じように文献をしっかりと読み、その内容をしっかりと把握しているとは到底思えない。彼らは、自分たちの主義主張は決して新しいものではないことに気づいていないようにも思える。そして惨憺《さんたん》たる失敗に終わった、社会面と政治面における恐るべき実験の詳細についても、まったくと言っていいほど把握していないようだ。

独裁者の本という本書のテーマは、暗礁に乗り上げるどころか世界中のいたるところで見られるようになった。現在でも独裁者はあちこちにいる。

『独裁者はこんな本を書いていた』は、最初からまちがっていた人々の話でもある。

第1部

独裁者たちの聖典

1　レーニン

ウラジーミル・レーニン
著述家にして謀略に長けた革命家

〈独裁者文学〉の父であるレーニンは、一八七〇年にヴォルガ河に臨むシンビルスク（現在のウリヤノフスク）でウラジーミル・イリイチ・ウリヤノフとして生を享《う》けた。シンビルスクは広大なロシア帝国の周縁にいる遊牧民族に対する防衛拠点として築かれた町だった。かつての城塞都市もレーニンが生まれた時代には教会や学校、そして工場が立ち並ぶ平和な町となり、地元の貴族たちは小作人を使った農場経営で財を成していた。

学校監察官だったイリヤ・ニコラエヴィチ・ウリヤノフも、そうした恵まれた貴族のひとりだった。彼は子供にも恵まれていた――特に次男のウラジーミルは勤勉で、神にも皇帝《ツァーリ》にも忠義を尽くす子だった。ギリシア語とラテン語、そしてチェスを得意とするウラジーミル少年は大の読書好きで、愛読書はストウ夫人の『アンクル・トムの小屋』だった。シンビルスクのあるヴォルガ河南部は反乱の歴史を刻んできた地だった。十七世紀後半、ドン・コサック軍のエメリヤン・プガチョフは皇帝ピョートル三世を僭称《せんしょう》し、エカチェリーナ二世に対して武装蜂起した。世に言う〈プガチョフの乱〉から一世紀後、この反乱の舞台となった地で生まれた学校監察官の子供が、歴史の流れを変える革命の指導者になるなどとは誰も思いもしなかった。ウラジーミルは安定した立派な道を歩み、安定した立派な職業である法律家になると目されていた。事実、一八八六年に父イリヤが亡くなるとウラジーミルはその跡を継ぎ、十五歳という若さで貴族となった。しかしその一年後、兄のアレクサンドル・ウリヤノフが皇帝アレクサンドル三世の暗殺計画に加担したとして逮捕され、絞首刑に処された。この一件で、地元ブルジョア社会の中心メンバーになるというウラジーミルの将来は潰《つい》えた。

皇帝を亡きものにしさえすれば、保守的で横暴な専制君主が支配するロシアは自由と平等が支配する新たな時代を迎える――レーニンの兄はそう信じていた。言うまでもないことだが、この皇帝暗殺計画には問題がいくつかあった。まず何と言っても、皇帝を殺せば革命は成功して新生ロシアが誕生するという〝お題目〟には根拠も成功例も一切なかった。結局のところ、フランス革命にしても十九世紀中葉にヨーロッパ諸国で起こった革命にしても大革新の時代をもたらさなかったし、ましてやユートピアなど到来しなかった。そうした革命がもたらしたのはテロの時代であり、その後は革命の反動による長い抑圧が続いた。ロシアでは先代皇帝アレクサンドル二世が一八六一年に農奴解放令を出し、その後二十年にわたって社会と政治の漸進的な改革を推し進めた。しかし最も過激な秘密結社

〈人民の意志〉は皇帝の改革は手ぬるいと感じ、さらに大きな譲歩と改革のスピードアップを求め、その一方で皇帝暗殺計画の画策に精力を傾けていた。最終的に彼らの目的は達成された。一八八一年三月一日、〈人民の意志〉のメンバーが投げつけた一発の爆弾で皇帝は爆殺された。その当日、アレクサンドル二世は立憲制導入に向けた委員会を設置する布告書に署名していた。

アレクサンドル二世が暗殺されても人民は立ち上がらなかった。跡を継いで即位したアレクサンドル三世は、暗殺の報復として弾圧を開始した。複数のメンバーが逮捕されたのちに絞首刑に処され、〈人民の意志〉は力を失っていった。それでもアレクサンドル・ウリヤノフは、この国に革命をもたらす最善の手段は、すでに失敗に終わった試みを繰り返すことだと考えていた。そして〈人民の意志〉の残存グループに参加した。革命家たちは急進的な変化がすぐさま起こることを望み、その先にヨハネの黙示録にあるような千年王国を夢見ていた。その願望は理性的判断を凌駕《りょうが》していた。彼らと同じ思いを抱いていたアレクサンドル・ウリヤノフの場合も、不幸なことにその願望は洞察力にも戦略にも勝っていた。その結果、具体的な暗殺計画の成功事例を顧みることもなかった。アレクサンドル二世の暗殺からちょうど六年後にアレクサンドル三世を同じく爆殺するという計画は、アイディアとしてはたしかに面白いものだと言えた——その当日は皇帝直属の秘密警察〈オフラーナ〉が厳戒態勢を取るであろうと、ちょっと考えればわかることだとしても。かくしてアレクサンドル三世の暗殺は一八八七年三月十三日に決行されることになり（三月十三日はグレゴリオ暦（新暦）の日付だ。十九世紀ロシアではユリウス暦（旧暦）がまだ使われていて、この日は旧暦の三月一日にあたった）、アレクサンドル・ウリヤノフはその予定に合わせて爆弾製造に励んだ。しかし〈オフラーナ〉がその陰謀を暴き、皇帝を煙の立ちのぼる骨の山と焦げた肉の塊にしてしまうという彼の壮大な夢は露と消えた。一発の爆弾も投げることができないまま、アレクサンドル・ウリヤノフとその同志たちは逮捕された。

帝国政府は自称テロリストたちには慈悲をかけたが、ウリヤノフは別だった。同志たちを助けるために、彼は自分が爆弾を用意したと主張しただけでなく、自分の役割を誇張して暗殺計画の首謀者だとも供述した。裁判で彼は、革命にはテロリズムが不可避なものであることは科学の法則と進化論によって証明されており、その大義のためなら死もいとわないと言い放った。その願いは法廷で聞き入れられ、アレクサンドル・ウリヤノフは絞首刑に処された。

アレクサンドルの処刑からほどなくして、レーニンは兄の本棚を埋め尽くしていた禁断の著書に触れ、勉学にいそしむ学生レーニンから新たなレーニンへと変わっていった。

この時代のロシアには独自の急進思想が根づいていた。そうした土着の革命家たちの著書をレーニンは読み、そしてマルクスと出会った。彼に影響を与えた思想的運動と思想家をいくつか挙げてみよう。

・ナロードニキ運動

一八六〇年代から八〇年代にかけてロシアの急進的な知識階級《インテリゲンチア》のあいだで流行した、国家の救済は農民による革命によってのみ行われるという社会主義運動。一八七三年から七四年、〝人民《ヴ・ナロード》のなかへ《ド》〟というスローガンの下に、人民を救いたい（もしくは上から目線で〝啓蒙したい〟）という思いに駆られた数千人の若いインテリゲンチアたち（ナロードニキ）が農民たちのなかに入っていき、貴族の横暴に対する意識を高め、蜂起を促そうとした。ナロードニキたちのなかには農民と同じ黒パンを食べ、農民と同じ服を着て、農民たちとともに暮らし、農村共同体の伝統を受け容れることでロシアを立て直すことができると信じている者たちがいた。実際にはロシア伝統の農村はすでに崩壊しており、農民たちにしても上流階級に属するナロードニキたちの突飛な行動に困惑し、彼らを敵視することもままあった。農民たちは蜂起せず、それどころか若き革命家であるナロードニキたちを無視するか、警察に通報するかした。運動に失敗したナロードニキのなかには、革命を加速させるためにテロに走る者もいた。

・セルゲイ・ネチャーエフ

一八六九年、ネチャーエフは革命を標榜する秘密結社〈人民の裁き〉を設立した。〈人民の裁き〉にはふたつの鉄則があった。ひとつ目は、リーダーは何事においてもいかなるときであっても絶対的に正しい、というものだった。ふたつ目は、革命家は〝容赦なき破壊活動〟のみを考え実行すべし、だった。ネチャーエフは、自分がつくったごく小規模な組織に対する忠誠心が足らないメンバーを容赦なく殺した。それでも残るメンバーさえいれば組織の団結力は増すと考えていたのだ。ところがその反対に〈人民の裁き〉は崩壊し、世間から殺人狂とされてしまったネチャーエフは逮捕され、獄死した。しかしミハイル・バクーニンとの共著とされる『革命家のカテキズム（教理問答）』（一八六九年）は彼の死後も生きつづけ、その現実離れしたニヒリズムに急進派たちは圧倒され、刺激を受けた――革命家は死を運命づけられた人間である。革命家は、個人の関心事および事情、愛情、財産、さらに名前すら持たない。革命家の心は、ただひとつの関心事、ただひとつの概念、ただひとつの情熱に満ちている――それはつまり革命である。ネチャーエフはそう述べている。〝革命を前進させるためのものであれば、その手段はすべて正当化される〟という彼の思想は次の一節に集約されている。

革命の勝利に寄与するあらゆることが道徳的なのであり、それを妨げるものすべてが不道徳的であり犯罪的なのである。

・ピョートル・トカチョフ

〈人民の意志〉に知性面で影響を与え、ネチャーエフと協力することもあったトカチョフは〝ボリシェヴィキの先駆者〟と見なされている。ヨーロッパ諸国よりもロシアのほうが革命を起こしやすいと強く主張するトカチョフは、革命の可及的速やかな敢行を熱望した。そして革命後は革命家による寡頭政を敷き、不満分子は暴力によって容赦なく制圧すべきだと唱えた――そのすべてが最終的にレーニンの支配下で実現されたことは言うまでもないだろう。

さらにトカチョフは、人々のあいだの争いと不平等を根絶するには〝すべての人民の道徳と知能のレベルを完全に均一にしなければならない〟と説いた。そして二十五歳以上の人間は自己犠牲という行為に走ることができないので全員抹殺すべきだとも主張した。

・ニコライ・チェルヌイシェフスキー

チェルヌイシェフスキーは社会主義と民主主義を説き、女性と子供、そして自分以外の急進派の権利を訴えた小説家・哲学者。サンクトペテルブルクのペトロパヴロフスク要塞に投獄されていた一八六三年に小説『何をなすべきか』を著した。驚くことに、このユートピア小説の出版は許可された。どうやら検閲官の眼には、味気ない人物ばかりが登場する冗漫な教訓話と映ったようだ。ロシア史が専門の歴史学者オーランドー・ファイジズはこう述べている。「この小説の出版許可は、帝政ロシアの検閲の歴史における最大の誤りだ。この一冊の本に影響されて革命の大義に目覚めた人の数は、マルクスとエンゲルスのすべての著書に影響された人よりも多い」この小説は大絶賛の声で迎えられ、なかにはチェルヌイシェフスキーのことをイエス・キリストになぞらえるという、いささか過剰な賛辞もあった。ロシア語を学んでいたマルクスも読んでいた可能性があり、ひょっとしたらチェルヌイシェフスキーと文通していたのかもしれない。レーニンも大いに感銘を受け、ひと夏のうちに五回も読み返し、さらにはチェルヌイシェフスキーの写真を財布に入れて持ち歩いていた。とくにレーニンは作中に登場する、厳格で禁欲的な修道士を思わせる革命家ラフメートフに感銘を受けた。ラフメートフは肉体的快楽と自分勝手な愉しみをすべて捨て去り、ただひたすらに大義のために生きた。ウェイトトレーニングを積み、生肉を喰らい、心のなかで囁《ささや》く誘惑の声を遮るために、釘を打ちつけたベッドで寝ていた。それに倣ってレーニンはチェスと音楽を捨て、古典言語の学習も止め、ウェイトトレーニングを始めた。さすがに釘を打ちつけたベッドには寝なかっただろうが、それ以外のことでは自分とラフメートフを重ね合わせた――革命こそがすべてなのだ。

一八八七年八月、レーニンはカザン大学の法学部に進学した。すでにその時点でレーニンは急進的思想に身を染め、凡庸な内容でありながらも危険な匂いのする〝好ましからざる書物〟に書かれていたものを寄せ集め、新しい自己を作り上げようとしていた。カザンでの学生生活は長くは続かなかった。その年が終わるまえに、抗議活動に参加した廉《かど》で退学処分を受けたのだ。大学を追い出されたレーニンは母が暮らしていたコクシュキノに移り、そこで急進的で過激な書物に没頭していく。そして一八八九年にマルクスの『資本論』と出会った。同年、さらに南方のサマラに家族で移り住み、そこでこの時代の――おそらくどの時代にあっても――最高の革命のテキストである、マルクスとエンゲルスの『共産党宣言』のロシア語訳に眼を向ける。

ところで、〈独裁者文学〉の担い手である二十世紀の大量殺戮者の多くは、マルクスの思想面の弟子を自称している。この事実は、現在でもマルクス主義者とマルクス主義の支持者たちの癪《しゃく》の種となっている。もっともな話だ。彼ら独裁者たちは、自分たちの英雄譚《たん》を資本主義批判の書として歴史に名を残すものにしたかった。暴君の書物に触発された挙げ句に九千四百万もの死体が転がった物語としてではなく。

当然ながら、マルクス主義はひとつしか存在しないというわけではない。キリスト教やイスラム教やフロイト主義に異なるバージョンが存在するようにマルクス主義にも分派があり、それぞれがライバル関係にある。マルクスが十九世紀に書いた預言書は、二十世紀になってさまざまに解釈された。そうした解釈者のなかの誰がマルクスの正当な後継者なのかという問いかけは無意味だ。それよりもむしろ、たとえばレーニン、スターリン、毛沢東といった解釈者たちと預言者マルクス本人とのちがいを見つけるほうが有益だ。そして両者の決定的なちがいは、マルクスが負け犬だったというところにあるのかもしれない。

マルクスが一八八三年に亡くなったときのことを例に挙げてみよう。彼の葬儀にはたった十一人しか参列者がいなかった。国際労働者協会（第一インターナショナル）で手際が悪いくせに専横的なリーダーシップを発揮したせいで多くのメンバーたちから反感を買っていなければ、参列者はもう少し増えていたかもしれない。マルクスは死に至るまでの三十三年間、家族とともにロンドンで亡命生活を送り、パトロンである工場経営者のフリードリヒ・エンゲルスの金にすがって生きていた。そして二十年以上の歳月を費やして、終生の大作『資本論』を書き上げた。一回も定職に就いたことがなく、幼い息子が母親に抱かれながら死んでいったときですら仕事を見つけようとはしなかった。悪性のできものに悩まされ、一家のメイドを妊娠させ、敵対する社会主義者たちとの論争に大量のエネルギーを浪費し、革命が到来するという預言の言葉をあらん限りの情熱を込めて何度も繰り返し、その一方でヨハネの黙示録のある預言を熱っぽく語る福音派の説教師から自分の預言を否定されても無視を決め込んだ。

しかしながら、マルクスはずっと負け犬だったわけではなかった。一八四八年に『共産党宣言』を世に出したとき、ほんの一瞬だけ歴史は彼に微笑んだかのように見えた。その年から一八五一年にかけて、ヨーロッパの君主国家の多くは多発する蜂起と革命に揺れていた。「ヨーロッパではひとつの幽霊がうろついている。それは共産主義の亡霊である」(a)マルクスはそう言った。この時代、マルクスは暴力に対する野放図な幻想に耽り、ブルジョア階級に対する恐るべき復讐の一槌《いっつい》が今すぐにでも振り下ろされると夢想していた——言うまでもないことだが、マルクス自身もブルジョア階級の一員だった。一八四九年、マルクスはプロイセン政府に対してこう宣言した。「我々は冷酷な行動に出て、命乞いも認めない。順番が巡ってきたとき、我々は誰はばかることなくテロリズムを行使するであろう」

同年、エンゲルスもこう予言している。「来るべき世界戦争により地球上から消え去るのは反動的階級と支配階級だけではない。反動的な人々もその道連れとなるのだ」こうした血塗られた大量虐殺を夢見ることこそ、最後の審判が下される暴力に満ちた黙示録的な世界へ向けての〝第一歩〟だとエンゲルスは述べている。

一方マルクスは、『共産党宣言』で描出した胸躍る未来の実現を夢見ていた。荒野を切り拓き、あらゆる通信手段を政府が管理する郵便・電信システムに集約する世界を創ることができればと願っていた。マルクスは〝素晴らしき未来〟を描いているのだが、その裏にある地味な部分はあっさりと見過ごされてしまいがちだ。ブルジョア階級がもつすべての資産を簒奪《さんだつ》し、私有財産とブルジョア階級を廃止し、国家間と人々のあいだの格差を解消するためには、有能で勤勉な人材が大量に必要なのだ。

支離滅裂な部分はあるものの、それでも『共産党宣言』は読むものの心を麻痺させてしまうところがある。マルクスとエンゲルスは仮定の話を事実として熱く語り、世界を変えてしまった資本主義の恐怖を説明し、そんな世界が変わるときは絶対に来ると断言し、権力への意志をあからさまに告白し、政治的暴力を辞さないことを公言する。

> 共産主義者は自らの見解、自らの目的を隠すことはしない。共産主義者は、自らの目的に到達しえるのは、従来のすべての社会秩序を暴力的に崩壊させた時のみであることを公けにする。支配階級は共産主義者の革命に怯えるかもしれない。プロレタリアが革命において失うものがあるとすれば、それは自らをつなぐ鎖だけである。共産主義者は世界を獲得しなければならないのだ。あらゆる地域のプロレタリアよ、団結せよ！（a）

マルクスとエンゲルスは、イギリスの神秘主義的な詩人ウィリアム・ブレイクの預言詩『ミルトン』のなかの〝闇のサタンの工場〟という一節に共鳴し、「工場に集められる労働者たちは兵隊のように組織される……毎日そして毎時間、個々のものをつくるブルジョワ自身の、その機械の、その監視者の奴隷となる」（a）と述べている。しかし『共産党宣言』の魅力の最たるところは、さまざまな危機を切り抜けた先に永遠の至福が待っていて、次世代の人々は対立も搾取もない調和に満ちた世界で共存するという未来を、簡潔すぎるほどに解説しているところだろう。キリスト教色の強い千年王国に対する憧れが透けて見えるが、それでもマルクスはこの歴史観は〝科学的なもの〟だと主張した。そして読者たちを持ち上げて、彼らこそエリートであり、人間はどうして存在するのかという謎の答えを与えてくれる、最先端でありながらも絶対的な真理に触れることができるのだと信じ込ませた。

マルクスにとって残念なことに、ヨーロッパでは革命が下火になり、抑圧の時代を迎えていた。にもかかわらず、マルクスは至福の時代が到来する時期を明記せず、ただたんに〝目前に迫っている〟というニュアンスしか示していない。つまり『共産党宣言』は出来のいい終末論的な預言書と同様に、解釈の余地を残していたのだ。

そんな『共産党宣言』に比べると、『資本論』は刺激に欠ける。『資本論』は、マルクスが大英図書館に通いつめ、三十年も前のイギリスの工場労働の実態をまとめた政府の報告書を、穴の開くほど読みつづけた末に生み出された。そうやってマルクスは、時代と国の枠を超えた資本の本質を摑もうとしたのだ。そしてさまざまなテキストをつなぎ合わせて壮大な〝ハイパーテキスト〟を紡ぎ出す行為を、彼は〝科学的手法〟と称した。科学的と謳《うた》いつつも、マルクスは実際の労働者について語るときであっても、自ら経験したり実際にその眼で確かめるという経験主義的な手法を蔑視し、もっぱら紙にインクで記された内容に頼った。『資本論』には、終末論的な夢物語の『共産党宣言』で確立した難解な〝歴史の科学的法則〟が応用されている。この法則は神に取って代わり、必ずや到来する永遠の至福の時代を、天国ではなくこの地球上にもたらす力があるものとされた。

マルクスの思想がロシア全土で受け容れられたのは、その理論的枠組みに瑕疵《かし》があったからではないだろうか。『資本論』のなかでマルクスは、資本主義は矛盾を孕《はら》んでいると述べ、その矛盾がさまざまな危機を招き、しかもその危機は回を重ねるごとにさらに悲惨なものとなり、労働環境も危機を重ねるごとに悪化していくと主張した。そしてついには革命が必然的に勃発し、私有財産は消滅し、搾取階級の財産は没収される。そんな革命が生じるのは、資本主義が最も発達したイギリスやドイツのような国々だとマルクスは言う——その真反対にある農業国ロシアでは絶対に起こり得ないはずだった。

ドイツで初めて刊行されてから五年後の一八七二年、ナロードニキのニコライ・ダニエリソンの手による『資本論』の翻訳版がロシアで出版された。意外なことに、帝国はこの本の出版を許可した。近代工業が未成熟なロシアでは〝資本家による搾取〟はほとんど生じておらず、したがってマルクスが発した思想面のメッセージはこの国の現実の問題と直結していない。検閲官たちはそう判断したのだ。

ロシアの検閲官たちは『何をなすべきか』のときと同じ過ちを犯してしまった。評論家たちには無視されたが、『資本論』は売れた。識字率が十五パーセント程度しかなかった当時のロシアでは、一年目で三千部という数字はヒット作だと言えた。革命がいつ勃発してもおかしくないとされていた先進工業国のドイツでは、ロシアとは対照的に五年でやっと千部が売れたという程度だった。が、これはほんの始まりにしか過ぎなかった。マルクス主義は一八七〇年代から八〇年代にかけてロシア思想の一大トレンドとなり、『資本論』はロシアの急進派たちを魅了し、啓示と真実を彼らに与えた。急進派たちはすでに神と教会を捨て、皇帝を見限っていた。それでも彼らは黙示録的な最後の審判と贖《あがな》いの恩恵への信仰はまだ捨てていなかった。そこに合理主義という釉薬《うわぐすり》をかけたマルクス主義を、彼らは喜んで受け容れたのだ。実はロシアには、古くから黙示録的な預言を信じる傾向があった。一四五三年のコンスタンティノープル陥落以降、ロシアでは皇帝たちも主教たちも農民たちもこぞってモスクワが〝第三のローマ〟であり、自分たちには世界の終末にあたって人々の救済にあたる天命があると自負していた。一六六六年の教会分裂（ラスコール）によりさまざまな宗派が誕生し、ロシア全土に広まっていった。そして十九世紀の時点で、自分たちは〝終末の日々〟に生きていると考えている至福千年説信奉者たちのセクトが乱立していた。

マルクスは早々とロシア国内で自分の預言書の解釈者たちを獲得した。そのひとりが、一八八三年にロシア初のマルクス主義革命組織〈労働解放団〉の結成に携わったゲオルギー・プレハーノフだ。ナロードニキ運動を抜けたプレハーノフは、ロシア救済の担い手は農民ではなく労働者階級だと主張したが、プロレタリア革命の気運はまだこの国には満ちていなかった。幸いなことに当時のロシアは資本主義経済に移行しつつあったが、そこから共産主義に達するには二段階の過渡期が必要だった。第一の段階で皇帝専制が打倒され、ブルジョア階級による民主主義体制がそれに取って代わる。そのあいだに労働者階級《プロレタリアート》は何倍にも膨れ上がり、第二段階ではマルクス主義者のような社会民主主義団体の指揮の下で二度目の革命が勃発し、プロレタリアートの解放をもたらす。

レーニンにとってはまさしく福音だった。プレハーノフはチェルヌイシェフスキーとネチャーエフ、そしてマルクスとともに急進派たちの神となった。歴史を変える準備は整ったとレーニンは感じた。

若き日のレーニンは、実践を伴わない〝安楽椅子急進派〟の典型だった。実際のところ、彼は四六時中座ってばかりいた——革命についての本を読むときも、ほかの安楽椅子急進派たちと革命についての本のことを語り合うときも、自分たち安楽椅子急進派たちのなかで頭ひとつ抜け出た存在になるための論文を書くときも、ずっと椅子に座っていた。それでも彼は異彩を放っていた。革命のことを議論しながらも決して腰を上げようとはしない急進派サークルの仲間たちは、レーニンのことを自分たちとはちがう存在だと見なしていた。頭脳明晰で強い信念を持ち、そして弁の立つレーニンに一目置き、指導力すら持ち合わせていた彼のことを、まだ二十代だったにもかかわらず〝じいさん〟と呼んでいた。彼らはレーニンのことを尊敬するのではなく恐れるべきだった。そのアイディアを実行に移す機会が訪れたそのとき、レーニンは冷酷無情な過激派の貌をさらけだすことになるのだから。

　たとえばこんなことがあった。一八九一年、ヴォルガ河流域は飢饉に見舞われた。改革主義者と急進派たちは声を合わせ、食糧不足を招いたのは皇帝だと非難した。そして飢えた農民たちの救済にあたる道義的責任が自分たちにあるという点で意見が一致していた。しかしレーニンだけはちがった。農民たちに医療的ケアをした姉を叱ったのだ。それでなくとも彼は、地代の支払いが滞っていた小作人たちを告訴していた。そして飢饉が起こっても地代を下げることを拒んだ。

　つまりはこういうことだ――否応なしに資本主義に取り込まれてしまった搾取階級の犠牲者たちこそが希望の源である。彼らが悲惨極まる状況に置かれていることこそが、革命が目前に迫っていることの証《あか》しなのだから。このマルクスの考えが正しいならば、その〝悲惨極まる状況〟を改善してしまったら革命の到来は遅れてしまう。ブルジョアたちの道徳観をマルクスは蔑視し、労働者たちを煙《けむ》にまくために支配階級が作り出した幻想だと看破した。それでもマルクスは、資本主義を糾弾するときには道徳的な言説を行使した。おそらくこのネチャーエフの言葉が一番わかりやすいだろう――「革命の勝利に寄与するあらゆることが道徳的なのである」ほかの急進派たちが革命の理想を語りながらも結局は情に流されて良心に従ったのに対し、レーニンは自分の信奉する考えに嬉々として従ったのだった。

かくしてレーニンは椅子に座りながら労働者の楽園の到来を早めた。飢饉で四十万人が命を落としたのだ。無論、その死者数のすべてをレーニンのせいにすることはできないが、それでも彼なりにいくらかは貢献した。レーニンと親交のあった作家のマクシム・ゴーリキーはのちにこう述べている。

「大きく言えば、レーニンは人民を愛していた。しかし惜しみなく愛していたわけではない。彼の愛は憎悪という霧越しに、はるか彼方を見ていた。彼は人間をあるがままに愛したのではなく、自分の信じる人間の未来像を愛していたのだ」

当然のことだが、ずっと椅子に座りつづけているわけにはいかない。腰を上げなければならないときは必ずやってくる。人類の歴史が最大の山場を迎えると革命は必然的に勃発するとされていたが、レーニンは疑問視していた。ひょっとしたら、革命が起こらない可能性は少しはあるのではないか。しかるべき訓練を受けたプロレタリアートなしには革命は成し遂げられないのではないか。おそらくレーニンはそう考えていた。ブルジョア階級は狡猾で、自分たちの意のままに操ることができる軍隊も警察も持っている。であれば、彼らの極悪非道なやり口を食い止める手段は戦い以外には考えられない。それがレーニンの下した結論だった。

サンクトペテルブルクに移り住んだレーニンは、一八九五年に〈労働者階級解放闘争同盟〉を結成した。組織の目的はプロレタリアートたちと直《じか》に接し、革命のイデオロギーを吹き込むことにあった。自分が革命家たちの記した書物に出会ったことで新しい自己にも巡り合えたように、レーニンは同じことをサンクトペテルブルクの労働者たちにしようとした。その年の十月、レーニンは工場経営者側の権限が及ぶ範囲を説明するパンフレットを執筆し、三千部印刷して配布した。ストライキを敢行する労働者たちには現金を提供した。しかしそうした転覆活動は秘密警察の知るところとなり、レーニンは十一月に逮捕されてしまった。一年間の獄中生活を、彼は読書とロシアにおける資本主義の発達についての論文の執筆に費やした。そして一八九七年一月にシベリアへの流刑に処された。

帝政時代の流刑は、スターリン支配下のそれのように劣悪な環境下での移送も過酷な強制労働もなかった。レーニンのような社会的地位のある人間がそんな目に遭うことはまずなかった。流刑地までの旅費は母親が出し、仕送りも許された。流刑地はエニセイ県の都市クラスノヤルスクかミヌシンスク近郊のシュシェンスコエ村の二カ所が候補となり、レーニンは後者に送られた。私はシュシェンスコエ村を訪れたことがあるが、広大な針葉樹林《タイガ》の先に雪を頂いた山々を望む風光明媚な土地だった。冬には摂氏マイナス四十度にもなる極寒の地だが、乾燥した気候なのでバルト海沿いのサンクトペテルブルクよりもずっと快適だ。夏になると濃い雲をつくって襲いかかってくる蚊と、文明の中心から遠く離れた地だということが気にならなければ、シュシェンスコエはまあまあ暮らせる村だ。当局は同じく流刑に処されていた恋人ナデジダ・クルプスカヤとの結婚を許可した。帝政下の流刑では、流罪人に俸給すら出していたし、読書と執筆の自由も与えられていた。レーニンは家族や同志たちと文通することができた。

当然レーニンは、一八九八年にミンスクで開催された〈ロシア社会民主労働党〉の結党大会には参加できなかった。とは言え、参加しなくても大して問題はなかった。帝国全土から集まった社会主義者の数はたった九人だったし、そのうち八人が大会直後に逮捕されたのだから……刑期の大半を消化していたレーニンは脱走せずに、流刑を官給の特別研究期間だと考えることにした。そして『ロシアにおける資本主義の発展』を上梓した。レーニンとしては、この論文がきわめて重要なマルクス主義的な分析の書として迎え入れられることを望んでいた。

友人と家族が送ってくれた百冊以上の本をレーニンは読破した。そのなかに含まれていたヨーロッパ諸国の経済学者たちの作品に対して、レーニンは辛辣な批判を浴びせた。諸悪の根源は〝根本的な過ち〟を犯したアダム・スミスにあると断罪し、同時代の経済学者たちには〝まったくもって意味不明〟であることが求められていると叩いた。その一方で、ドイツの社会主義者のカール・カウツキーについては〝科学的〟だと称賛した。饒舌《じょうぜつ》な有閑階級の男だったレーニンは、すでに数多くの論文を書いていた。事実、レーニンの著作を網羅した『レーニン全集』に『ロシアにおける資本主義の発展』が登場するのは、その第四版の第三巻だ。それでも二十世紀の〈独裁者文学〉の父の最初の主著が大作だということはまちがいない。まずもって非常に長く、五百ページ以上もあるのだから。

『ロシアにおける資本主義の発展』の執筆にあたって、レーニンはふたつの目標を掲げた。ひとつ目は、ロシア随一の経済学者としての地位を確立し、著述家としての名声を頂点にまで押し上げること。そしてふたつ目はナロードニキ運動の粉砕だった。資本主義の発達を阻止し、皇帝を追放して農民の楽園を創造し、ロシア人は農村共同体で暮らすというナロードニキの革命観は、レーニンのそれとは相容れなかった。しかしレーニンの説くプロレタリア革命の実現には問題があった。一八九七年の帝国の人口調査では、一億二千八百万人の全人口のうち農民は一億人で、一方の賃金労働者《プロレタリアート》は二、三百万人程度しか存在せず、しかもその三分の一は鉄道建設に従事する季節労働者だった。つまりロシアは農業偏重で労働者階級が少なく、マルクスが提示した革命の必要条件をほとんど満たしていなかったということだ。

たしかにそう思えた。しかしレーニンは、自分の望む社会変革が起こるのは遠い未来のことだという現実を受け容れようとはせず、その一方で農民のユートピアを見下していた。なのでレーニンは、ロシアの資本主義はこれから一歩ずつ段階を踏みながら台頭してくるのではなく、すでに高度に発達しているということにした。ナロードニキたちが夢想したロシア伝統の安定した農村共同体はすでに崩壊し、農民たちの大多数は農場で労働力を売るプロレタリアートになり、少数が豪農《クラーク》となった。容赦なく利益を追求するクラークたちはロシアの産業界に投資し、それが産業以外の経済活動に波及効果をもたらした。レーニンはそう主張した。「木製犂《すき》と連枷《からざお》、水車と手織機のロシアは、プラウと脱穀機、蒸気製粉所と蒸気織機のロシアに急激に転化しはじめた。資本主義的生産に従属している国民経済のどの一つとしてそこで同様の完全な技術改造がみうけられないものはない」(b)

レーニンはこの変化を〝前向き〟なものと捉えた。人道的という点において資本主義は封建主義よりもましであり、それでいて革命の機運をはらんでいると彼は考えていた。ロシアがすでに資本主義国家になっているのだとすれば、この国はマルクスの理論どおりに第一の革命であるブルジョア革命の準備が整っていることになる。この段階で民主政治が確立し市民の権利が保障されると、第二の革命である労働者革命が勃発し、プロレタリア独裁の成立がそれに続く。それでもレーニンは革命を求める声を声高に叫びたい衝動を抑えた。その口調は自信に満ちていながらもむしろ冷淡で、学者めいたものだった。以下に紹介する『ロシアにおける資本主義の発展』の一節で、レーニンはクラークたちがいかにして資本主義の発達を加速させているのかを説明している。

現物経済が優勢であるため、農村では貨幣が少なくその価値が高いので、すべてこれらの「クラーク」の意義は、その資本の大きさとくらべて測りしれないほど大きなものとなる。貨幣の所有者にたいする農民の従属は、不可避的に債務奴隷の形態をとる。大きな商品取扱資本や貨幣取扱資本のない発展した資本主義を考えることができないのとまったく同じように、小さな地方的市場の「主人」である小さな商人や買占人のいない前資本主義的農村を考えることはできない。資本主義は、これらの市場を結合し、それらを大きな国民的市場に、ついでは全世界的市場に統合し、奴隷債務と人格的従属の原始的な形態を破壊し、共同体農民のなかにも萌芽的な形態で見られる諸矛盾を深くまた広く発展させ——こうして、それらの矛盾の解決を準備するのである。(b)

この退屈極まりない文章の裏にはレーニンなりの戦略があった。ロシア帝国の検閲官たちは、経済に関する冗長で凡庸な著書のことを軽視する傾向にあった。何しろあの『資本論』の出版を許可したほどなのだから。こんな難解な書物を理解できる人間などほとんどいないだろうし、読もうとする人間がいるとも思えない。ましてや、何百ページにもわたって記されたさまざまなデータの裏に隠されている本当の意味に気づいて——気づいた人間がいたとしても——激怒する人間がいるなどとは到底思えない。検閲官たちはそう判断した。レーニンは自分の〝偉大な〟思想を綴った無駄に長大な著作を合法的に出版すべく、マルクスのスタイルを真似て専門語をちりばめた学術書に仕上げたのだ。帝政を大仰に批判する言葉は避け、しかるべき結論を導き出せる理論的分析をひたすらに展開した。さらにレーニンは、著者が政治犯だということを検閲官に気づかれないようにするために、偽名を使ってこの本を出版した。この偽装工作は功を奏した。見事レーニンは自分の最高傑作を世に出した。より多くの読者を獲得したかった彼は、革命家たちの手による地下出版ではなくサンクトペテルブルクの普通の出版社を選んだ。

『ロシアにおける資本主義の発展』は一八九九年三月にこの世に出た。十九世紀が終わろうとするときに、レーニンは強大な影響力を持つかに見えた。レーニンの死から数十年後、ソ連共産党の機関〈マルクス・レーニン主義研究所〉の研究員たちは『ロシアにおける資本主義の発展』の初版の二千四百部は瞬く間に売り切れ、一大ベストセラーとなったと発表した。が、実際には失敗作だった。ソ連では崇め奉られていたこの本は、出版当時にはほとんど顧みられず、数少ない批評にしても否定的なものばかりだった。一九七五年にロバート・タッカーが編纂した『レーニン選集』には抄録すら載っていない。結局のところ、一八九九年当時にはまだ農業国だったロシアが、すでに急速な工業化を遂げていて新時代を迎えようとしていると主張するブルジョア急進派の話に耳を傾ける人間などいるはずもなかったのだ。この件にかぎって言えば、皇帝の検閲官たちの判断は正しかった。『ロシアにおける資本主義の発展』は冗漫で中身のない、まったく無害な本だった。

それでもこの大作には、レーニンの弁舌のみならず二十世紀に誕生した〈独裁者文学〉の胆となる部分がいくつか含まれている。

まず何と言っても、極端に冷淡で理論的な語り口で読み手を圧倒し、〝偉大な叡智《えいち》〟を披露するより先に従順にさせてしまうところだ。その偉大な叡智が実際に披露されるかどうかは二の次であり、〈独裁者文学〉が発達していくにつれてあまり重要でなくなっていく。

自分の理論と政治的思惑、そして自分自身が満足することが第一で、都合の悪い現実はねじ曲げて表現しても構わない。『ロシアにおける資本主義の発展』を読むと、レーニンはそう考えていたことがわかる。そんな強い意志を彼が持っていたのはまちがいないのだが、無論それはよくないことだ。が、知に勝ちすぎる人間は常に過ちを犯し、そして過ちを犯すことが大の得意だ。なぜなら彼らは、自分たちに都合のいい証拠のみを選択し、さらにそれを巧妙に解釈したものを根拠として、あの手この手を尽くして事実に反する理論をこしらえる能力を持ち合わせているからだ。レーニンは自分が生きているあいだに革命が起きることを望んでいた。その大願を成就させるべく、彼はデータと統計を総動員し、マルクス主義的な分析を駆使して、理論ずくめで現実を組み伏した。

もちろん、自分の理想と現実に食いちがいがある場合、さまざまな理屈をつけて自分が正しいと思うことを正当化しようとする行為は別段珍しいことではなく、誰でもしょっちゅうやっていることだ。しかし誰しもが世界最大の国の実権を握ることを夢見ているわけではない。レーニンの根拠のない前提には現実を上書きし、自分の立てた理論に必要な状況を生み出す力があり、そして独裁の色が極めて濃いものでもあった。

無味乾燥な批判理論の言葉を借りて表現するならば、レーニンは根っからの〝言語中心主義者〟だった。彼の基本原理は〝初めに言葉ありき〟という福音書の言葉と合致するものだった。そして独裁色を帯びた使徒ヨハネの後継者は力を得るとこの言葉に従い、そこから当然導き出される結果をもたらした。議論ではなく演説と論文を駆使して世界を再構築して、まったく現実とは異なるもうひとつの現実を生み出したのだ。

一九〇〇年、レーニンは刑期を終えてシベリアから去っていった。『ロシアにおける資本主義の発展』が失敗に終わったにもかかわらず、レーニンの著述家としての名声は徐々に上がっていった。そのペン先からたゆみなく生み出される数々の作品の力を借りて、レーニンは数多くの高名なロシアの作家が記載されている百科事典に、短い記載ながらも名を連ねることになった。しかし彼は問題を抱えていた――モスクワやサンクトペテルブルクといった、学生とプロレタリアートが多くいる都市で暮らすことを禁じられたのだ。秘密警察〈オフラーナ〉に監視されながら田舎で朽ち果てるよりも国外で暮らしたほうがましだと考えたレーニンはスイスに亡命した。

スイスにたどり着いたレーニンは、さっそく新しい椅子を見つけた。その椅子は、著名なロシア人マルクス主義者の亡命者たちの椅子の隣にあった。そこにはレーニンのかつての崇拝の対象だったプレハーノフもいた。やがてレーニンは、プレハーノフが保っていたカール・マルクスの優秀なロシア人解釈者という座を奪おうとするようになる。そしてもちろん執筆も続けた。

国外にいたレーニンがロシアと連絡を取る手段は手紙しかなかった。彼にとっては手紙を書くことは、皇帝に爆弾を投げつけたり革命という大義の資金を得るために銀行を襲ったりすることと同等、もしくはそれ以上に重要な任務だった。レーニンは、紙に書かれた言葉の力に対する信仰を正当化する明確な根拠をしっかりと押さえていた。革命をもたらすための戦略と戦術を説明するときがやってきたのだ。

レーニンの次のステップは、ロシアでの地下新聞の発行だった。ロシアでは帝政に反対するさまざまな政治運動が合体し、そのなかにあってマルクス主義の人気に陰りが出てきた。一九〇一年には農村共同体を理想に掲げるナロードニキ運動の流れをくむ〈社会革命党〉が結成された。一方ドイツでは、エドゥアルト・ベルンシュタインが資本主義は崩壊寸前であるという説もプロレタリア革命が起これば抑圧的な勢力は一掃されるという説も否定し、推し進めるべきは既存秩序の完全打破ではなく漸進的改革だと主張した。

レーニンの信念を揺るがしかねない事態だった。真のマルクス主義者は——レーニンの考えるマルクス主義者は——暴力による革命とブルジョア階級の制圧を求めるマルクスの声に応えなければならない。マルクスの思想を弱める動きは、何かしらの手を打って食い止めなければならない。レーニンはそう考えていた。

一九〇〇年、レーニンはプレハーノフら亡命者たちとともに地下新聞〈火花《イスクラ》〉を創刊した。が、ロシアのマルクス主義の希望の星である自分に権限を譲ろうとしないプレハーノフとのあいだに不和が生じた。ドイツのライプツィヒで創刊号が刊行された〈イスクラ〉は、ロシアに秘密裏に持ち込んで社会不安を煽《あお》ったのちに〝正しい〟弁証法的唯物論を広め、啓発することを目的とした、革命のためのプロパガンダ媒体だった。発行部数はわずか数千部で、しかも不定期刊行で、購読層もすでにマルクス主義を信じている人々だった。やがてレーニンは、地下新聞の内容と役割、そして運営方針について真剣に考えるようになった。その過程で彼は、二十世紀でとくに大きな影響を与えた著書の着想を得た。彼はその著書に、自分の社会主義への転向をもたらした最大要因である本と同じ題名をつけた――『何をなすべきか？』である。

『何をなすべきか？』を初めて読むと、難解で一体何についてわめき散らしているのかわからないと感じるかもしれない。出版から一世紀以上経った現在にこの本を読むと、いきなり始まる冗長で漠然とした議論に圧倒される。ロシアの急進派たちはさまざまなセクトに分派し、地下に潜伏し、亡命先で活動を展開していた。そして同じ本と論文を読んでいながらも、それぞれの唱えるマルクス主義の正統性を巡って小競り合いを繰り広げていた。彼らが激しく争うさまを見て、レーニンは自分の信念をますます確かなものにした。彼はうまい具合に小さなセクトに分裂していたマルクス主義者たちに呼びかけながらも、至福千年説の狂信者たちと同様に世界は破滅の危機に瀕していると確信していた。

たしかにレーニンは安楽椅子急進派だったが、彼の『何をなすべきか？』には道理のある嫌悪感と戦闘に対する喜び、そして革命への情熱が散りばめられている。活気みなぎるこの本のなかにはレーニンそのものがいるのだ。ロシア国外で出版された『何をなすべきか？』は検閲の対象とはならず、レーニンは誰はばかることなく罵詈雑言を書き綴った。しかしその辛辣な批判の矛先は皇帝や資本主義にではなく、もっぱら自分以外のマルクス主義者たちに向けられている。その文体は恐ろしいまでに好戦的で、書物による戦争を仕掛けているように思える。それと同時に、論理的言語と暴力的な言葉を繰り返し何度も同じ文脈で用いるという斬新な手法も取り入れている。そして極端な不寛容さも見て取れ、論敵たちは何から何までまちがっているとレーニンは言っている。自由民主主義者ではない彼は〝反論の自由〟を認めず、労働者たち自らが革命を組織することができるなどという主張はまったく馬鹿げていると切り捨てる。とにかく全員まちがっている。それもちょっとやそっとのまちがいではなく〝まったくのまちがい〟(c)であり全員〝基本的な謬見〟(c)を犯しており、いくつかの要点について〝まちがった〟解釈をしている。彼は声を限りに叫ぶ。そうした論敵を美辞麗句を並べて一笑に付すかと思えば、その一方で〝沼地〟(c)に向かって突き進んでいると罵ったりしている。

そうしたさまざまな罵詈雑言を書き連ねるスペースが本文中になくなると、レーニンは長い脚注に侮辱の言葉を山と重ねる。そうした脚注のなかにこそ、彼はその本性をさらけだしている。『何をなすべきか？』の脚注は、さながら〈全世界のプロレタリアートの父〉というハンドルネームの投稿者に乗っ取られたインターネットの掲示板の様相を呈している。不寛容で辛辣で、何事においても自分こそが正しいと信じていて、何か言われたら絶対に何か言い返さないと気が済まないレーニンは、現代で言えば〝荒らし上等の炎上王〟なのである。そうした数多くの脚注の一例を第五章の(C)から引用する。

とはいうものの、エリ・ナデージヂンは、「理論の諸問題についての評論」と銘うった彼の著書のなかに、「革命前夜の見地」からみてはなはだ興味ぶかい次の一節を別にすれば、理論の問題についてはほとんどなにも提供していない。「現在では、ベルンシュタイン主義全体がその切実さを失いつつあることは、ストルーヴェ氏はもう名誉退職してよいころだとアダモーヴィチ氏が論証するか、それとも反対にストルーヴェ氏がアダモーヴィチ氏を反駁して、引退をことわるか、ということと、まったく同様である。——そんなことはまったくどうでもよいことだ。というのは、革命の『決定的な時』が、いまやせまりつつあるからである」（一一〇ページ）と。エリ・ナデージヂンの理論にたいする限りない無関心を、これ以上にあざやかに描きだすことはむずかしかろう。われわれは「革命の前夜」を宣言した。――だから、正統派が批判家たちを最後的にその陣地から追いはらうことができるかどうかは、「まったくどうでもよいことだ」と!! そして、まさに革命の時期にこそ、われわれは、批判家の実践的陣地にたいする決定的闘争のために、彼らにたいする理論闘争の成果を必要とするだろうということに、わが賢人は気がつかないのだ！（c）

ゼロサムゲームである革命において、現実は根本的改革に沿ったものでなければならない。そして異なる意見を受け容れる余地などない。どうしてそうなのだろうか？ それは、レーニンの目標は社会秩序の〝変革〟であって〝改善〟ではないからだ。

それでもレーニンは、論敵の殲滅《せんめつ》のために行使するのは暴力のみではないと説く。論理的思考を徹底する彼は『何をなすべきか？』を系統的に書き進め、敵の弱点を特定し、反論をひねり潰す。それでいてマルクスとエンゲルスの威光を借りることも辞さない。そして必要とあらば、あらゆる言説を用いて徹底的に敵陣営を叩き潰す。そのあとには思想の焼け野原が広がるばかりだ。

しかし『何をなすべきか？』は悪しき考えを容赦なく攻撃してばかりいる本ではない。革命の実現に向けた行動計画も記されているのだ。この部分に、書かれた言葉の力に対するレーニンの信仰ぶりが見て取れる。〈イスクラ〉のことを〝地下新聞〟と表現してしまうとレーニンの真意は伝わらない。彼にとっては新聞などではなく、国外にいながら自分の理論と思想を伝播させるための強力なプロパガンダ装置なのだ。ラジオも映画もテレビもなかったこの時代、レーニンは紙とインク、そして印刷機を使ってできることをやろうとした。

レーニンは、無学な労働者階級はマルクス主義のことなどわからないから、物質的な豊かさを約束すれば簡単に丸め込むことができると主張する。エリート意識丸出しの彼は、自分たちの助けなしにはプロレタリアートたちが革命の戦力になることはできないとも述べる。つまるところ、〝社会民主主義の理論的学説〟（c）は〝革命的社会主義的インテリゲンツィアのあいだでの思想の発展の自然の、不可避な結果として生まれてきた〟（c）ものであり、そこに労働者は一切関わっていない、ということだ。党のプロレタリアートのメンバーたち、とくにリーダー候補たちは、思想的に真に急進的なインテリゲンチアたちの指示に従わなければならないとレーニンは説く。

が、その指導者たちが遠く離れた地にいるとしたら？　その場合は〝新聞〟を通して考えと指示を伝えればいい。党の実質的なイデオロギーの核である〈イスクラ〉の〝編集委員会〟が紙とインクを使って秘密裏に指示を出し、党員たちの思想的意識を高め、革命を誘導していく。レーニンはそんな構想を展開する。自ら志願して過酷な訓練を受けて職業革命家となったエリートたちが中核グループを形成し、党の意思決定を行い、〝新聞〟を通じて党員たちに指示を出す。訓練と指示、そして党路線の遵守が必要不可欠なのだ。外部の人間も、秘密の最高幹部たちに招かれた場合にのみエリートとなることができるとレーニンは述べる。

ピョートル・トカチョフも、革命を推し進めるためには急進的なイデオロギーを抱いた秘密工作員が必要だと主張していた。レーニンも同意見だった。そして地下活動と権謀術策の重要性を強調した裏には、兄アレクサンドルが迎えた悲惨な結末があったことはまちがいない。レーニンはこう述べている。「こういう組織があるなら、その組織が秘密であればあるほど、党の力にたいする信念はますます強まり、ますます広範にひろまるであろう」（c）。革命家たちは闇のなかで活動し、末端の党員たちから盲従的な支持を得なければならない。まさしくレーニンは、新聞に恐るべき力を見ていたのだ。

> この新聞を中心としてひとりでに形づくられる組織、この新聞の協力者たち（最も広い意味での協力者たち、すなわちこの新聞のためにはたらく人々の全部）の組織こそ、まさに革命の最大の「沈滞」の時期に党の名誉と威信と継承性を救うことに始まって、全人民の武装蜂起を準備し、その日取りをきめ、実行することにいたるまでの、あらゆる事態にたいする準備をもった組織であるだろう。（c）

マルクスは革命そのものについては明言を避けていた。プロレタリアートたちは何らかの組織を結成してブルジョア階級を制圧すると述べてはいるが、マルクスが描いた世界革命のシナリオは、歴史が世界を変革させ、選ばれし人々に至福の時代をもたらすという、まったくと言っていいほど受動的なものだった。一方、レーニンのシナリオは能動的なものだった。彼は椅子に座ったままプロレタリアートたちに力を与え、世界革命の物語を完結させることを望んでいた。

一九〇二年に出版されると、たちまち『何をなすべきか？』は地下に潜っていたロシアのマルクス主義者たちのあいだにセンセーションを巻き起こした。レーニンの論敵たちは激怒した。彼の思想を心から信じている者たちを核とする集団こそが革命を加速させることができ、またそうでなければならないという熱く確固とした主張におだてられた読者たちは発奮した。事実、『何をなすべきか？』は大ヒットし、レーニンは革命家兼著述家としての名声を確立した。表紙には〈レーニン〉という著者名が記され、その後の彼はその名前で通すことになった。さまざまな急進的な書物によって生まれ変わった十七歳の少年は、今度は一冊の本によって名前を変えられた。『何をなすべきか？』で、レーニンはようやくロシアのマルクス主義の重要人物という役割を得た。

　レーニンは歴史の流れすら変えてしまった。遠く離れたコーカサス山脈の町にいたヨシフ・ヴィッサリオノヴィチ・ジュガシヴィリという若い革命家は『何をなすべきか？』を読み、霊感を得た。中央による支配と陰謀の必要性を熱く説くレーニンを、ジュガシヴィリはロシアのマルクス主義者の理想的な指導者だと見なした。この青年は、のちにスターリンと改名することになる。そして遠く離れたシベリアでも、レフ・ダヴィードヴィチ・ブロンシュテインが同じくこの本に触発された。この青年ものちに名前を変え、トロツキーと名乗ることとなる。しかし彼の場合はスターリンとはちがい、後年になってレーニンへの強い思いが冷めてしまう。レーニン本人と出会ったトロツキーは、『何をなすべきか？』の二年後に出版したパンフレットでこの本に触れ、こう述べている。「わたしに逆らう時は、すこぶる悪い。わたしが逆らう時は、よい。おびただしい引用、「国際」比較、小ざかしいダイアグラム。その他もろもろの心理的圧迫をくわえる手口を駆使した、冗漫にしてたいくつな本。以上が、そこにあらわれた要領のいい、調子のいいモラルである」（d）

さらにトロツキーは、自薦の指導部による支配というレーニンの構想をかなり正確に分析し、こう述べている。「党の組織みずからが「党」を「代行」し、中央委員会が党の組織を代行し、そのあげくは「独裁者」がみずから中央委員会を代行する」(d) まさしくトロツキーは、スターリン政権下で行われるさまざまなことの根源はレーニンの著書にあることを一九〇四年の時点で看破していた。とは言え、それでも彼は一九一七年にレーニンと合流することになるのだが……。

一九〇三年、〈ロシア社会民主労働党〉の第二回党大会が開催された。開催地は、秘密警察の眼を逃れるためにロンドンが選ばれ、その場でレーニンは『何をなすべきか？』で展開した理論を存分に披露した。が、資本主義への攻撃よりも、マルクス主義者の同志たちとの論争のほうに喜びを覚えるようになった。そして早くも党の分裂を画策する。

論争の核心は、社会民主主義者たちの党への加入基準にあった。レーニンは『何をなすべきか？』で見せた、密謀めいたエリート主義に沿う厳格極まる基準を強く主張した。論敵たちも厳密な基準を設けることには賛同したが、レーニンが求めるほど厳しくする必要はないとした。その結果、党は二派に分裂し、論争に勝利したレーニンは〈多数派《ボリシェヴィキ》〉の領袖の座につき、PR能力で圧倒的に劣る論敵たちは〈少数派《メンシェヴィキ》〉というレッテルを貼られ、それ以降はずっと〝政治的無能者の群れ〟とされてしまう。次いでレーニンは一九〇四年に『一歩前進、二歩後退』を著し、言葉の力を武器にして戦場を拡大させた。彼はロンドンでの党大会における論戦の内容を何カ月もかけて精査し、メンシェヴィキたちの欠点をしらみ潰しに攻撃した。〝政治的無節操〟〝まったく滑稽である〟〝物神崇拝的な決疑論〟(e) といった情け容赦のない言葉をメンシェヴィキたちに浴びせかける様子は焦土戦さながらだった。

実際には同じ党のメンバーであり、共通の敵に対して団結していると考えていたメンシェヴィキのリーダーたちは憤慨した。しかし彼らは、自分たちが戦っている相手の本性をまだわかっていなかった。

一八九四年に父アレクサンドル三世の跡を継いで皇帝の玉座についたニコライ二世は、そこそこの頭がある割にはとてつもなく頑固な性質《たち》の家庭第一の男で、国政は二の次だった。それでも彼は、自分の責務を非常に重く受け止めていた。神によってロシア人民の〝父親〟に任ぜられたニコライ二世は、改革の拒否と皇帝による独裁制の維持は自分に与えられた神聖にして侵すべからざる義務だと考えていた。

にもかかわらず、ニコライはさまざまな災難に見舞われつづけた。

そのひとつが日本との戦争だ。当時、ロシアと日本は朝鮮半島と満州の権益を巡って対立を続けていた。朝鮮半島を日本が、満州をロシアが支配下に置くという日本側の妥協案をニコライが拒否すると、一九〇四年二月八日に中国の旅順港にあったロシア艦隊が日本軍による奇襲攻撃を受け、戦争が始まった。宣戦布告がなされたのちに開戦というしきたりを守らなかった日本に、ニコライは憤慨した。が、彼もその政治顧問も、この戦いで短期間のうちに勝利を収めれば国民は愛国心を高揚させ、皇帝の名の下に団結すると踏んでいた。しかし戦況はニコライの思惑通りには進まなかった。一九〇五年五月の対馬沖海戦（日本で言うところの日本海海戦）では、ロシアのバルチック艦隊の大部分の艦船が日本海軍によって撃沈もしくは鹵獲《ろかく》されるという屈辱的な敗北を喫した。ロシアは和平交渉を求めざるを得なくなった。

その間、ニコライは飢えと困窮で疲弊した人民による国内騒擾に直面していた。ストライキと暴動、そしてデモとテロが頻発していた。一九〇五年一月二十二日の日曜日、サンクトペテルブルクの何千人もの労働者たちとその家族が改革を求める平和的な請願行進を開始し、皇帝の壮麗な冬宮殿に向かった。が、そのとき皇帝は首都の南にある豪勢な邸宅でドミノに興じていた。

宮殿の衛兵たちはデモ隊に向かって騎馬突進し、さらには銃撃を加えた。四十人が死亡し、負傷者も四百人を数え、残りの数千人は命からがら逃げ出した。その後、怒れる六万の市民たちが暴徒と化し、市内の至る所で打ち壊しと放火、そして略奪を繰り広げた。帝国当局はさらに多くの市民を射殺した。この〈血の日曜日〉が終わりを告げたとき、死者は二百人に増え、八百人が負傷した。多くの人民の眼には、皇帝は血も涙もない虐殺者に映った。

ストライキとデモ、蜂起、暴動、そして軍の謀反が帝国全土に拡散していった。ポーランドでもフィンランドでも、バルト海沿岸でもグルジアでも状況は同じだった。皇帝に忠誠を誓う極右の反ユダヤ組織〈黒百人組〉が組織的な大虐殺と残忍極まる暴力で報復に出るが、それでも革命の気運は高まっていった。十月になるとゼネストが敢行され、〈評議会《ソヴィエト》〉という名称の革命政府がサンクトペテルブルクやモスクワ、そしてロシア各地で発足した。

〈血の日曜日〉から十カ月後、ロシアが破滅の瀬戸際にあることは、それほど聡明ではないニコライ二世にもわかっていた。政治顧問たちは詔勅を出すよう皇帝に迫った。〈十月詔書〉と呼ばれるこの詔勅は、ロシアで最初の選出議会と言論および出版の自由を含めた市民の自由を約束するものだった。〈十月詔書〉は革命家ではなく改革主義者たちに向けられたものだったが、それでも皇帝専制からの脱却と立憲君主制の確立は破滅を回避するに足るものだった。穏健な反皇帝派たちは態度を軟化させ、反皇帝勢力は分裂して勢いを失った。

この時代の趨勢《すうせい》のなかで、レーニンはどこにいたのだろうか？　実はまったく遠いところにいた。ロシアに戻って官憲に逮捕されるというリスクを冒したくなかった彼は、スイスに留まりつづけていた。で、スイスで何をしていたのか？　当然ながら、椅子に座って執筆にいそしんでいた。そして無味乾燥な文章を通じて、遠く離れた地から革命を指揮しようとしていた。

一九〇五年の六月から七月にかけて、レーニンは『民主主義革命における社会民主党の二つの戦術』を執筆し、改革主義者たちによるブルジョア政府の成立を嬉々として受け容れようとしているメンシェヴィキをふたたび攻撃した。彼はいつもの激しい調子でメンシェヴィキらの意見に反対し、ロシア全土に広まっている反皇帝活動はボリシェヴィキが掌握しなければならないと主張した。そしてマルクス主義のエリート革命家の指導の下に〝プロレタリアートと農民の革命的民主主義的 執権《ディクタツーラ》（独裁）〟（f）を確立すべきだとも説いた。皇帝が〈十月詔書〉を出すと、レーニンは想像を絶する暴力を行使してロシアをさらに弱体化させるべきだと異議を唱えた。『革命軍部隊の任務』でレーニンは、革命家は〝自分で武装しなければならない〟（g）とし、「小銃、ピストル、爆弾、小刀、拳闘用の籠手《こて》、棍《こん》棒、放火用の石油をしませたボロ、縄《なわ》または縄梯子、バリケード構築用のシャベル、綿火薬、有刺鉄線、釘《くぎ》（騎兵に対抗するための）」（g）といった、その他もろもろの本物の武器や急場しのぎの武器を用意すべきだと説いた。

これは人類史における、そうした〝その他もろもろ〟の最大有効活用なのだろうか？　そうなのかもしれない。しかしこのラインナップには何か恐ろしく無邪気なものがあり、実際の身体的暴力に対する無関心すらうかがえる。おそらくレーニン自身は暴動に身を投じたことがなかったからだろう。しかしこれで終わりではない――レーニンは服役囚の解放、現金強奪、政府関係者の殺害、そして混沌とした無政府状態を極限まで高めて騒乱を激化させることすら言及している。どんなものを武器にするのかについては現場にいる各員の判断に任せることにしてあるが、〝安楽椅子テロリスト〟のレーニンは想像力が完全に欠如しているわけではない。たとえば彼は、警官には酸をかけることが有効だと提案している。そして締めの言葉としてこんなことを説いている。

革命軍の部隊は、だれが、どこで、どういうふうにして黒百人組をつくっているかをただちに研究し、ついで、説教だけにとどめないで（そうした説教は有益だが、それだけではたりない）、さらに武力をもちいて行動して、黒百人組を打ちのめし、彼らをころし、彼らの司令部を爆破する等々しなければならない。（g）

この〝等々〟以下の部分には、殺人をあっさりと容認する言葉が次から次へと続くのだろう。そんなことを書き連ねてあるものは、人類史上この本をおいてほかにない。

政治犯への恩赦が下されると、レーニンは一九〇五年十一月に帰国した。彼は混乱のさなかにあってもさまざまな文書や論文を書き、内容については細かいところを異様なまでにこだわり、注意を払った。ロシアで認められたばかりの出版の自由に対するマルクス主義者の正しい対処法をすみやかに決めるべきだとレーニンは感じ、党としてどのような文書を許可すべきかを論じた。十一月十三日に出した『党組織と党文献』で、レーニンはいつものように論敵に対して冗長な糾弾の言葉をぶつけながらも、政治に的を絞った取り組みへの協力も訴えかけている。「無党派の文筆家を葬れ！　超人文筆家を葬れ！　文筆活動は、全プロレタリアの事業の部分に、全労働者階級の自覚した前衛全体によって動かされる一つの、単一の、偉大な社会民主主義的な機械装置の「歯車とねじ」にならなければならない」（h）。レーニンはそう力説する。

最初のうちこそレーニンは「人はみな、なんの制限もうけずに、自分のすきなことを書き、言う自由をもっている」（h）と述べてはいるが、党の文書は党の管理下に置かれ、党への非難を書く者は誰であっても排除されるという、看過できない但し書きを付け加えている。そしてついには、自由とは搾取の上に成り立っているブルジョア社会のものであり、つまるところ無意味であると切り捨てる。「ブルジョア作家、画家、女優の自由とは、財布への、買収への、食扶持《くいぶち》への、仮装された（あるいは、偽善的に仮装されている）従属なのである」（h）。真の自由は社会主義の下にのみ存在し、来るべき新世界の書物は〝社会主義を抱くプロレタリアートたちの経験と生の活動が息づいている革命思想における最高の言葉〟によってのみ豊かなものとなる。そうレーニンは述べる。その一方で、〝社会民主主義〟を標榜するすべての新聞と論文、そして出版社は党の機関として統合されなければならないと結論づける。そしてその先にあるものは簡単に想像がつく。そしてもちろん、その通りになった。

そのあいだもレーニンは嬉々として謀《はかりごと》を巡らせつづけていた。たとえば、初めて開かれることになった国会《ドゥーマ》の議員候補を擁立する際には、〈ロシア社会民主労働党〉に有利になると判断した結果、選挙不参加派のボリシェヴィキではなく参加派のメンシェヴィキの側についた。しかしそれでもロシアの大転換の時代は到来しなかった。早くも一九〇六年三月の時点で、ニコライ二世は〈十月詔書〉の約束を反故にしようとし、皇帝はドゥーマの議決に対する拒否権を有すると主張するようになった。四月には憲法にあたる〈ロシア帝国国家基本法〉を公布し、皇帝のみが内閣閣僚の任命権も罷免権も有すると定めた。皇帝は、まだ開催されてもいないドゥーマの解散権も有し、その気になれば新たに選び直すこともできるとした。首相のピョートル・ストルイピンは、急進派とテロリストたちを厳しく取り締まった。この時代、ボリシェヴィキは依然としてごく小さな存在のままだった。

レーニンはさまざまな暴力行為を頭に描いていたが、実際に振るわれた暴力の大半は、彼に輪をかけて過激な革命組織の仕業だった。そうした狂信的な革命家たちは要人や警官、兵士や官吏たちを暗殺し、彫像を吹き飛ばし、教会を焼き討ちにした。当たり前のように続発する残虐行為に新聞は麻痺してしまい、とうとう報じることをやめてしまった。政治的暴力はロシアでも珍しいことではなかった。しかし歴史学者のアンナ・ギーマンによれば、十九世紀のテロはレーニンの兄が画策していたようなタイプのもので、二十五年間の死者は百人程度だったという。ところが二十世紀に入ると、テロによる死傷者は一九〇五年から七年にかけての二年だけで九千人を数え、そのうち五千人近くが一般市民だった。

帝国当局は暴力に暴力で応じた。一九〇六年から七年にかけて、ストルイピン首相は千人以上の過激派を処刑した。例によって例のごとく、問題は暴力によって解決され、もしくは少なくとも状況は緩和された。危機が去り、部分的な改革が実施されると、ニコライ二世は力を取り戻した。逮捕を恐れたレーニンは一九〇七年に国外に逃亡した。ストックホルムで、ベルリンで、そしてジュネーヴで、レーニンはふたたび椅子に座り、著述家としての生活を再開し、革命というドラマの脚本を書く羽目になった。その革命とは、あくまで彼の想像上のものなのだろうか？　それとも現実に起こり得るものなのだろうか？

実際のところ、レーニンが党の内外で生じた危機に見舞われていた長い年月のあいだ、ボリシェヴィキが世界を一変させる驚天動地の蜂起を起こすという信念は妄想とも言っていいようなものだった。一九〇五年の革命を受けて、レーニンはドゥーマ議員の選挙に社会民主労働党も参加すべきだと主張した。これが論敵のアレクサンドル・ボグダーノフが率いる武力での抵抗を求める一派の反発を招き、ボリシェヴィキ内に対立が生じることになった。一九〇八年になるとレーニンの威光はどんどん色あせていき、一九〇九年に出した『唯物論と経験批判論』でようやく最悪の事態をまぬかれることができた。『唯物論と経験批判論』は急場しのぎでまとめた認識論についての論文で、哲学的洞察よりもボグダーノフが提示する理論に対する凶暴な攻撃ぶりが目立つ。結局、言葉の暴力を振りかざすレーニンが勝利を収め、ボグダーノフはボリシェヴィキの中央委員会から排除された。

支配力を取り戻したレーニンだったが、それでもまだ深刻な問題に直面していた。帝国政府は息を吹き返し、ボリシェヴィキは数でメンシェヴィキに劣り、さらには一九〇九年になると新たな一派が党内に出現し、状況は絶望的なものになった。党そのものの解消を訴えるその一派は〈解党派〉と呼ばれた。レーニンは〈解党派〉を激しく攻撃するパンフレットを三点出しているが、〝ロシア社会民主労働党は人気がない〟という点で〈解党派〉の主張は正しかった。

ここで当時の状況を俯瞰的に見てみよう。一九〇七年の時点で、社会民主労働党は十五万人程度の党員を抱えていた。一方、至福千年説を奉じる一派で、十四万四千人を去勢すれば救いの時はたちまちやって来ると信じていた〈去勢派《スコプツィ》〉には十万人程度の信者がいた。結局のところ、マルクス主義の人気はその最盛期であっても、熱した鉄板で睾丸を挟んで潰す儀式を執り行う異端たちとさほど変わらなかった。一九一〇年になるとその人気はさらに落ち、社会民主労働党の党員は一万人にまで減ってしまった。人気低下と内部抗争があいまって、スコプツィの十分の一にまで縮小してしまったのだ。

夢の千年王国の到来を信じて去勢の儀式を続けたスコプツィたちのように、レーニンも革命は必ず到来するという妄想に取り憑かれ、その夢を追い求めて執筆を続けた。彼はそのペン先から何十万もの言葉を生み出し、それらを操って論敵たちに反論し、皇帝とその支持者たちを攻撃し、自由主義者たちをこき下ろした。その一方で歴史にその名を記すことを望んでもいたレーニンは、時代の要請に応じて戦術をころころと変えた。

見果てぬ夢が実現できると信じつづけるためには、どんなことがあっても自分を信じ抜く力が求められる。一九〇五年の革命に参加し、のちに〈共産主義インターナショナル《コミンテルン》〉の指導者となるカール・ラディックは、レーニンは〝革命のことを、これから百年のうちに起こるかもしれない絵空事ではなく確実に起こるものとして書き、それを信じた最初の人間〟であり、だからこそ〝動揺の時代を乗り越え、党を権力抗争に引きずり込むことができた〟のだと語った。どぎつい言葉が随所にちりばめられ、脈動する怒りのエネルギーに満ちたレーニンの文章を読むと、それが絶対に逃れることのできない宿命であるかのように思え、その教えに嬉々として従ってしまう。レーニンの著書を読むと、心を奪われそうになってしまうのだ。インクと紙だけの幽霊になってもそれだけのことができるのだから、生きていた当時はどれほどのものだったのか想像してみるといい。レーニンの憎悪を共有し、その預言の言葉を信じ、文章を通じてレーニンが差し出してくる、革命という〝上物の麻薬〟に身をゆだねてしまうだろう。

身動きの取れない亡命者でありながら、縮小しつつあるマルクス主義者の一派のリーダーであり続けるレーニンは、落ち着きながらも闘争を続けた。一九一四年、彼は『民族自決権について』を著し、帝国各国の解体を唱えた。

> 諸民族の完全な同権、民族自決権、すべての民族の労働者の融合——マルクス主義は、また全世界の経験とロシアの経験は、労働者にこの民族綱領を教えている。(i)

十七歳の頃から相も変わらず同じ政治的信念を抱きつづけている三文文士にしては感動的な一節だ。ところが歴史がレーニンに追いつき、事態は一変する。一九一四年六月二十八日、セルビアのサラエヴォでオーストリア大公フランツ・フェルディナンドが民族主義者のガヴリロ・プリンツィプに射殺された。それからさまざまな出来事が起こり、第一次世界大戦へと発展していった。レーニンにとってはまったくの予想外の事態だったが、それでも彼は自分のなすべきことをわかっていた——もちろん執筆を続けたのだ。一九一五年の『社会主義と戦争』でレーニンは、参戦国の兵士たちは互いに殺し合うことをやめて、各国の指導者に対して反乱を起こすべきだと主張した。が、そのときヨーロッパとロシアの社会主義者の大半は、愛国心という悪徳に屈していた。自分に向けられた数々の批判に対して、レーニンは一九一六年に『帝国主義論』を書き（出版は一七年）、この戦争のどちらの陣営に与《くみ》しても、それは資本主義に味方することと同じであり、マルクス主義に対する背信だと説いた。

多くの血が流され、ヨーロッパの古い秩序が崩壊の瀬戸際にあっても、レーニンは革命のスケジュールを見直す虚しい日々を送っていた。一九一七年一月にチューリヒで行った講演で、レーニンはこの戦争は必ずや〝プロレタリアートの指導のもとに、金融資本の権力にたいし、大銀行にたいし、資本家にたいする人民の蜂起〟（j）をもたらすだろうと述べ、その一大蜂起は〝ブルジョアジーの収奪による以外には、社会主義の勝利による以外には、終わりをつげることはできないであろう〟（j）とした。レーニンはいつものごとく夢を語りながらも、疑問をにじませるというらしくない語り口に終止している。革命家として生きてきた二十五年間、レーニンは革命は目前に迫っていると断言しつづけてきた。が、四十六歳になった彼は、武力蜂起が勃発する決定的瞬間はそんなにすぐにはやって来ないのかもしれないと考えるようになっていた。実際のところ、自分が死んだあとになるのかもしれない。レーニンはそんな思いをにじませる言葉を残している。「われわれ老人たちは、おそらく、生きてこのきたるべき革命の決戦を見ることはないであろう。しかし、私は、固い確信をもって、次のような希望を述べてよいと信じる。それは、スイスや全世界の社会主義運動でこのようにりっぱに活動している青年諸君は、きたるべきプロレタリア革命のなかで闘争するだけでなく、さらに勝利をも得る幸福をもつであろう、ということである」(j)

ところがそのひと月後、レーニンにとって一世一代の戦いが始まる。革命が勃発し、皇帝ニコライ二世が退位したのだ。レーニンは四月に列車で帰国した。その車中で彼は何をしていたのだろうか？もちろん執筆していた。レーニンは『四月テーゼ』を書き殴り、革命政府による独裁制への速やかな移行を訴えた。しかしその時点では、プロレタリア革命には必要不可欠だとされていた第一段階のブルジョア革命は、まだ始まったばかりだったのだが。自分の夢の成就を一瞬疑ったレーニンは、ロシアの行く末を一足飛びに変えることにした。

一九〇七年以来ロシアの地を一度も踏んだことのないレーニンだったが、それでもこの国の革命の状況については誰よりもよく理解していると自負していた。ペトログラード（第一次世界大戦のあいだ、愛国心を鼓舞するために〝サンクトペテルブルク〟というドイツ語風の名称からロシア風の〝ペトログラード〟に改められていた）のフィンリャンツキー駅に降り立つなり、彼はボリシェヴィキの同志たちのことを、あまりにも慎重に過ぎるとして糾弾した。シベリアでの長い流刑から釈放されたばかりで、ボリシェヴィキの中心メンバーとなっていたスターリンは、レーニンの叱責は常軌を逸していると感じた。幹部の大半も同感だった。メンシェヴィキは、『四月テーゼ』は流血の惨事を引き起こすものだと断じていた。

レーニンは聞く耳を持たなかった。彼は時折演説を挟みつつ論文を洪水のように奔《ほとばし》らせ、臨時政府は帝国主義のろくでもない手先だとこき下ろし、マルクス主義者とプロレタリアートは一体化すべきだと主張した。革命という麻薬でハイになっていたレーニンは書字狂となってしまい、一九一七年の五月だけで四十八もの論文を社会民主労働党の機関紙〈プラウダ〉に寄稿した。旧来のマルクス主義者勢力に革命の主導権を奪われたくないレーニンは、ボリシェヴィキこそが新世界を実現する戦いの主戦力であるべきだと強く言いつづけた。今こそ革命が勃発し、悪しきものには罰が下され高潔なものは報われ、労働者が最後に勝つ。レーニンは滔々《とうとう》と訴えかけた。

そうした言葉の数々を熱っぽく興奮気味に吐き出しながらも、レーニンは頭脳明晰な策士と狂信者と現実主義者が心のなかで共存する、稀有な存在であり続けた。帰国の列車内で書き綴った理論は非常に説得力があるものだったが、この内容では農民層からの反発を招きかねないことを理解していた。このままではボリシェヴィキが必要としている農民層からの支援をあまり得られないと判断した彼は、土地の即時国有化という政策を『四月テーゼ』から削除することを厭《いと》わなかった。革命を夢見るレーニンは、戦略家レーニンの助言に耳を傾けたのだ。

混乱の真っ只中にあっても、レーニンは変革の時へと向かってしっかりと舵《かじ》を取りつづけた。長年にわたって紙の上で革命を求める戦いを繰り広げてきた彼は、ここに来てようやく自分の理論を実際の出来事に応用することになった。戦争は臨時政府がまだ継続させていたが、レーニンは即時撤兵を要求した。彼は労働者や兵士、水兵たちと語り合う時間を持った。しかし現実世界はペンとインクのように簡単に操ることはできないものだということがわかり、事態はレーニンの手に負えなくなった。

レーニンはボリシェヴィキによる武装蜂起を不安視していた。そんなことをすれば、ボリシェヴィキはあっという間に頂点に達するだろうがすぐに下降していき、その挙げ句に革命は失敗に終わるだろう。彼はそう考えていた。しかしボリシェヴィキを支持する兵士、水兵、労働者たちはレーニンの掲げた〈すべての権力を評議会《ソヴィエト》へ！〉というスローガンを聞いており、その意味も理解していた。一九一七年七月十七日、大勢の水兵たちが基地を離れ、ボリシェヴィキの本部に押し寄せた。彼らは、臨時政府が置かれたタヴリーダ宮殿に向かって行進せよという革命の指導者の号令を待っていた。レーニンはバルコニーに出て、革命の時は到来しつつあると告げた――つまり、まだ到来していないということだ。そしてレーニンは屋内に戻り、水兵たちは革命はいつ、どうやって起きるのかわからないままその場に残された。彼にはそれ以上言えることはなかった。つまるところ、レーニンは著述家であって雄弁家ではなかったのだ。

結局、水兵たちは宮殿に突撃した。レーニンの不安は的中した――まだ機は熟していなかったのだ。武力蜂起は失敗し、翌日の新聞にはレーニンはドイツのスパイだという記事が載った。臨時政府も彼に対する逮捕状を出した。レーニンは顎ひげを剃り、かつらを被り、フィンランドに逃亡した（当時のフィンランドはロシア領だったが、忠誠な領土というわけではなかった）。

あともう一歩で革命が実現するというタイミングで、レーニンはすべてを台無しにする事態に見舞われた。大抵の人間にとってはとてつもない不幸な出来事だろうし、そんな目に遭ったら暗い部屋にずっと閉じこもっていたくなるところだ。しかしレーニンは堅忍不抜の意志を保ちつづけた。そしていつものように論文を書いた――

ここでレーニンは、マルクスが果たせなかったことに着手することにした。革命のその後を描こうとしたのだ――どんな世界になるのか、どんな仕組みになるのか、そして人民の暮らしぶりはどうなるのかを、レーニンは解説した。構想は一九一六年から練り始め、その年の夏にはその輪郭を描いていた。マルクスは『共産党宣言』以外では革命後の未来図をほとんど提示せず、〈プロレタリア独裁〉という概念にしても友人で革命家のヨーゼフ・ヴァイデマイアーから借用したものだ。エンゲルスはそこに〝国家は最終的に死滅する〟という預言を付け加えた。そしてレーニンは革命後の空白を埋める作業に着手した。その結果生み出されたものが『国家と革命』だ。『何をなすべきか』というニコライ・チェルヌイシェフスキーの小説のタイトルを盗用したように、ここでもピョートル・トカチョフの論文のタイトルをそのまま使った。

レーニンの描く未来とはどのようなものなのだろうか？　それは暴力に満ちた世界だ。彼はこう述べている。「マルクスとエンゲルスの説はすべて、まさにこうした暴力革命観のもとで大衆を系統的に教育する必要があるとの考えを基礎としている」(k)。マルクスとエンゲルスにとっては驚きの言葉だろう。たしかにふたりともブルジョア階級の打破という夢を描いてはいたが、暴力を思想の中心に据えていたわけではない。マルクスが思い描いた革命はまったくと言っていいほど受動的で、歴史が引き起こす危機の〝自然な帰結〟として勃発するとしている。〝初めに暴力ありき〟という革命観はレーニン独自のアイディアで、資本主義から共産主義へと移行していく過程で〝ひどく重い刑罰〟(k)は必要不可欠なものだとあからさまに述べている。つまり敵対階級は暴力を用いて制圧し、ブルジョア国家は完膚なきまでに打破すべき、ということだ。三世紀の神学者のテルトゥリアヌスは、天国に昇ることができた者は、地獄に堕とされた罪人《つみびと》たちが責め苦を受けるさまを眺めて愉しむことができると説いた。レーニンも同じようなことを読者たちに向かって述べている。彼らの憎しみの対象である者たちが来るべき世界で罰を受ける様子は、じきに眼にすることができると述べている。

打破されたブルジョア国家のあとには何がやって来るのだろうか？　それは国家ではないとレーニンは言う。エンゲルスによれば、国家とは〝社会秩序を作り出す手段〟という当たり障りのないものではなく〝経済面で支配的な立場に立つ最強の階級〟(k)が作り出した装置であり、ブルジョアジーは「政治的にも支配的な階級となり、その結果、抑圧された階級を弾圧・搾取するための新たな手段を得るのである」(k)とレーニンは述べる。革命後の世界の担い手はプロレタリアートであり、搾取はこの世から消え去る。そして抑圧装置にしか過ぎない国家は死滅する。革命後にどのような組織構造が残るにせよ、それは国家ではないということだ。

レーニンが展開する〝革命後の世界観〟の問題点は、誰もそんな世界を――少なくとも長期にわたって――経験したことがないので、想像することが難しいというところだ。なのでレーニンは、一八七一年のパリ・コミューンに対するマルクスとエンゲルスの解釈をほぼそっくりそのまま持ってきている。パリ・コミューンとは、公平で搾取のない新世界を求める人民たちが蜂起し、パリを含めたフランスの各都市で立ち上げた自治政府のことだが、わずか二カ月後に反動勢力によって鎮圧されてしまった。ふた月のあいだだけ存在した急進的な平等社会は、老若男女すべての人間が共存する未来の指標としてはうってつけだと言える。敵を叩き潰すことに長け、現実的かつ疑り深い策士であるレーニンは、ここに来て突如として楽観的なことを語り出し、プロレタリアートたちの幸福が約束された素晴らしい未来を描く。ここが『国家と革命』の一番興味深いところだ。「マルクスには、「新」社会を編み出すとか、考え出すという意味でのユートピア思想はまったくなかった」(k)レーニンはそう述べている。細かいところを除いては、その通りなのだろう。その一方でレーニンはパリ・コミューンの短い成功例を引き合いに出し、革命は夢物語ではなく根拠に基づいた起こり得る事実だとした。しかしここでレーニンは完璧に不条理な状況に陥ってしまう。

国家が〝死滅する〟とは、一体どういう意味なのだろうか？　実は、非常に簡単なことなのだ――

> 国家官僚特有の「上からの指揮」はすぐさま一夜にして廃止し、それに代えて「現場監督や会計係」の簡単な機能の導入を始めなければならない。それは可能でもある。そうした機能は今やすでに、現在の発達水準にある都市住民に充分こなせるものとなっているし、また、「労働者並みの賃金」で十分遂行することができる。（k）

そう、革命後の世界では、人民のほぼ全員が社会から必要とされる仕事を行うことができるようになるのだ。他者を支配し、権力と富を蓄えようとする欲望は消える。レーニンはこう続ける。

> 集計と管理は、共産主義の第一段階を「軌道に乗せ」、正しく機能させるのに必要な主要な要素である。共産主義社会の第一段階においては、すべての市民が、武装労働者から成る国家に雇われて、その従業員と化すのである。すべての市民が、国民全体から成る一個の国家「シンジケート」の事務職員および労働者となるのである。（k）

全員が最低限の読み書きと算数さえ身につけてさえいれば、ボリシェヴィキはあっという間に世界を仕切ることができるようになる。

問題は、労働が平等であること、労働基準が正しく守られること、給付が平等であることに尽きる。そういった労働や給付の集計・管理は、資本主義のおかげで極度に簡略化され、点検と帳簿付け、算数の四則計算、受領証の発行など、読み書きのできる者ならだれでもこなすことのできるごく簡単な作業と化している。(k)

ここに新しいロシアを預かる職業革命家兼著述家が抱える最大の欠点を見ることができる。レーニンは定職に就いたことが一度もないのだ。最初は家族からの仕送りで生活し、その後は文筆業と党からの援助で生計を立てていた彼は、急進的な政治結社という狭い世界の外側に広がる現実をまったく知らなかった。のちにレーニンは管理者の必要性を認めるようになるが、この時点では夢に酔いしれており、全人民は自分の思い通りに動くものと考えていた。なぜなら、人民たちはそのうち慣れてしまうのだから……

我々は、少数派が多数派に服従するという原則が守られないような社会秩序の到来を期待しているのではなく、社会主義を目指して邁進《まいしん》する中で、次のことを確信しているのである。すなわち、社会主義は共産主義に転化し、それにともなって人間一般に対して暴力を行使する必要や、ある人を他の人に、また一部住民を他の住民に服従させる必要がいっさいなくなるということである。なぜならば、人々は暴力を加えられたり服従を強いられたりすることなく社会生活の基本的条件を守ることに慣れるからである。（k）

レーニンは「社会主義のもとでは、全員が輪番で行政を行う。そしてたちどころに、行政官がいないという状態に慣れる」（k）と断言する。そこには不信感も暴力性も残忍な批判論法も全部消え失せた、甘ったるいことこの上ないユートピア論があるのみだ。しかし誰もやりたがらない仕事は誰がやるのだろうか？　それはお節介な質問というものだろうか。

『国家と革命』は重要な意味を持つ。革命という幻想が、聡明で鋭い分析眼をもつ人物の批判能力を搔き乱してしまう様子をくっきりと浮き彫りにしているからだ。革命の天才であるレーニンは、混沌とした時代を読み取る力にかけては誰よりも、そして過去に歴史を変えてきた誰よりも優れていた。そんな男が、とんでもない戯言に触発されて歴史の流れを変えたのだ。そして途方もない知性を駆使して、そのとんでもない戯言を自分と自分以外の人間に吹き込んだ。ソ連の崩壊から数十年を経た現在でも『国家と革命』は、知性に溢れる人間は肝心要の本質的な事実を自分の都合がいいように解釈するという教訓として読み継がれている。

そうした自己欺瞞《ぎまん》を、レーニンは革命家兼著述家としての早い段階で巧みに使いこなしていた。数字だらけの『ロシアにおける資本主義の発展』がそのいい例だ。そして『国家と革命』では、一八七一年のフランスの各都市で二カ月だけ続いた実験を根拠にして突飛な推測を巡らせ、それに合わない事実と数値を切って捨てたのだ。

『国家と革命』を読めば、ソ連という国家が大失敗の果てに崩壊したのも当然だと思えてくる。マルクスの言う〝歴史の法則〟は想像上の産物であり、レーニンの描く革命後の世界観は不条理なものだ。それでもレーニンは、何十年も費やしてユートピアを追い求めてきた。彼は革命後にユートピアが到来すると固く信じていた。その夢を、レーニンはどうしようとしたのだろうか？　捨ててしまったのだろうか？　そんなことはない。〝プロレタリア独裁〟が抵抗勢力に対して正当かつ必要な武力を行使して制圧する期間については、マルクスが裁量権を与えてくれていると、レーニンは『国家と革命』のなかで指摘している。自分の夢物語に欠陥があることがわかっていたレーニンは、そのことを永遠に気づかれないようにする極上の手段を、革命の実行に先立っていくつも編み出していた。その秘密を守るために大勢の人間が命を落とすことになっても全然構わなかった。

レーニンが革命後に書いた文書は、七十年の機密期間を経て閲覧可能になった。それらを読めば、レーニンは一九二〇年代になってもヨーロッパに革命が迫っていると書きつづけていたことがわかる。革命をポーランドにも及ぼすべく侵攻軍を編制すべきであるとか、コサックを皆殺しにすべきであるとか、アゼルバイジャンの中心都市のバクーを焼き払うべきであるだとか、神父たちを射殺して〝赤色テロ〟を敢行すべきであるとか、ソ連が何十年にもわたって封印してきた記録を読むと、レーニンが卑劣漢だったことがよくわかる。『国家と革命』は、やがてレーニンとその後継者たちがソ連の人民にいつでも暴力を振るうようになることを、その滑稽すぎるほどの空疎さによって予見していたのだ。

レーニンは革命後も書きつづけ、敵に論争を吹っ掛けた。一九一八年の『プロレタリア革命と背教者カウツキー』では、ドイツのマルクス主義者でかつて敬愛していたカール・カウツキーを痛烈に非難し、プロレタリア独裁を弁護した。一九二〇年の『共産主義における左翼小児病』では無政府主義者と極左勢力に罵声を浴びせかけた。そして政令や布告書、そして死刑執行書といった、新たなジャンルの文書も自分の作品集に加えていった。

文書は現実を変えることができるというレーニンの信念は、彼が権力を掌握していたあいだも、その死後も圧倒的な力を保ちつづけた。革命を成功させた直後、さっそくレーニンは文書による党支配を確立すべく動いた。そのためには有害な言葉の使用禁止が必要となり、最初の禁書リストがレーニンの妻ナデジダ・クルプスカヤによって作成された。勤勉で細かいところまで気を配るナデジダは、聖書のみならず児童書まで危険文書の指定対象とした。十月革命の二日後にレーニンは〈出版令〉を出し、検閲を〝臨時措置〟として開始した。しかし締め付けはすぐに〝ブルジョア的出版物〟以外にも広がり、一九一八年の年末までのあいだにボリシェヴィキ以外の新聞はすべて出版停止となり、さまざまな党機関が著作物、図書館、そして教育の各分野の検閲・監督にあたった。一九二二年になると検閲権は〈中央出版委員会〉の下に統合され、文学および芸術の検閲および許認可には〈文学・出版総局〉があたった。

脳卒中の発作を二度起こし、車椅子に座るようになっても、文書に寄せるレーニンの信頼はそれでもかなり強かった。クレムリンを去ってモスクワ郊外の別荘で静養するようになった彼は簡潔なメモ書きをしたため、ソ連の支配構造を改めたり、自分が築き上げた体制に対する脅威と見なした弟子や、今や党の中心に座っている弟子を粛清したりした。遺言書とされる文書で、レーニンはこう書いている。

スターリンはがさつな男だ。党の書記長としてはあるまじき欠点だ。だからこそ私は、スターリンを書記長の座から外すことを検討するよう同志諸君に提案する。

その後スターリンが犯すことになるさまざまな罪深い行為に比べれば、〝がさつ〟なことなどほんの些細なことに過ぎない。しかしもう遅すぎた。レーニンのペンはその力を失い、コーカサスの山奥からやって来た無名の活動家だったスターリンはその地位を確たるものにしていた。ソ連で次世代の最高の著述家となるスターリンは、革命と〈独裁者文学〉の歴史の新たな章を綴っていくことになる。

引用文献

(a) カール・マルクス『新訳　共産党宣言　初版ブルクハルト版』的場昭弘訳　二〇一〇年　作品社
(b) レーニン『ロシアにおける資本主義の発展』(レーニン10巻選集　別巻I)日本共産党中央委員会レーニン選集編集委員会編　一九七二年　大月書店刊
(c) レーニン『なにをなすべきか?』(レーニン10巻選集　第2巻)日本共産党中央委員会レーニン選集編集委員会編　一九七〇年　大月書店刊
(d) トロツキー『われわれの政治的課題――戦術上及び組織上の諸問題』藤井一行、左近毅訳　一九九〇年　大村書店刊
(e) レーニン『一歩前進、二歩後退』(レーニン10巻選集　第2巻)日本共産党中央委員会レーニン選集編集委員会編　一九七〇年　大月書店刊
(f) レーニン『民主主義革命における社会民主党の二つの戦術』(レーニン10巻選集　第3巻)日本共産党中央委員会レーニン選集編集委員会編　一九七〇年　大月書店刊
(g) レーニン『革命軍部隊の任務』(レーニン全集　第9巻)ソ同盟共産党中央委員会付属マルクス=エンゲルス=レーニン研究所編、マルクス=レーニン主義研究所訳　一九五五年　大月書店刊
(h) レーニン『党組織と党文献』(弁証法の問題について　他12編)大月書店編集部編　一九七〇年　大月書店刊
(i) レーニン『民族自決権について』(レーニン10巻選集　第5巻)日本共産党中央委員会レーニン選集編集委員会　一九七一年　大月書店刊
(j) レーニン『一九〇五年の革命についての講演』(レーニン10巻選集　第7巻)日本共産党中央委員会レーニン

選集編集委員会編　一九六九年　大月書店刊

（k）レーニン『国家と革命』角田安正訳　二〇一一年　講談社学術文庫

2 スターリン

花と月の光を愛する詩人

革命を激しく求めてきた魂も、その原動力となっていた憎悪も失われてしまったレーニンの亡骸《なきがら》は、モスクワの中心にある労働組合館に安置された。徐々に進む腐敗を遅らせるための氷や雪を手にした人民が大挙して詰めかけ、建物の外で何時間も待った。かつては華麗な舞踏会が催されていた円柱の広間はソ連最大の偉人の霊安室となり、その死を悼む人々はお悔やみの言葉を捧げながら遺体のまえをしずしずと通り過ぎていった。『何をなすべきか？』を著した高名な著述家は、マルクスとエンゲルスに続いて社会主義の聖人として列聖された。そこまではよかった。で、その先は？

当面の問題であるレーニンの亡骸の処遇については、スターリンにはすでに腹案があった。療養中のレーニンが一九二三年十月に最後にクレムリンを訪れた直後、スターリンは共産党中央委員会政治局のメンバーたちに、レーニンの遺体は強力なシンボルになるのだから、そのまま埋葬してしまうのはもったいないと提案した。故郷グルジアの神学校で学んだスターリンは、大衆は神聖なものを貪欲に求め、奇蹟を愛し、聖遺物を崇めることを知っていた。だったら教会のお株を奪い、レーニンの遺体を保存して展示すればいいではないか。スターリンはそんな計画を立てていたのだ。

　ボリシェヴィキ最高幹部のレフ・トロツキーとレフ・カーメネフ、そしてニコライ・ブハーリンは、スターリンの身の毛もよだつ提案に愕然とした。のちにその話を聞いたレーニンの妻ナデジダ・クルプスカヤにしても同様だった。カーメネフは、レーニンの一連の著書こそが彼の肉体そのものであり、〝実際の〟肉体よりも重要だと反論し、遺体の展示ではなく〝何百万ものレーニンの肉体〟を印刷することで哀悼の意を表すべきだと提案した。たしかに遺体を保存・展示するという行為は、レーニンが唾棄していた〝商売上手の神父〟のやり口めいたところがあった。

　しかしスターリンは、レーニンの〝紙のなかの肉体〟だけでなく実際の肉体にも価値を見いだしていた。そして一九二四年一月二十一日にレーニンが没すると、その遺体を巡る論争はスターリンが勝利を収めた。ボリシェヴィキは死に打ち克つことはできなかったが、少なくとも腐敗を止めることはできた。レーニンの遺体は赤の広場の凍土に埋められて一時保存された。その間、遺体の最善の保存方法について政治局内で議論が交わされた。シベリアのマンモスのように冷凍保存するか、薬品漬けにするのか、それとも何らかの防腐処理《エンバーミング》を施すのか、さまざまに意見が割れた。

　最終的に防腐処理が選ばれた。その二年前に墓が開かれた、古代エジプトのツタンカーメン王のように保存することにしたのだ。しかしそれはまだ第一段階にしか過ぎず、レーニンの記憶を永遠のものにするという計画全体から見れば些細なものだった。幸いにもレーニンの遺体を保存することができる科学者は二カ月で見つかり、現代版のミイラにするという事態は免れた。これでレーニンの実際の体の神格化は完了したが、紙のなかの体にも同様の権威を与えることははるかに重要で、はるかに困難な作業だった。しかしスターリンはこの難業にも自ら取り組むつもりだった。

イオセブ・ヴェッサリオニス・ゼ・ジュガシヴィリ、またの名をヨシフ・スターリンは、一八七八年十二月二十一日にグルジアの山間の町ゴリで生まれた。ゴリは広大なロシア帝国の周縁にあり、まさしく無名の田舎町だった。かつては強大なキリスト教王国だったグルジアも、一六世紀以降はオスマン帝国とペルシアの脅威にさらされた。国王はロシアのエカチェリーナ二世に保護を求め、十九世紀に入るとロシアは軍政長官を置いた。そしてスターリンが生まれる二十年前に、グルジアはロシアに完全に呑み込まれてしまった（スターリンもレーニンと同様に数多くの偽名を使っていた。たとえば母親は彼のことを〈ソソ〉と呼び、革命家の同志たちは〈コバ〉と呼んだ。やはり混乱を避けるため、本書では一貫して〈スターリン〉の名前を使うことにする）。

ゴリはグルジア最古の町のひとつで、その歴史は七世紀まで遡ることができる。しかしそれを除けばいたって普通の町だった。古い砦があるこの町には、氏族同士の血で血を洗う抗争が何世代も続いていた。その暴力沙汰は文化の一部となっていて、地元の人々に民謡と同じようにいたって普通のものとして受け容れられていた。スターリンもいたって普通の男児で、のちに大量虐殺を行う暴君となることも、ましてや世界的な大ベストセラー『全ソ共産党（ボリシェヴィキ）小史』を編纂することを暗示する要素は一切持ち合わせていなかった。父親のヴィッサリオンは酔っ払いを天職とする靴職人で、母親のケテワンは洗濯と掃除を生業としていた。父親も母親も息子のスターリンに暴力を振るった。やがて父親が別居するようになると、スターリンへの折檻は母親のケテワンひとりが担うようになる。

実際のところ、この母親がいなければ、スターリンは父親同様に酒浸りの人生を歩んでいたことだろう。スターリンには兄がふたりいたが、どちらも幼くして亡くなっていた。ケテワンは、ただひとり残された神からの授かりものを神父にするという大きな夢を抱いていた。彼女はさまざまなコネを最大限に利用して、本来なら神父の息子しか入学が許されない町の教会付属の神学校に十歳のスターリンをまんまと入れた。このとき教会が入学規則を守っていたら、スターリンはロシア語の読み書きを学ぶことはなく、長じたのちにロシア語で書かれたマルクスとレーニンの著書に触れることもなく、従って革命家になることもなかっただろう。

読み書きができることは、それ自体は決して悪いことではない。しかしスターリンの場合にはそれが当てはまらない。世界史の見地からすれば、彼に字の読み方を教えたことは明らかな誤りだった。〝タイムマシンがあったら、あなたは過去に遡って赤ん坊のヒトラーを殺しますか?〟という倫理的ジレンマを提示する仮説がある。これがスターリンの場合、良心の呵責に苦しむことなく思い通りにできる。ゆりかごの中できゃっきゃと喜んでいる赤ん坊を殺せと言われても、たとえその赤ん坊がヒトラーであっても大抵の人間は躊躇《ちゅうちょ》するものだ。しかしスターリンの場合はそんなことをしなくてもいい。社会的出自の卑しいスターリンは、本来ならばまともな教育を受けることはできなかったはずだ。つまりタイムマシンで過去に戻り、ゴリの教会の人間に学校の入学基準を厳守するように言って聞かせるだけで、何百万人もの人々の命を救うことができるということだ。たんまりと寄付すればうまく言いくるめることができるだろう。スターリンが本を読むことができなければ、その後の災厄は避けることができるのだ。

しかし悲しいかな、十五歳のスターリンは優秀な成績で卒業してしまった。するとケテワンはさらなるコネを使い、息子をグルジアの首都ティフリス（現在のトビリシ）にある神学校に進ませた。神学校の目的は十代の少年たちを正教会の献身的な司祭に変え、グルジア全土に送り込むことにあった。しかし実際には、無神論者の革命家を大量に生み出していた。スターリンの母親はその事実を知らなかった。宗教に関係のない書物を読むことを禁じられていた神学生たちは、当然の成り行きとして規則に反してそうした本を探し求め、結局のところ〝堕落〟してしまうのだ。

青年スターリンが読んでいた書物は、二十一世紀の眼から見ればそれほど危険なものではないように思える。選ぶ本はセンスがよく、現在では古典とされている傑作を好んで読んでいた。とくに彼はグルジアの古典詩とロシア文学に感銘を受けていた。トルストイ、プーシキン、チェーホフを愛読し、ニコライ・ゴーゴリのグロテスクな物語もミハイル・サルトィコフ＝シチェドリンの風刺小説も読んだ。ドストエフスキーの『悪霊』などはその世界に没頭した。この小説では、ロシアの急進派たちは錯乱と誇大妄想に満ちた残忍な変質者たちとして描かれており、未来の革命家としては異色のチョイスだと言える。のちに策士中の策士となるスターリンは、この小説で生々しく描写される陰謀の数々に心をときめかせていたのかもしれない。もしくは十代の少年らしく、流血と死に陶酔していただけなのかもしれない。

スターリンの読書録のなかにはバルザックやゾラ、モーパッサン、そしてユゴーといったフランスの偉大な作家たちの、現在では古色蒼然とした古典とされている小説や社会批評も含まれていた。とくに彼は、フランス革命の恐怖を描いたユゴーの『九十三年』を愛読していた。これもまた興味深いチョイスだ。この小説のタイトルとなっている九十三年とは、ジャコバン派が恐怖政治を開始した一七九三年のことだ。それから十一カ月にわたり、ジャコバン派は曖昧な概念にしか過ぎない〝ユートピア〟を維持するために断頭と虐殺に熱狂し、何十万もの人々を抹殺した。若き神学生は、そこから何かしらの啓示を得たのかもしれない。

『九十三年』に登場する急進的な主人公たちは、フランス西部ブルターニュ地方のヴァンデで勃発した〝反革命〟蜂起の武力鎮圧に加わる。反革命に身を投じるヴァンデの民は、計り知れないほどの幸福に満ちた未来に向かう、人類の壮大な行進を妨げようとする〝野蛮人〟でしかない。そう感じたユゴーは、実際に起こった流血の惨事を容認し、小説の力を借りて素晴らしい神話に変えてしまった。この反乱で、ヴァンデの住民の三分の一が命を落とした。のちにレーニンも作家たちの力を借りて、身の毛もよだつ暴力に満ちた時代を歴史的な転換が起こった素晴らしい時代に書き換えることになる。『九十三年』を読んだ十五歳のスターリンは、文章の力を使えば歴史的事実を改竄《かいざん》したり隠蔽したりすることができると考えた――これはちょっと無理のある推測かもしれない。それでも、〝見栄えのいい嘘〟をつく際に小説が大いに役立つことを実証してみせた本にスターリンは惹きつけられたという事実は注目に値する。

しかしスターリンの一番のお気に入りの本は、アレクサンドル・カズベギの『父親殺し』だった。

カズベギは貴族として生まれたのちに羊飼いになった、グルジア最初の職業作家だ。グルジア特有の文化や習慣がふんだんに盛り込まれた彼の小説は人気を博していたが、ロシア帝国批判の色が強いとされ発禁になった。カズベギは貧困と絶望のうちに一八九三年に四十五年の生涯を閉じた。

『父親殺し』の主人公は、貧しいが気高い山の民を護るためにロシアとその手先となったグルジア貴族と戦う、コバという名前のロビンフッドのような義賊だ。『父親殺し』はスターリンにとっての『何をなすべきか』だったが、チェルヌイシェフスキーの小説とはちがって仰々しくもなければ過度に説教臭いところはなくが、その代わりに血と暴力の冒険譚とリンチ、そして強奪に満ちている。スターリンはコバと自分を重ね合わせるあまり、自らもコバと名乗るようになり、一九一七年までいくつも使い分けてきた革命家としての偽名のなかで最も多く使った。のちに彼の友人はこう述懐している。「コバはソソの神になり、彼の人生に意味を与えた……彼はコバになりたいと願った。『コバ』を名乗り、われわれにそう呼んでくれとせがんだ。われわれが『コバ』と呼ぶと、彼の顔は誇りとうれしさで輝いた」(a) レーニンにとってのヒーローだった『何をなすべきか』のラフメートフは急進主義と近代化の化身だったが、スターリンのヒーローは昔から続いてきた戦いに身を投じる、人並み外れた正義感を絶やさない山の民だった。未来の大量殺戮者の本性は、意外なことにロマンチストだった。

実際、スターリンは詩を書くほど心底ロマンチックな青年だった。『朝』と題された彼の作品をここで挙げてみよう。

薔薇の蕾はほころび
私は手を伸ばしてヴェルヴェットに触れる
百合も目を覚ましつつあり
傾げた顔を風にまかせている
空高い雲の中を雲雀が舞い
讃美歌をさえずっている
小夜鳴き鳥は愉しげで柔和な声でこう告げる

「古《いにしえ》のイベリアは花に満ち
何と素晴らしい、喜びに満ちた地であることか
そしてグルジアの民たちは母なる地のことを学び
喜びをもたらす」
(イベリアは紀元前の時代にグルジアにあった王国)

もちろんこれは翻訳なので、いい詩なのかどうかは判断がつきかねる。それでも、花が咲き乱れているだの鳥がさえずっているだの母なる地だの、そういったことばかりがだらだらと詠まれているところから判断するに、十九世紀のヨーロッパで無数の無名詩人たちによって大量に生み出された、死ぬほど陳腐な詩のひとつだと言えるだろう。幸いなことに、大抵の人間はそうした詩人がいたことを

知ることもなく、ましてやその作品を読むこともない。もっとも、スターリンがこの詩を書いたのは十五歳のときのことなので、古臭い修辞的技法にべったりと寄り掛かっているところは若さゆえのことなのだと大目に見てあげるべきだろう。

それでも、思春期にあった神学生の詩才は級友たちを唸らせた。スターリンは、グルジアで最も権威ある文芸誌〈イベリア〉の編集部に自分の作品を持ち込んだこともあった。すると同誌の編集長で著名な作家で詩人のイリヤ・チャフチャヴァーゼは、そのうちの五篇の詩を採用して掲載した。社会主義者たちの機関誌〈クヴァリ〉も別の詩を掲載した。事実、『朝』は革命が起こる以前、まだスターリンが無名の革命家だった頃から高く評価されていて、一九六〇年代まで広く使われていた国語の教科書でも取り上げられていたほどだった。

スターリンの著書を英訳したドナルド・レイフィールドによれば、スターリンの詩はペルシアとグルジアとビザンツ帝国の伝統的な詩の影響が随所に見られ、そこに確かな想像力と詩体が加わった素晴らしいものだという。美しい花々が咲き乱れる故郷の地の情感と自分の魂がシンクロしたとき、スターリンの言葉は空を舞った。マルクスとその弟子たちの革命思想を単純化したものにそそのかされなかったら、ゴリの町からやって来た少年は偉大なる殺戮者ではなく偉大な詩人としてその名を残していなかったかもしれない——そんな想像を巡らしてみるのも一興だ。もっとも、グルジアの詩の世界そのものが世界的にあまり知られていないので、世界に名を知られる詩人にはならなかっただろうが、それでも詩人になってくれたほうが絶対によかった。

革命思想の本を読んでいくうちに、スターリンの宗教的信仰心は霧散していった。最後の審判ののちに千年王国が到来するという教えは、天上ではなく地上で楽園を実現するという幻想につながっていった。その結果、スターリンは一八九九年五月に神学校を退学し、ティフリスの気象台での仕事に就いた。仕事量はそれほどでもなかったので、たっぷりと時間をかけてマルクスやレーニン、プレハーノフらの著書を研究することができ、その一方で以前から親しんできたヨーロッパの上質な散文と詩も読みつづけた。彼はふたつの〝労働者団体〟の指導者となり、そこでマルクスの思想を広めていった。一九〇一年の四月に同志たちが秘密警察〈オフラーナ〉に一斉検挙されると、スターリンはティフリスから逃亡した。

それからのスターリンは詩と散文から離れ、共産主義者の地下新聞〈ブルゾーラ〉への寄稿に専念するようになる。一九〇一年九月に掲載された最初の記事は、極めて陳腐な内容だった。労働者の意識を高めるようなことをいくらか述べ、ヨーロッパ諸国のマルクス主義者たちの愚かさを攻撃してはいるが、たとえそれがまだ新米の革命家が書いたものだとはいえ、未来の革命理論の大家の片鱗は一切うかがえない。

次の記事はもっと実のあるものだった。一九〇一年の年末と一九〇二年の年初に出た〈ブルゾーラ〉の第二号と第三号に掲載された『ロシア社会民主党とその当面の任務』では、スターリンは教育者的側面を見せ、読者を社会主義の歴史へといざなう。レーニンとは異なり、スターリンは文章中で自分をあまりさらけ出さない。レーニンと比べるとはるかに節度があり、脱線もあまりせず、その舌鋒は同志であるはずのマルクス主義者たちではなく皇帝に向けられている。控えめで謙虚な導き手であるスターリンは、読者の理解を助け、その眼をイギリスの社会主義者ロバート・オーウェンが唱えたようなユートピアではなく、ロシアおよびヨーロッパ諸国の悲惨な状況に向けさせる。『ロシア社会民主党とその当面の任務』は〝入門書〟とも言えるものだが、そのきらびやかな文章のなかにスターリンのロマンチシズムが息づいている。

少数者が多数者を抑圧することをなくすために、多くのあらしが、おびただしい血の流れが西ヨーロッパのうえをはしりすぎた。だが悲しみはやはりそのままふきちらされず、傷の痛みはかわりがなく、苦しみは日とともにますますたえがたいものとなった。(b)

わずか数ページの記事のなかで、スターリンは失敗に終わった空想的社会主義からマルクスの数々の〝発見〟を経て、社会民主主義の進化に話題を移す。自分は中央にいる人間で、自分以外のマルクス主義者たちは全員よそ者だと言わんばかりの語り口のレーニンとはちがって山出しの田舎者のスターリンは、自分のいるところから遠く離れた、もっと胸躍る場所で起こっている革命と知識人たちの論戦を描写する。さらに彼は俗っぽい語り口を好み、マルクス主義を気軽に論じ、小難しい言葉や表現を避け、権威のある論客たちの話をかいつまんで(架空の)大衆読者に説明する。

しかしスターリンの文章の最も印象的なところは、温かみを感じさせる点だ。彼は読み手の共感を喚起すべく、団結すべきなのはプロレタリアートだけでなく帝政ロシアで虐げられているすべての人民なのだと懸命に呼び掛ける。元神学生らしく抑揚のある説教口調で、スターリンはロシアの人民たちが背負っている苦しみを列挙していく。

たえまない飢饉のためにからだのはれあがった、そして、たえがたい重税のために貧乏になって、商人のブルジョアと「上品な」地主の犠牲にされた、ロシアの農民が苦しみ、うめいている。都市の細民、国家や個人の施設にいる下級事務員、小役人、——一般に労働者階級とおなじように生活の保障がなく、当然に自分の社会的地位に不満をいだいている無数の都市の下層住民がうめいている。

(b)

ロシアの人民はすべからく〝うめいている〟。スターリンはそう言う。そしてうめいている人々はまだまだいる。

・小ブルジョアジー
・中ブルジョアジー
・ブルジョアジーの教養ある部分である、いわゆる自由職業の代表者(教師、医師、弁護士、大学生、一般に学生)
・ポーランド人
・フィンランド人
・グルジア人
・アルメニア人

そして言うまでもないことだが――

・不断に迫害されてはずかしめられているユダヤ人（b）

さらにスターリンは、熱狂的であったり自虐的であったりする非ロシア正教徒たちにも共感を覚える。こうなると、二十一歳のスターリンは虐げられた人々全員を愛しているように思えてくる。実際、感情移入しすぎるあまりに自制せざるを得なくなっている。

また……彼らの数は非常に多いから、もし彼らがこのことを理解していて、彼らの共通の敵がどこにいるのかを理解するなら、ロシアの専制権力は一日も存続することはできないだろう。（b）

今ではまったくと言っていいほど読まれることのない『ロシア社会民主党とその当面の任務』だが、独裁者について学ぶ者にとっては極めて有益な文書だ。まず特筆すべきは、スターリンはお得意の美辞麗句をせっせと書き連ねながらも、その一方で多種多様な大勢の人々を分類し、そして抹殺してやろうという意図を垣間見せているところだ。さまざまな軛《くびき》に苦しめられているロシアの人民たちを克明に描写しているところは、数十年後に彼自身が人々を選別し、虐げたり抹殺したりするところを彷彿とさせる。さらにスターリンはロシア語の強制などのいくつかの行為も糾弾し、後年に権力を握るとその報復に走ることになる。

こうした初期の論文や記事を読んでも、スターリンに邪悪な存在となる素養があるとは思えない。この頃のスターリンはまだ革命を声高に叫んではおらず、それどころか〈ブルゾーラ〉の創設者であるラド・ケツホヴェリからは〝穏健に過ぎる〟となじられていたという。同じく二十一歳のとき、飢饉は革命の勃発を早めるかもしれないと考えていたレーニンは、餓死しつつある何千もの農民たちに手を差し伸べようとはしなかった。そんなレーニンとはちがって、スターリンは怪物になるための鍛錬を積まなければならなかった。

革命を論じる著述家としてのキャリアをスタートさせたスターリンだったが、この時代の多くの同業者たちとはちがって本物の労働者階級に属していた彼は、慢性的な金欠に悩まされていた。エンゲルスとレーニンには、何不自由なく思索に明け暮れ、急進派の思想家としての名声を確立しプロレタリアートの擁護者になれるだけの資産があった。マルクスにしても、金を惜しみなくつぎ込んでくれる後援者《パトロン》がいた。スターリンはどちらも持っていなかった。

逮捕と流刑も駆け出し著述家のスターリンを苦しめた。資産もパトロンもない庶民なので、貴族のレーニンのように快適な流刑暮らしなど望むべくもなかった。一九〇二年、彼は〈ブルゾーラ〉の仲間たちとともに逮捕され、一年間投獄されたのちにシベリアに流された。この流刑を皮切りにして、スターリンは帝国当局に逮捕され投獄・流刑に処せられたかと思うと脱走し、また逮捕されるというドタバタ劇を、十四年にわたって繰り広げることになる。

スターリンは、レーニンらが創刊したロシア社会民主労働党の機関紙〈イスクラ〉の熱心な読者で、レーニンの著書や論文も愛読していた。そこに記されたレーニンの言葉にスターリンは感銘を受け、レーニンこそが〝ロシアの革命運動の未踏の道にそって党を大胆に前方へみちびく山の鷲〟(c)だと考えるようになった。のちにスターリンは、この一回目の流刑のあいだにボリシェヴィキの指導者と手紙のやり取りを始めたと述べている。それから数年ののちにスターリンは、党に対する痛烈な批判に満ちた手紙をレーニンから受け取り、その内容は〝私に消しがたい印象をのこし〟(c)たと述べている。実際にはレーニンはスターリンと文通などしていなかった。メンシェヴィキ相手の言葉の戦いに忙殺されていたレーニンに、シベリアで無聊《ぶりゅう》の日々を過ごしていたコーカサス出身の無名革命家に宛てて手紙を書く暇などあるはずもなかった。おそらくスターリンが言っているのは、党内の論敵たちを攻撃するためにレーニンが大量に生み出したパンフレットのひとつなのだろう。これは記憶力と嘘をつく能力にきわめて優れていたスターリンによる作り話だと見てまちがいないが、それでも一抹の真実も見て取ることができる。じかに手紙のやり取りをしていると思い込むほど、レーニンの文章との強い結びつきを感じていたのだろう。

〈血の日曜日〉に端を発する一九〇五年の革命が勃発したとき、シベリアから脱走してティフリスに戻っていたスターリンは、同年十二月にフィンランドで開催されたボリシェヴィキの協議会に派遣され、そこで〈山の鷲(彼はしょっちゅうレーニンのことをこう表現していた)〉との対面を果たした。〝本物の〟レーニンを、スターリンは〝言葉としてのレーニン〟と比べると大したことはないと感じた。実際のところ、レーニンの肉体的な存在とその超攻撃的な言葉のあいだに齟齬《そご》と苛立ちを覚えた。そのときのことを、のちにスターリンはこう述懐している。「偉大な人間に、政治的にばかりでなく、必要とあらば肉体的にも偉大な人間にあうよう期待していた。なぜならば、レーニンは私の想像では堂々とした風采の立派な巨人としてえがかれていたからである。だが中背よりも低く、文字どおりに一つとして普通の人間とちがっていない、ごくありふれた人間をみたとき、私の幻滅はどんなだっただろう……」(c)。しかし話してみると、その印象はがらりと変わった。スターリンはレーニンの〝圧倒的な論理力〟に感服した。とは言え、その論理力に屈服し、自分と意見を異にする政策を支持するほどではなかったが。実際、国会《ドゥーマ》議員選挙へのボリシェヴィキの参加問題については、参加を訴えるレーニンに対してスターリンは不参加を支持していた。

一方のレーニンも、スターリンの計画実行力と犯罪の才能に一目置いていた。草花と母なる地を詠んでいたかつての詩人は、今や心のなかに潜む義賊コバと気脈を通じるようになり、詐欺やペテン、恐喝や脅迫、用心棒料の取り立てなどを働き、さらには銀行強盗や誘拐すら犯すようになっていた。それもこれも、ボリシェヴィキの活動資金を調達せよというレーニンの命を受けてのことだった。銀行強盗については党の規則で禁じられていたので、謀略の才覚も必要だった。一九〇七年、スターリンは第五回党大会に出席するべくロンドンに赴いた。そこで革命の推進戦略について議論する一方、レーニンとともにティフリスで銀行強盗を働く計画を練った。犯行の実行時には十発の爆弾が投げられ、大勢の死者が出た。スターリンの一味は二十五万ルーブルもの金塊をまんまと奪った。強盗成功の報に、フィンランドにいたレーニンは欣喜雀躍した。

これでスターリンはグルジアのボリシェヴィキの幹部として認められるようになり、〈コーカサスのレーニン〉というあだ名も得た。しかしふたりのあいだには決定的なちがいがあった。レーニンは椅子に座って思索と執筆にいそしんでいたが、スターリンはもっぱら実務に従事し、いきおい執筆活動にかけることのできる時間は少なかった。果たせるかな、ふたりの全集のなかで一九〇一年から一三年にかけての巻数は、レーニンは十五もあるのに対してスターリンはわずか二巻を数えるのみだ。しかしそのたった二巻分の著作物の存在そのものが、地下活動に打ち込んだこの期間にあってもスターリンは書きつづけ、時間が取れるときは執筆活動にあてていたことの証左である。一九〇七年のスターリンは世界革命の構想を練り、爆弾を投げて金塊を強奪していただけではなかった。〈ムナトビ（松明）〉という地下新聞を創刊してもいたのだ。このときから彼は、帝国内の革命家サークル内で名を上げることを真剣に考えるようになった。その証拠に、彼はロシア語で執筆するようになっている。ロシア語で書くことによって、彼の著作物は帝国内の著名な革命家たち全員が読めるようになった。もっとも、その著名な革命家たち全員の眼に届くことはなかったのだが――スターリンが自分のキャリアに箔をつけようとしていた時期は、帝国当局がテロと地下活動の取り締まりを強化し、社会民主労働党の党員数が激減していた頃と重なる。一九〇七年の春の段階で、スターリンの新聞の読者数は確実に十五万部を見込めたのだが、あっという間にその数はわずかなものになってしまった。

この時期、スターリンは当局の弾圧だけでなく個人的な悲劇にも見舞われた。一九〇七年十二月、彼は最初の妻エカテリーナ・スワニーゼを病《やまい》で失った。その心傷も癒えぬ翌年三月にまた逮捕された。それでもスターリンは革命活動を継続し、帝国当局と繰り広げてきたいたちごっこは新たな局面に入り、逮捕と脱走を目まぐるしい勢いで繰り返した。何度逮捕されようとも、彼の革命家としてのキャリアの妨げとはならなかった。一九一二年、スターリンは党の中央委員にまで上りつめ、ロシア帝国内のボリシェヴィキ指導部の一員となった。さらに彼は、党の新たな日刊機関紙〈プラウダ〉を首都サンクトペテルブルクで創刊するという仕事を引き受ける。これは刮目すべき偉業だった。十歳でロシア語を身につけた山出しの田舎者が（耳障りなグルジア訛《なま》りは生涯消えることはなかった）、その多くがブルジョア出身の、ロシア語を母語とする教養人たちを部下に持つことになったのだから。創刊号は一九一二年四月二十二日に発刊されたが、その時点でスターリンはまたしても逮捕されていた。このときは北シベリアに流されたが、わずか三十八日後に脱走する。九月にサンクトペテルブルクに帰還したスターリンは、ふたたび〈プラウダ〉の実権を握った。

ここで〝鋼鉄の人〟であるスターリンは強い精神力を発揮する。〈プラウダ〉が創刊された年の十月のドゥーマ議員選挙では、ボリシェヴィキとメンシェヴィキはともに議員を送り込んでいたが、それでも両派はこの年に正式に分離した。スターリンのメンシェヴィキに対する態度は、レーニンと比べるとかなり融和的で、〈プラウダ〉もその考え方に沿って編集されていた。その方針にレーニンは憤慨し、断固とした反メンシェヴィキの立場を明らかにする論説を何本も書いた。しかしスターリンは屈しなかった。自分が唱える反メンシェヴィキの方針で〈プラウダ〉を作れというレーニンの指示を、スターリンは合計で四十七回もはねつけた。その一方で〈プラウダ〉は帝国で最も人気のある社会主義系新聞となり、発行部数は四万部にもおよんだ。

レーニンは昇進というかたちで頑迷な編集長を厄介払いにした。ある重要な〝理論上の問題〟に取り組ませるという名目で、スターリンをウィーンに派遣したのだ。コーカサスの希望の星であるスターリンはオーストリア帝国の首都で、多民族国家で虐げられている少数民族の自決権についての、マルクス主義者にふさわしい取り組み方を規定するという論文を執筆することになった。ボリシェヴィキが世界から称賛される政党だということを考えれば、スターリンにとってはまたとない話だった。ロシア帝国の片田舎のパンフレット作成者としてこの世に出てから十余年、彼に初めて訪れた、本物の知識人として認められるまたとないチャンスだった。

一九一三年一月、スターリンはウィーンに住む裕福なマルクス主義者のもとに身を寄せた。この市《まち》で彼は、党内で高く評価されていた論客のニコライ・ブハーリンと出会い、親交を結ぶ（それから二十数年ののち、彼はブハーリンを殺害することになる）。スターリンは読書と執筆にいそしみ、そしてロシアに帰国すると研究成果となる論文『民族問題と社会民主主義』を発表する。ウラジーミル・イリイチ・ウリヤノフは出世作『何をなすべきか？』で〝レーニン〟という革命家として世に知られるようになったが、イオセブ・ヴェッサリオニス・ゼ・ジュガシヴィリも『民族問題と社会民主主義』で〝スターリン〟という偽名で知られるようになる（使ったのはこれが二度目だった）。

のちに『マルクス主義と民族問題』と改題されることになる『民族問題と社会民主主義』は、スターリンが少年期の詩人とも青年期のパンフレット作成者とも大きく異なるタイプの著述家になったことを示す作品だ。その語り口は、仰々しい理論を読者に伝えるために堅苦しくて単調でたどたどしい論文スタイルになっている。スターリンに草花を愛する心がまだあったなら、こんな馬鹿げて意味不明な理論に心を惑わせることはなかっただろう。

せっかちなレーニンとはちがい、スターリンは物語を語る上での基本的なルールを遵守して『民族問題と社会民主主義』を書き、何の前置きもなくいきなり濃厚な理論を展開させるようなことはしていない。そして一九〇五年以降に訪れたマルクス主義の政治的危機という、次の論文のテーマも提示している。そして彼は、社会主義は輝きを失い、民族主義が新たな急進思想として台頭してきていることを認め、こう憂いている。

ユダヤ人のあいだのシオニズムの拡大、ポーランドにおける排外主義の強化、タタール人のあいだの汎回教（イスラム）主義、アルメニア人、グルジア人、ウクライナ人のあいだの民族主義の激化、反ユダヤ主義への住民の一般的な傾向、――これらはみな一般によく知られた事実である。民族主義の波はますます強くおしよせてきて、労働者大衆をとらえそうになった。そして解放運動がおとろえていけばいくほど、民族主義は、ますますみごとな花をさかせた。(d)

さらに悪いことには、とスターリンは話を続け、民族主義は社会民主主義を乱しつつあり、我々はもっとよく考えなければならないと訴える。そしてユダヤ人社会民主主義労働者協会（ブンド）をとくに厳しく批判し、彼らは社会民主主義ではなくシオニズムの推進を優先させていると糾弾する。さらに彼は〝文化的民族自治制〟を求めるコーカサス人党員たちも槍玉に挙げる。民族主義は〝ロシアのあらゆる民族のプロレタリアの友好と統一〟(d)を蝕《むしば》みつつあるとスターリンは訴える。

そうやって列挙した邪説と堕落思想に対し、当然スターリンは反論を展開する。しかし彼は論敵を斬首に処すわけではない。ルール無用の容赦ない意味論的な論戦をふっかけるのだ。たとえば彼は〈国家〉という言葉の意味を相手に問う。するとやや難解な答えが返ってくる。それに対してスターリンは、二千語もの言葉を費やしてあらゆる意味の候補を検討し、細心の注意を払いつつ正しい定義を求めていく。その一方で相手の定義の誤りも指摘する。彼の論調は理路整然としていて必要以上に細かいところまで考えが及んではいるが、学者ぶるようなところはない。スターリンは言葉の力を強く信じ、孔子のように彼も〝名正しからざれば則ち言順《したが》わず〟と考えていたのだ。

さまざまなことを論じるにあたって、スターリンはむやみに複雑にしたり、欺いたり、自分の説の難点を隠したりはしない。かといって理論という厚化粧を塗りたくるという愚を犯すわけでも、不明瞭で意味不明な言葉を弄するわけでもない。のちのソヴィエト社会主義共和国連邦のトップが空前絶後の嘘つきだったことを考えると、これは特筆すべき点だ。スターリンは明快に論じることにとことんこだわる。自分の批判力に自信を持っている。自分の論拠を信じている。自分の考えを説明するためなら、膨大な量の文章を書くことも厭わない。要するに彼は真実を追い求めているのだ。

〈民族〉については、スターリンはこう定義している。

> 民族とは、言語、地域、経済生活、および文化の共通性のうちにあらわれる心理状態、の共通性を基礎として生じたところの、歴史的に構成された、人々の堅固な共同体である。（d）

このように、スターリンは自身が確立した定義を使い、自分と意見を異にする者全員の見解を手際よく解体していく。言葉の本当の意味が特定されると、曖昧な定義は一切消え去り、正しい定義と正しくない定義しか残らない。民族の定義を使い、スターリンはブンドの民族主義的な企みをたちまちのうちに粉砕する。領土も言語も共有しないユダヤ人が〈民族〉であるはずがない。彼はそう述べる。ひとつの領土を持っているにもかかわらず文化的民族自治制を求めようとするオーストリアのマルクス主義者たちも、スターリンはこき下ろす。こうした風潮はブルジョア特有の現象で、階級闘争の勢いをそぐものだと彼は批判する。〝民族的特殊性を維持し発展させること〟(d)は時代遅れのナンセンスな試みであり、コーカサスのタタール人たちの苦行やグルジアの血で血を洗う抗争といった、断絶すべき悪習をそのまま残してしまうものだと彼は述べる。その一方で、マルクスが一八四〇年代に発した預言については是認する。「人民の民族的孤立化や対立は……どんどん消滅していく。プロレタリアの支配によって、そうした対立はさらに消滅していく」(e)

四章を費やして相手の主張の根拠を粉砕したところで、スターリンはロシアが抱える諸問題の解決策を明らかにする。「唯一の正しい解決策は、地方的自治、すなわちポーランド、リトアニア、ウクライナ、カフカーズ等のような、規定された単位の自治である」(d)。そうした地域内に暮らす少数民族には、独自の言語を使い、独自の学校を運営する権利を与え、さらには〝良心の自由(信教の自由)〟(d)すら認める。しかしながら、地域的自治は民族的自治を意味するものではない。連邦制については、分離主義を助長するものとしてスターリンは推奨せず、階級が抱えるさまざまな現実は文化のちがいを超越するものであり、連邦制はそこから労働者の眼をそらさせるものだと断じた。地域的自治は〝諸民族統一主義《インタナショナル》の原則〟(d)の下においてのみ成立する。すなわち、一党支配の下にすべての民族が文化のちがいを超えて団結する、ということだ。スターリンはこう論じる。「だからインタナショナルな組織型態は、同志的感情の学校であり、民族統一主義の最大の扇動である」(d)

スターリンは民族および文化的自治を否定する。つまりそれは、ある地域を占有している民族は国家から分離してはならないということなのだろうか？　いいや、そんなことはない。スターリンはこうも述べている。「自治権とは、民族は自分の希望どおりやっていくことができるということである。民族は、自治の原則にもとづいて、その生活をいとなむ権利をもつ。それは他の民族と連邦関係にはいる権利をもつ。それは完全に分離する権利をもつ。民族は主権をもち、すべての民族は平等である」(d)

驚くほど寛大な言葉が並んでいるが、実際には民族の分離独立をほぼ不可能にする、都合のいい免責条項が組み込まれている。社会民主主義はプロレタリアートの権利保護を第一としているので、民族自治が労働者の利害を損なうのであればそれを支持しない。つまりスターリンの描く多民族マルクス主義国家においては、民族の利害よりも党中央の定義する階級的利害が上位に置かれるということだ。民族自治の問題については、すでに多くのマルクス主義者たちが取り組んでいた。『マルクス主義と民族問題』の特筆すべき点は、その著者である無名の元神学生が十年を経たずしてその考えを実践してみせ、何百万もの人々のその後の行く末を決めてしまったところにある。

しかし彼らの運命が定まるのはまだ先のことだ。『マルクス主義と民族問題』はしっかりとした理論書という評価を受けたが、それに続く作品を書くことができず、この成功は単発で終わってしまった。出版直後にスターリンはふたたび逮捕され流刑に処され、シベリアで四年間過ごすことになってしまったのだ。今回の流刑地は北極圏にほど近い地だったので、脱走は難しかった。この時期の書簡を読むと、スターリンは民族問題の解決策を完璧なものにするべく取り組んでいたことがわかる。が、作品として出版することなど夢のまた夢であり、党内での成功という夢はどんどん遠ざかっていった。遥か彼方で繰り広げられている第一次世界大戦についても、彼は何も語らなかった。一九一三年に中断されたスターリンの執筆活動が再開されるのは一七年のことだ。

革命後のレーニンは、スターリンに数多くの重要な地位を与えた。『マルクス主義と民族問題』での見識を評価された彼は、新たに誕生したソヴィエト政府内の民族問題人民委員部のトップとなった。内戦が激化するなか、スターリンは穀物補給を改善すべく南部のツァリーツィン（のちのスターリングラード、現在のヴォルゴグラード）に派遣され、ここぞとばかりに地域住民に暴力と恐怖と抑圧を加えた。さらにスターリンは党中央委員会の一員となり、ロシア・ソヴィエト連邦社会主義共和国の憲法制定議会議員にも選ばれた。さらに党内の最高意思決定機関の政治局の局員と、それに次ぐ地位にある組織局の局員にもなった。一九二二年四月三日には党書記長となり、巨大なソ連共産党の管理運営をつかさどることになった。一九二四年一月にレーニンが亡くなった時点で党内の絶大な権力を手にしていたスターリンは、新指導者の最有力候補となった。

共産党内という舞台裏では絶大な影響力を持っていたスターリンだったが、世間的には内戦で獅子奮迅の戦いぶりを見せて赤軍に勝利をもたらしたレフ・トロツキーのほうが、革命のカリスマとして絶大な人気を博していた。トロツキーはマルチタスク型の人間だった。ロシア全土の前線を列車で巡って赤軍の兵士たちを鼓舞しながらも急進思想の言葉に満ちた演説を何度も何度もぶち、マルクス主義理論の大家という地位を維持しつづけていた。この大人気のおかげで、トロツキーがボリシェヴィキに加わってからまだ数年しか経っていない元メンシェヴィキで、レーニンとしょっちゅう衝突していたという過去も陰に隠れてしまった。そんなトロツキーとは対照的にスターリンは雄弁家ではなく、〈プラウダ〉への寄稿にしても思想家としてのイメージを高めるようなものではなかった。

たしかに一九二四年時点でのスターリンの著述家としての実績は、トロツキーだけでなくニコライ・ブハーリンやグリゴリー・ジノヴィエフらボリシェヴィキの重鎮たちと比べてかなり見劣りするものだった。『マルクス主義と民族問題』という唯一のヒット作にしても十年前のものだった。レーニンの棺を担ぐ一員となったスターリンにとって、マルクス主義について深い考察を広く示すことができないことは、〝執筆しない者は排除されるべし〟とでも言わんばかりの書物崇拝に囚われていたボリシェヴィキのなかで致命傷となり得た。が、トロツキーのような華やかさには欠けるものの、スターリンには自分の意見をしっかりと押し通す才能はまだあった。その力は、今は亡き指導者の聖なる言葉をその亡骸と一緒にホルマリン漬けにする際に発揮された。スターリンはレーニンの言葉の永久保存作業の陣頭指揮を執り、繰り返し引用されることになる宗教まがいの賛辞の言葉を〈プラウダ〉に寄せた。

しばらくすれば、諸君は何百万の労働者の代表者が同志レーニンの廟へもうでるのを見るであろう。そして何百万の代表者につづいて、世界のはてから何千万、何億の代表者がひきもきらずにつづき、こうしてレーニンがただにロシアのプロレタリアートの指導者であるばかりでなく、またヨーロッパの労働者の指導者であるばかりでなく、また植民地的東洋の指導者であるばかりでなく、地上の

全世界のすべての勤労者の指導者であることが証明されるにいたることは、うたがう余地はない。（f）

この追悼文のいたるところで、スターリンは〝われわれ〟という言葉を乱発し、〝世界の変革〟という壮大な使命を負っていたレーニンに対する忠誠を、まるで伝道者のような口ぶりで告白していく。

われわれからさるにあたって、同志レーニンは、共産主義インタナショナルの諸原則に忠実であるようにわれわれに遺言した。同志レーニン、われわれは全世界の勤労者の同盟――共産主義インタナショナル――を強化し拡大するために自己の生命をおしまないことをあなたにちかう！（f）

しかしスターリンは、その死をきっかけとして突如として沸き起こり、ソ連全土を席巻したレーニン熱を先導していただけだった。ペトログラードはレニングラードと改名され、未亡人のクルプスカヤは聖人伝のような夫の伝記を書き、ロシアン・アヴァンギャルドの詩人ウラジーミル・マヤコフスキーは壮大なプロパガンダ詩を詠むよう強いられた。マヤコフスキーが渾身の力を込めて詠んだ三千行にもおよぶ叙事詩『ヴラジーミル・イリイチ・レーニン』は、最初のうちこそ人間としてのレーニンを力強く語るのだが、あっという間に彼のことを救世主《メシア》に祀り上げるほら話になる。しかしそのメシアは盲目の眼を見えるようにすることもなければ不自由な脚を治すこともない。ただ魔法の言葉を吐くだけだ。

水より声をひそめ、草より身をかがめ、そんなことはもう沢山。労働者の怒りが黒雲になる。空を切る稲妻、あれはイリイチの本だ。烈しい霰《あられ》、あれは宣言とパンフレットだ。（g）

その死と共にレーニンへの個人崇拝がいきなり成立したタイミングを、スターリンは自分が著述家としての地位を取り戻す好機と捉えた。レーニンは、その生涯のうちに計り知れないほど膨大な言葉を生み出した。〈レーニン選集〉の出版は一九二〇年から始まり、最終的に千五百の論文・演説などを収めた全二十六巻が世に出た。選集の最終版となる第五版が出た一九六五年の時点で、〈レーニン全集〉は三千以上の作品を収めた全五十五巻になり、さらに未収録の作品は三千七百点もあった。レーニンは目まぐるしく変わる状況に応じて、当意即妙に文章を書いていた。畢竟《ひっきょう》、その内容は複雑かつ難解で、しかも矛盾が錯綜するものだった。したがって適切な文脈のなかで使わなければ、いかようにも悪用できる危険性をはらんでいた――元メンシェヴィキのトロツキーとの論争を際立たせるという使い方は正しいと言えるかもしれない。

その著作物がソ連における〝レーニン教〟の聖典とするのであれば、それは混乱に秩序をもたらし、優先順位を定め、読む者を正しい解釈に導くものでなくてはならない。そこでスターリンは、レーニンの死から二カ月後にモスクワの〈Ｙａ・Ｍ・スヴェルドロフ名称共産大学〉で、党の活動家候補生たちに対してレーニン主義の基礎講義を行った。のちにその講義録は入門書『レーニン主義の基礎』の名で刊行された。日々の責務を数多く抱えているにもかかわらず、スターリンはレーニン思想の

〝翻訳〟を重要な仕事だと捉え、講義録を自ら執筆した。タイプ打ちされた文字に手書きの修正を加えた黄ばんだ原稿は、ロシアの公文書館に保管されている。

『レーニン主義の基礎』のなかで、著述家としてのスターリンは極めて大きな存在感を示している。イエスの足跡をたどる使徒パウロのように、彼は自分をレーニンの著書の〝卑しき僕《しもべ》〟として示し、その目的は〝レーニン主義をよく理解するために必要な、いくつかの基本的な出発点をあたえる〟(ｈ)ことだと述べる。『マルクス主義と民族問題』で確立させた、整然として秩序だった、曖昧さを排した注釈的手法は、講義録という形式にぴったりだった。スターリンは定義を何度も何度も繰り返し、詳細に述べ、理解しやすい結論を導き出す。

『レーニン主義の基礎』は、レーニン主義という概念を長々と論じ、最終的にこのように定義づける。

レーニン主義は、帝国主義とプロレタリア革命の時代のマルクス主義である。もっと正確にいえば、レーニン主義は、一般的にはプロレタリア革命の理論と戦術であり、特殊的にはプロレタリアートの独裁の理論と戦術である。(ｈ)

かなり抽象的な上に、何やら意味ありげな言葉ばかりが並んでいる。そこでスターリンはレーニンの思想を大きなテーマごとに九つの章に分ける。

・レーニン主義の歴史的根底

・方法
・理論
・プロレタリアートの独裁
・農民問題
・民族問題
・戦略と戦術
・党
・仕事のスタイル（h）

前章で嫌になるほど登場した、やたらと理屈っぽいレーニンの言葉の数々が、いくらかはシンプルでわかりやすくまとめられている。ここにスターリンの、著述家としてのささやかな真の実力を見て取ることができる。彼は複雑な思想を明瞭簡潔にまとめて、一般の読者でも読めるようにする技術を持ち合わせていた。

『レーニン主義の基礎』を読んだあとで、私はどの資料文献よりも先にこの本を読んでおけばよかったと後悔した。とは言え、そうしてしまったらレーニンのすべてをスターリンというプリズムを通して解釈していたことだろう。しかしこの時代の共産主義者たちは、そうやってレーニンを理解していたのではないだろうか。スターリンの明瞭で秩序立った言葉の世界では、誰がまちがっていて誰が正しいのか、そして本当の意味は何なのかは常に明示される。そしてレーニンとマルクスの言葉を引用しつつ、詳細に説明しながら結論を出す。キャリアアップには熟達した文章術が必要不可欠で、マルクス主義者レーニンの言葉を投げつけ合うイデオロギー闘争が繰り広げられる世界を生きるスターリンは、必要なイデオロギー要素を集約し、そこにしかるべき装飾を施して提供するという極めて便利なサービスを読み手に提供する。

そうしたスターリンの編集能力は、適切で気の利いた言葉を引用しているところにも垣間見ることができる。彼はレーニンが書いたものをすべて読んだと思われ、レーニンの考え方を最も明快に説明する言葉を見つけ出している。しかしスターリンが編集しているのはレーニンの文章だけではない。レーニンその人にも手を入れて、政敵に対する辛辣で放埓《ほうらつ》な長広舌をすっぱりと切り落としているのだ。そうやってスターリンは、自分のフィルターを通したレーニン像を描き出す――快活で力強く決断力のある、現在と未来に対する正しい答えを常に持ち合わせていた、亡くなったばかりの指導者の姿を。大言壮語の不機嫌な男としてのレーニンは、誰にも読まれることもなく埃をかぶったままの選集のなかに姿を消してしまった。

事実、スターリンは学生たちにレーニン主義の概要こそ示すものの、自分たちの手でその著書の森のなかに分け入っていくことを勧めていない。むしろ彼は、主要な点を要約し、何を考えるべきかを教える。この本は最初からそういう構造になっているのだ。『レーニン主義の基礎』は思想の時代に始まり、行動の時代に終わる。そしてスターリンは〈ロシア的な革命的進取の精神〉(h)と〈アメリカ的な事務能力〉(h)という〝レーニン主義者の仕事のスタイル〟を特徴づけるふたつの要素を提示して締めくくる。

この最後の点が意外に思えるかもしれないが、一九二四年のスターリンがアメリカという国に大いに感銘を受けていたことは明らかで、この国の国民性をこう説明する。「これは障害物を知らず、またこれをみとめず、ありとあらゆる邪魔物をその事務的な頑強さでおしのけ、一度はじめた仕事は、たとえそれが小さな仕事でも、最後までやりとげずにはおかない、あのおさえることのできない力であり、これなしには、まじめな建設の仕事は考えられない」（h）。当然のことながら、アメリカの効率性はどこまでも素晴らしいというわけではない。その効率性は〝経験主義と節操のない実践主義〟に陥りがちだとスターリンは看破する。それでも彼はアメリカの〝なせばなる精神〟を称賛しつづけ、この部分の記述は米ソ冷戦に突入するまで削除されずに残されていた。

『レーニン主義の基礎』は、少なくとも対象読者である覇気に富む若い共産党員たちには受けたが、党内の理論家仲間たちにとってはそうではなかった。のちにトロツキーは自叙伝『わが生涯』のなかで、ライバルのこの作品のことを〝寄せ集めの著作〟（i）と切り捨て〝党の理論的伝統に敬意を払おうとしたが、この本は幼稚な誤りに満ちている〟（i）と小馬鹿にした。さらに彼は『マルクス主義と民族問題』についても凡作にも満たない駄作だとこき下ろしている。

たしかに『レーニン主義の基礎』は傑作ではないし、〝寄せ集めの著作〟にしか過ぎない。それでもスターリンはこの作品で、党の宿痾《しゅくあ》である終末論的な革命待望論に取り組んでいる。マルクスの預言によれば、革命によって全世界が変革することになっていた。そしてボリシェヴィキたちも、天から下ってくる〝新しいエルサレム〟を待ち望む砂漠のキリスト教徒のように、一九一七年の革命後にヨーロッパのプロレタリアートが大挙して決起し、ブルジョア階級を放逐するのを待っていた。が、革命はロシアでしか起こらなかった。それでもボリシェヴィキたちは、世界革命の早期到来という夢を捨てなかった。

しかしスターリンは『レーニン主義の基礎』のなかで、ひとつ跳びに〝超革命〟時代を迎えたいという期待感を敢えて軽視しようとする。たとえばレーニンの『国家と革命』を引用しつつも、そこに描かれているおめでたいユートピア期待論は割愛している。さらにスターリンは、レーニンとマルクスの著書をくまなく読み、資本主義から共産主義への移行は予想していたほど早くは起こらない可能性があるという含みのある箇所を探し、「国内戦や国際的戦闘の十五年、二十年、五十年を経験しなければならない」(n)というマルクスの言葉と「大量の、小ブルジョア的諸影響との、長いあいだの困難な大衆闘争によって」(n)というレーニンの言葉を引用している。

それでも、革命を経たのちに労働者の楽園が到来するという預言は成就しなかったという事実は消し去ることはできなかった。革命から十年近くが経っていたが、世界が変革の時を迎える兆しは見られなかった。世界革命の理論を厳密に当てはめると、ソヴィエト連邦は生き残ることはできないことになる。そこでスターリンと党内随一の理論家ブハーリンは、実際には周辺諸国で革命が起こらなくてもソ連は存続できると発表した。社会主義は一国でも成し遂げることができるということにしたのだ。

この理論は、『レーニン主義の基礎』の続篇にあたる『レーニン主義の諸問題によせて』(一九二六年)で提示された。前作からそれほど時を置かずして出したはずだったが、それでもレーニン主義を取り巻く状況は変化していた。指導者の死から二年を経て、党上層部内では軋轢と権力闘争が深刻化していた。スターリンのライバルたちも、策略を巡らせつつレーニン主義についての深い考察を示していた。『レーニン主義の諸問題によせて』は前作の内容をさらに詳しく論じているだけのものではなかった。その発表は論戦の領域を拡大させ、さらにはイデオロギーの主導権を巡る党内の戦いに本格参戦したというスターリンの意思表示でもあった。戦いであれば、ライバルたちの解釈は単なる見解の不一致として片付けるのではなく、まったくの誤りだと反撃しなければならない。そのためには解釈の内容を原子レベルにまで徹底的に解体して分析しなければならなかった。政敵を叩き潰すとき、レーニンは議論と辛辣な言葉と嘲笑と長々とした脚注をぎゅっと詰め込んだ短いパンフレットを使った。一方スターリンは、文体をさらに面白みのないくどくどしいものにし、引用もふんだんに盛り込み、単調で情け容赦ない言葉を連発する。『レーニン主義の諸問題によせて』を巡る論戦でも、スターリンはトロツキーとカーメネフとジノヴィエフの名前を挙げ、彼らの〝レーニン主義〟は誤りであると指摘し、嘲笑を浴びせた。

スターリンはゆっくりと時間をかけて政敵を粉砕していった。同時に彼は、自身の異端的見解を正当化する手立てを模索した。自分とレーニンは、マルクスの預言をずっと信じてきたのだとする証拠を示そうとしたのだ。当然のことながら、『レーニン主義の基礎』を修正することは簡単で、マルクス主義に疑問を抱いているように読める箇所はすべて削除され、逆に肯定する文言が加えられた。スターリンはレーニンの著書を熟知していた上に、神学生時代に神学を学んでもいた。文脈から切り離して抜き出した、聖書のなかのわずかばかりの言葉に基づいて教義全体を推察していく神学者のように、スターリンはレーニンの全著書を掘り起こし、引用可能な文章を見つけて新しい理論を裏づけた。

スターリンはレーニンの言葉の断片を、文脈から切り離して引用する。

「経済および政治的発展の不均等性は、資本主義の絶対的法則である。ここからして、社会主義の勝利がはじめには少数の資本主義国で、または単独でさえも、可能であるということになる。その国の勝利したプロレタリアートは、資本家を収奪し、）自国において社会主義的生産を組織したのち、他の諸国の被圧迫階級を自分たちのもとにひきよせ、それらの国で資本家に反対する蜂起をおこし、必要なばあいには、搾取階級と彼らの国家にたいして武力をもってさえ立ちあらわれ、こうして他の資本主義世界に対抗して立ち上がるであろう。」（j）

スターリンは〈社会主義的生産〉という言葉に注目し、以下のように解釈する。

「自国において社会主義的生産を組織し」という、私の強調したレーニンの文句は、なにを意味するか。それは、勝利した国のプロレタリアートは、権力をにぎったのち、自国において社会主義的生産を組織することができるし、また組織しなければならない、ということを意味する。ところで、「社会主義的生産を組織する」ということは、なにを意味するか。それは、社会主義を建設しとげることを意味する。レーニンのこの明瞭で明確な規定は、これ以上の解釈を必要としないということは、あらためて言うまでもないだろう。もし右のとおりでないとすると、一九一七年十月にプロレタリアートによる権力の獲得を呼びかけたレーニンのアピールは、意味がわからないであろう。（j）

スターリンはこの見解に基づいて、革命は自分が最近確立したばかりの理論の上に成り立っている、もしくは寄りかかっていると断言する。社会主義は一国のみでも成し遂げることが可能で、世界の他の国々がしばらく待たなければならなかったとしたら、それはそれで仕方のないことだ。このスターリンが示した修正主義に異を唱える者も当然出てきた。両者の対立は長く続き、手遅れになるまで団結して共通の敵に立ち向かおうとはしなかった。事実、一九二六年に『レーニン主義の諸問題によせて』を出版した時点で、スターリンは政敵たちを打ち負かしていた。一九二五年十二月の党大会で、彼はレーニンが作った党の結束に関する規則を持ち出して議論を封じたのだ。

言葉の暴力は、やがて物理的な暴力に変貌した。『レーニン主義の諸問題によせて』を攻撃したトロツキーとジノヴィエフとカーメネフは抹殺されることになる。さらにスターリンと共に〈一国社会主義〉というスローガンを掲げ、それに沿った理論を練り上げてきたブハーリンにも処刑命令書が出されることになる。スターリンとはそういう男だったのだが、抹殺された彼らは、まだ彼の本性を知らなかった。粛清はまだ何年も先のことだが、スターリン一派は支配体制を強化していた。これからは〈一国社会主義〉が紙の上から現実世界へと移っていくことになる。

レーニンの著書に対する支配権を確立したスターリンは、その権力地盤を堅実なものとし、ソ連の文化・産業・農業を推進していった。生まれたばかりの国家を存続させるために、レーニンは資本主義を部分的に取り入れ、限られた分野での個人商取引を認めていた。スターリンは別の道を進むことにした。社会主義を強制することにしたのだ。

むろん、強制には暴力が伴う。幸いなことに、暴力の行使を肯定する箇所はソ連の聖典のなかに簡単に見つかった。プロレタリア独裁を〝ブルジョアジーに対するプロレタリアートの優越性を示すもので、いかなる法律や規則にも束縛されない、直接暴力で自ら保持する無制限の権力〟とするレーニンの定義は誰にもわかりやすく、しかも解釈の余地はなかった。かくして社会主義は前進を続けた——経済五カ年計画と強制的な集団農場化、強制労働収容所、階級としての富農《クラーク》の解体、狂気に駆られた破壊工作者と妨害工作者探し、そして粛清と排斥と失踪を手段として。一九三二年から三三年にかけてソ連南部とウクライナとカザフスタンを襲い、何百万もの人民の命を奪った大飢饉にしても、社会主義の名の下に人為的に引き起こされたものだった。

スターリンはボリシェヴィキの保守派も屈服させた。『レーニン主義の諸問題によせて』という本が存在することは、知的エリート層が丁々発止にやり合う環境があったことを示してはいたが、一九三二年の時点でスターリンの権威は絶対的なものになっていた。政治状況が変化していくにつれて、不適切な書籍は一掃されていった。図書館の司書たちは過度の使命感もしくは恐怖に駆られ、イデオロギー的に疑義のある書籍のみならずマルクスの著書も廃棄した。社会全般に広まっていた捉えどころのない恐怖にモスクワの司書たちは縮み上がり、その挙げ句にスターリンの出世作『マルクス主義と民族問題』やレーニンのシベリア時代の代表作『ロシアにおける資本主義の発展』すら、タイトルからして危ないと感じて書架から外してしまった。

ぼんやりとしていた社会主義が具体像を見せるようになると、スターリンの個人崇拝も靄《もや》のなかから現われた。スターリンは指導者であり尊師でもある〈ヴォーシチ〉となり、レーニンの一番の教え子かつ真の継承者となり、〈現代のレーニン〉となった。そして一九三二年になると〈歴史の牽引車の偉大なる運転者〉であり〈共産主義の天才〉であり〈世界プロレタリア革命の最高の機械工〉であり〈人類の幸福の庭師〉であるレーニンを凌駕するようになった。スターリンの分身がソ連全土に広まっていった。そうした〝ドッペルゲンガー〟たちはブロンズ像となって台座の上に乗ったり、プロパガンダのポスターに載ったり、巨大なモザイクや壁画として描かれたりした。そしてスターリンの個人崇拝が広まっていくにつれてレーニンの影は薄れていった。一九三三年の十月革命記念日にモスクワ市内を巡ったアメリカのとある記者によれば、スターリンの肖像画は百三点見かけたのに対してレーニンの胸像は五十八点しかなかったという。ポスターについてはスターリンの一万五千枚に対してレーニンは三万枚だった。もはやレーニンはスターリンの肖像画の単なる背景としてのその頭像となったり、スターリンの著書の背表紙に記されるだけの存在になってしまった。

スターリンが現人神《あらひとがみ》になっていくと、当然ながらその著書も神聖視されるようになった。ソ連崩壊後、ロシアの将軍で歴史家のドミートリー・ヴォルコゴーノフはこう述懐している。

私自身についていえば、こんな思い出がある。戦車学校の生徒であったとき、私たちは、演説、論文、報告を収録した『イ・スターリン。レーニン主義の諸問題』という六〇〇ページの本をすみからすみまで研究した。私たち生徒は、スターリンの著作を読むだけでなく、懸命にその内容を特別のノートに要約した。教師たちはこのことに特別の関心をはらっていた。より長い要約、そのう

えスターリンのもっとも重要な思想の箇所を色鉛筆でアンダーラインを引くと、高い点数をもらえた。(k)

しかし私的空間では話はちがった。一九三〇年代、生産性向上運動である〈スタハノフ運動〉にまつわるあるジョークが流行《はや》った。この運動では、生産ノルマを超過達成した労働者は国から表彰されたが、そのおかげで非現実的な生産ノルマを課せられる周囲の労働者たちからはよく嫌われていた——集団農場《コルホーズ》で行われた、生産ノルマを超過達成した労働者への表彰式で、一等賞のラジオと二等賞の蓄音機と三等賞の自転車は、それぞれ搾乳にあたる女性労働者たちに贈られた。四等賞の〝親愛なるスターリン同志の著書全集〟を与えられたのは、養豚場で一番多くの生産量を達成した男だった。式場に深い沈黙が流れた。するとその沈黙を破って誰かがこう叫んだ。「あのクソ野郎にはそれがお似合いだよ」

こうしたスターリンの著書に対する〝率直な評価〟は、ソ連人民にとっては長生きの妨げとなるものだった。スターリンは世に出したいと思うものを何でも出版することができたので、ソ連人民にとって口にしてはならないことがどんどん多くなっていった。かつては論文や著書を通じて政敵たちと論戦を交わしていた彼の文章も、今やどれほど陳腐なものであっても永久保存する価値があるものだと見なされるようになった。たとえば以下に挙げる〈プラウダ〉への寄稿文ように、〝頭がくらくらするほどの才気〟を見ることができる。

エレクトロザヴォードへ

五カ年計画を二年半でやりとげたエレクトロザヴォードの労働者、管理・技術部員に、熱烈なあいさつをおくる。

さらに勝利をめざして前進せよ！

イ・スターリン

『プラウダ』第九二号　一九三一年四月三日（1）

私が個人的に収集した独裁者の著書のなかの一番のお気に入りは、二〇〇〇年代の初頭にスコットランドのセントアンドルーズの古書店で見つけた、スターリンの演説録を収めた四十五ページの小冊子だ。演説録は二篇あって、ひとつ目は一九三五年十二月一日の〈コンバイン収穫機運転手大会での演説〉で、もうひとつは同年十二月四日の〈タジキスタンおよびトルクメニスタンの優良コルホーズ労働者大会での演説〉だ。前者の演説で、スターリンはソ連の穀物需要が急増した理由を系統立てて説明する。そしてその需要を満たす責務は聴衆たちにあると説き、そして以下の文章のあとで同じ内容が繰り返される。

長い大歓声と拍手。そして〈親愛なる同志スターリン万歳！〉という掛け声。

最後のふたつのスターリンの言葉のあとにも歓声が起こる。後者の演説では二段落目が終わったところで、さらに熱狂的な歓声が沸き起こる。

長く大きな拍手と歓声。〈親愛なる同志スターリン万歳！〉という掛け声。党と政府の指導者への祝福の言葉が叫ばれる。

三段落目の中ごろで、スターリンがその場にいる全員に蓄音機とレコードを贈ると告げると、〝拍手喝采〟はふたたび巻き起こり、さらに腕時計も贈られるという発表は〝長い拍手喝采〟をもたらす。残りの二ページは演説のなかに拍手喝采がちりばめられ、そして演説録はより盛大な拍手喝采で締めくくられる。

万雷の拍手。全員立ち上がって同志スターリンを祝福する。

異様極まるパンフレットだ。それは徹頭徹尾中身がないからであるとか、そんな最高につまらないものをわざわざ出版しているからではない。実はこのパンフレットは、演説のわずか数日後に英語に翻訳され、出版されている。餓死に追い込まれることもなければ頭を撃ち抜かれることもなく、ましてや強制労働収容所に放り込まれることなどない世界に、虐殺者を崇拝する人々がいて、教祖の言葉をこっそりと国内に持ち込み、それを読み、そこに価値を見いだしていたところが異様なのだ。そんなパンフレットが、六十年の歳月を経て私の元に来たのだ。

　しかしながら、こうしたスターリンのこまごまとした印刷物のすべてがまったく馬鹿げた代物だというわけではなかった。一九三〇年三月二日、〈プラウダ〉は『成功による眩惑』という論説を掲載した。このなかでスターリンは、党上層部が推し進める集団農場化は少々行き過ぎで、是正するのは今しかないと指摘した。ソ連全土の政治局員たちは恐怖におののき、突如として方向転換を強いられることとなった。そして彼らは、富農《クラーク》を迫害することによって得た〝利益〟を集約化することの意味を、スターリンから教えられるのではなく自分たちで解釈しなければならなくなった。それから七年後の三七年三月二十九日と四月一日、〈プラウダ〉は数週間前にスターリンが党中央委員会で行った二回の演説を載せた。延々と垂れ流すプロパガンダを中断させて、敵の正体を暴くことを求めるスターリンの言葉を掲載したことに読者は驚かされた。二回の演説はパンフレットとしてまとめられた。現人神《あらひとがみ》は粛清をご所望なのだ。でも誰を？　何人を？　そしていつまでやることをお望みなのだろうか？　そのパンフレットにはしっかりと記されていなかった――記されていたのは、スターリンの言わんとすることの、その曖昧な恐怖だった。

　紙と青銅《ブロンズ》でできたスターリンが増殖するにつれて、本体のほうは執務室で座ったまま、もっぱら文書を通じて帝国全土とやり取りするようになっていった。ほかの独裁者たちとはちがい、彼は自分の縄張りにある名所や特別な場所を表敬訪問することをあまり好まなかった。労働者たちと一緒に半裸になって穴を掘ることもなければ、ライオンとじゃれ合う〝やらせ写真〟を撮らせることもなければ、バルコニーに立って称賛を浴びることもなかった。自分の縄張りの状況なら、膨大な量の報告書や書簡、電報、そして研究所の要約などを通じて把握していた。もはやスターリンは『マルクス主義と民族問題』の著者でもなければ〈プラウダ〉の編集長でもなければ、世界最大の国家の至高の作家でも編集者でもなかった。彼が紙をめくるたびに世界は揺れた。彼が赤いペンを手に取ると、何万人もの人間の命が奪われた。かつてレーニンの著書の内容を変えてしまったように、スターリンは自分の世界を思い通りにかたちづくり、そして手を加えていった。

スターリンはおもに紙を介して現実世界とやり取りしていたので、彼が書かれた言葉を盲信し畏敬の念を抱いていたことは驚くにあたらない。本と小説と演劇と芸術全般は、ずっと彼の心を魅了してやまなかった。彼は大のバレエ狂であり映画マニアだった。細かいところでも全部自分で決めたがるタイプの指導者ではあったが、政治局の部下たちに農工業や交通、国防などのさまざまな問題についての最終判断を任せることもままあった。しかしイデオロギーと文化のことになると話はちがった。一九三〇年から五三年に亡くなるまで、スターリンは政治局の議題に上ったすべてのイデオロギー的問題について、全部自分で裁定を下していた。

スターリンは作家相手に陰気な心理戦を仕掛けて愉しむこともあった。真夜中にミハイル・ブルガーコフとボリス・パステルナークに電話をかけ、文学やほかの作家の作品について論じ合っていたことは有名な話だ。一方、イデオロギー的に正しい道から大きく踏み外してしまった作家たちには批判の言葉を与えることもあった。スターリンに創作のアドバイスを求める作家もいた。著名な劇作家アレクサンダー・アフィノゲーノフは、スターリンを文学の師とみなし、一九三〇年になると脚本を直接提出して批評を求めるようになった。巨大な多民族国家の運営に忙殺されているにもかかわらず、スターリンは時間を見つけて彼の脚本に眼を通して意見した。

もちろん、スターリンが文学に口出しする一番の目的は芸術面にあるのではなく、むしろ自分の文章編集能力と注釈の権威を高めることにあった。彼はレーニンの論文を改竄し、ソヴィエト人民に何を考えるべきかを教えた。そして次は〝どう感じるべきか〟まで指示することにした。書かれた言葉の力を盲信するスターリンは、想像で書かれた物語とその作者を操れば、自分の望みどおりの感想を引き出すことができると考えていた。

マクシム・ゴーリキーは貧困のなかから作家として身を立て、ロシアの貧しい人々の苦しく悲惨な生活を描いた小説で国際的に称賛されるようになった。ゴーリキーは共産党に深く関わっていた。彼がレーニンと初めて会ったのは、一九〇七年にロンドンで開かれたロシア社会民主労働党の第五回党大会の場だった。その年に出した小説『母』が、ボリシェヴィキの指導者と彼を結びつけたのだ。ゴーリキーは党に資金を提供したが、ボリシェヴィズムとの関係は決して順調なものではなかった。ゴーリキーはレーニンのことをこう評していた。「彼は民衆のことを知らないし、民衆と共に暮らしてもいない。ただ本から学んだ知識で民衆を煽っているだけだ」そして十月革命が勃発すると、すぐさま『危機に直面する文明』という見出しの記事を書き、自分の新聞に載せた。その記事を皮切りに、彼は新しいボリシェヴィキ指導部を厳しく批判する記事を立てつづけに書いた。内戦ではボリシェヴィキ側についたものの、共産党批判は一九二一年十月まで続けた。彼の妻にレーニンは、ゴーリキーは国を去ったほうがいいと勧めた——もちろん健康上の理由で。イタリアのソレントに移り住んだゴーリキーは、遠く離れた地からでもボリシェヴィキを攻撃した。

ゴーリキーは独裁制の気高い敵対者になった。しかし彼は世界中から尊敬を集めるロシアの革命作家でもあり、ボリシェヴィキ政権の正当性の根拠にもなり得る存在だった。そんな彼の帰国をスターリンは望んだ。しかしどうやって帰国させる？　人間の本性を、とりわけ作家の虚栄心をとことん知り抜いているスターリンは、阿諛追従《あゆついしょう》の言葉と贈り物でゴーリキーを取り込んだ。彼は秘密警察を使ってゴーリキーに大量のファンレターを送り、国営出版社〈ゴシズダット〉に〝いくつかの本の版権〞の使用料として三十六万二千ドルという天文学的な金額を出させた。そして六十歳の誕生日を祝うべく一九二八年に帰国し、駅に降り立ったゴーリキーを、熱狂的な群衆が出迎えるように差配した。これはまだ一の手に過ぎなかった。二の手も大体同じような内容だったが、さらに攻勢をかけた。スターリン自らが手紙を送り、ありとあらゆるものの名前を〝ゴーリキー〞に改名した。彼が生まれたニジニ・ノヴゴロド市はゴーリキー市になり、クレムリンに通じるモスクワの目抜き通りはゴーリキー通りになった。キルギスには〝ゴーリキー峰〞という山も誕生した。こうした誘惑にゴーリキーはとうとう屈し、さらに三度にわたる表敬訪問の末にスターリンの招きに応じて一九三二年にソ連に戻り、そのまま暮らしつづけた。モスクワの中心部にあるアール・ヌーヴォー様式の邸宅を贈られた彼は、ソ連のまさしく心臓部でこの国家の歴史を記述するという壮大な事業を推し進めていった。ゴーリキーを長とする作家グループが生み出していった威厳に満ちた作品群は、こうした感じのタイトルのものがほとんどだった――

・内戦の歴史

・工場の歴史
・ふたつの〈五カ年計画〉の歴史
・都市と村落の歴史
・若者たちの歴史
・町の歴史
・都市文化の歴史

スターリンは自分が手なずけた巨匠の事業を支援した。当然ながら、見返りが前提の支援だった。二度目の帰国の際、ゴーリキーは白海に浮かぶソロヴェツキー諸島を訪れ、元修道院の矯正労働収容所《グラーグ》を称賛した。その言葉は印刷されて世に広まった。モスクワに居を定めると、ゴーリキーは〈作家旅団〉を率いて『白海・バルト海運河の歴史』を制作し、この土木事業での強制労働による服役囚矯正の驚くべき実績を称賛した。

しかしスターリンはゴーリキーひとりを堕落させるだけでは飽き足らなかった。そして時を置かずして行動に移った。かつてレーニンは『党組織と党文献』で〝超人文筆家を葬れ！〟と強く訴え、文学は〝社会民主主義的な機械装置の「歯車とねじ」にならなければならない〟とした。ソ連では〈ロシア・プロレタリア作家協会（ＲＡＰＰ）〉や〈芸術左翼戦線（ＬＥＦ）〉や〈プロレタリア文化協会（プロレトクリト）〉といったさまざまな文学者団体が、それぞれに〝ソ連文学かくあるべし〟という道を目指して活動していた。それらは一九三二年四月にすべて廃止された。その年の十月二十六日、スターリンはソヴィエト文学の四十人の大スターたちとゴーリキーの豪邸で面会した。その四十人のなかには『セメント』が代表作のフョードル・グラトコフ、『時よ、前進!』が完成間近だったワレンチン・カターエフ、のちのノーベル賞作家ミハイル・ショーロホフ、そしてスターリンと手紙のやり取りをしていた劇作家アレクサンダー・アフィノゲーノフらがいた。こうした詩人や劇作家や小説家らに対して、スターリンは自分には〝ソ連人民の精神世界の再建〟という重大な使命があると打ち明けた。

我々の戦車は、それを操縦する兵士が魂のない泥人形であれば価値はない。だからこそ私はこう言うのだ――戦車の製造よりも魂の創造のほうが重要なのだ。諸君らのなかの誰かがこう指摘した。「作家は書斎で閉じこもってばかりいてはならない」と。外に出て、自国の日々の日常に馴染まなければならない。人間は人生そのものによって新たに生まれ変わることができるのだから、ここにいる諸君らは、その魂の再生の手助けをしなければならない。私の言う重要なこととは、人間の魂の創造なのだ。だからこそ私は諸君らに乾杯を捧げるのだ。作家は人間の魂の技術者なのだから。

スターリン自身の著書は共産主義者たちの頭の中身をかたちづくるものであって、心をかたちづくるものではなかった。だから彼は、自分が十代の少年だった頃に読んだような詩や小説や戯曲を求めた。しかしその内容は、コンクリートとトラクターと水力発電ダムと〝労働の喜び〟に満ちたものでなければならなかった。スターリンは政治の現実を理解し、人間の弱さと一般的な残忍性も理解し蔑《さげす》んでもいた。それでも彼は、文学には世界を一変させる力があると信じていたという点においては、少なくとも愚直なロマンチストでもあった。結局のところ、悪人がいい詩を読んでも悪人には変わりはないし、逆に善人がひどい小説を読んでも悪人にはならない。それにどのみち、私たちは読んだものなどほとんど忘れてしまうのだが……それでも若かりし頃は自然の美を詠んだ詩人で、三流小説を通じて出会った義賊コバを自分に重ね合わせて心ときめかせていたスターリンは、まだ文学の力を信じていた。

二年にわたる議論ののちに設立された新団体〈ソヴィエト連邦作家同盟〉の第一回集会で、ゴーリキーは新しい魂を創造する文学についての基調演説を行った（当然スターリンのチェック済みの内容だった）。スターリンが〈社会主義リアリズム〉と名付けたこの新しい芸術様式は、現実描写を避け、思想的な正しさと高潔さ、そしてソ連国家の建設と英雄的な労働行為とソ連人民の模範の描写に主眼を置くものだった。ソ連当局は辺境地域に作家チームを派遣し、少数民族の作家たちにソ連にふさわしい小説の書き方を指導した。作家たちは巨大プロジェクトを巡り、称賛の言葉を綴った。作家たちはこの新時代の春を謳歌した。産業であれ歴史であれ戦争であれ、どんなジャンルであれ政治的に正しい素材を扱うことに長けた作家は、最高の栄誉であるスターリン国家賞（第一席）をはじめ、実に多くの恩恵を得た。たとえばポーランド人女性作家ワンダ・ワシレフスカヤがパルチザンたちの戦いと赤軍の英雄たちを描いた小説『虹』は、初版の四十万部がたった二日で売り切れ、さらにはアメリカでも出版された。

空前絶後の部数が世に出まわってはいたが、社会主義リアリズムは正式にスタートした時点ですでにその創造力は枯渇していた。事実、国家公認の作家たちの代表作の大半はゴーリキーの基調演説以前に出版されたものだった。

・デ・ア・フールマノフ『チャパーエフ』（一九二三年）
・フョードル・グラトコフ『セメント』（一九二五年）
・ミハイル・ショーロホフ『静かなドン』（一九二八～四〇年）
・アレクセイ・ニコラエヴィッチ・トルストイ（『戦争と平和』のトルストイではない）『ピョートル大帝』（一九二九～三四年）
・ワレンチン・カターエフ『時よ、前進！』（一九三三年）
・ニコラーイ・オストロフスキー『鋼鉄はいかに鍛えられたか』（一九三四年）

そして党の路線を遵守していても生き残ることができるとはかぎらず、あっさりと不興を買って墓場にまっしぐらということもあり得た。事実、スターリンが〝人間の魂の技術者〟としての仕事を与えた四十人のうち、十一人が粛清された。ゴーリキーも欺かれ、孤立し、絶望のうちに一九三六年に亡くなった。この年、言葉と世界のあいだの隔たりは極限に達した。スターリンは「社会主義を成し得た国家は基本的にソ連だけである」と宣言しただけでなく、新憲法も公布した。新憲法は極めて開明的で、実際には持つことはできなかった、さまざまな権利をソ連人民に保障するものだった。そして〈大粛清〉が始まった年でもあった――

社会主義リアリズムそのものは、もう少しのあいだ生き永らえることができた。社会主義リアリズムは文学以外の芸術形態も乗っ取り、再解釈の対象とした。そしてソ連人民の魂の再生をまったく成し遂げられなかったにもかかわらず、社会主義リアリズムはスターリンの死後も数十年ほどは何とか存在を保ちつづけた。

レーニンを組み伏せ、水力発電ダムなどを描いた小説で人間の魂を再生しようとしていたスターリンの次の狙いは歴史の征服だった。権力を掌握する過程で、彼は幾度となく事実を訂正し、書き換えてきた。かつては指導者だったり英雄だったり、もしくはレーニンの側近だった古参のボリシェヴィキたちの仮面を剝ぎ取り、極悪非道の二重スパイの素顔を暴き立てた。当局が失脚した人間を公式写真から消したり、個人レベルでは粛清された人間の顔をインクで塗って隠したりすることはあっても、そうした人々を記憶のなかから消し去ってしまうことはまったくの別問題だった。眼を閉じたときに真っ先に甦ってくる映像を、誰かに勝手に決められるようなものだった。

その一方でスターリンは、自分が一掃した古参たちの後釜になろうと成り上がってきた世代である現在の幹部たちに懸念を抱いていた。彼ら新世代の知識層のイデオロギー的立ち位置はどこにあるのだろうか？　彼らの頭にある〝事実〟とは、どの事実なのだろうか？　彼らが信じることをコントロールできないものだろうか？　そのためには新しい言葉が必要なのはまちがいない——何が起こったのかを明示し、そして何が起こらなかったのかを暗示する公式見解が必要だった。この新しい言葉は、自分の家臣たちに信じ込ませるべき、もしくは少なくとも彼らが信じているふりをするべきことを事細かに説明する、スターリンがでっち上げた〝事実〟だった。

スターリンにとって、〝歴史の科学的法則〟とはどのような意味を持っていたのだろうか。ソ連では、その誕生以来さまざまな歴史の解釈が立て続けに現れ、そして消えていった。それが何を意味するのか、著述家たちは最善を尽くして理解し、理論としてまとめてきた。そしてその大量の理論は、どれもあやふやなものばかりだった。スターリンはかつての友人や盟友たちの多くを血祭りにしながら自分の道を切り拓いてきたが、結局のところ誰が善で誰が悪なのかについては常にわかるとはかぎらないのだ。こうした状況下で過去について書くことは危険な行為だった。たどたどしくもはかない歴史の野放図な流れを正すべく、スターリンは公式かつ最終的なソ連共産党の歴史を記した書物の制作を、自分に忠実な学者たちに命じた。その歴史書は一九三五年に出版された。ところがその二年後、編纂にあたったヴィリゲリム・クノーリンが、一九〇五年からの革命の闘士だったにもかかわらず裏切り者だったことが発覚した。彼は革命以前は皇帝《ツァーリ》側の工作員だったばかりでなく、ソ連政府の歴史学者として出世の階段を上っていくあいだにもナチス・ドイツの犬として暗躍していたのだ。クノーリンは逮捕され銃殺刑に処された。

それでもスターリンはあきらめず、絶対的で最終的な共産党の歴史書をもう一冊作る決意を固めた。今回は直接関与を深め、作者ではなく編集者として〝フィクション〟大作の制作指揮にあたり、歴史の記憶障害を完全に抑え込んだ。その歴史書は『全ソ共産党（ボリシェヴィキ）小史』と名づけられた（以下、『共産党小史』と略する）。

制作監督のスターリンは、年代順に十二章に分けて構成するように研究者たちに指示し、上がってきた原稿に五回にわたって手を入れて出版した。党のイデオロギーを説明する章だけは人任せにはせずに自らが執筆し、さらには大衆向けに弁証法的唯物論とマルクス・レーニン主義の要約も加えた。革命から間もない頃、スターリンの理論の拙《つたな》さを馬鹿にしていた彼の同志やライバルたちは全員死ぬか流罪に処されていた。なので最後に残ることになるのはスターリンの理論だった。

そこでスターリンの歴史家たちは骨を折り、党の歴史を彼が求めるように作り、スターリンが精査しているあいだにまた誰かが失脚すると、また手直ししていった。そのせいで出版は遅れに遅れた。ロシア連邦の公文書館で保管されている原稿を見ると、タイプ打ちされたページの余白にスターリンの手書きの注釈がいくつも添えられたものもあれば、完全に削除されてしまったページもある。彼は歴史を自分の要求どおりに合わせるだけでなく、ロシア語を母語としない彼が好む接続詞を使うよう書き手の研究者たちに強いた。スターリンは大量殺人者であるばかりか、地獄からやってきた編集者でもあった。

『共産党小史』は一九三八年九月に〈プラウダ〉で連載が開始され、そのひと月後に本として出版された。この歴史書の出版は一大イベントとなった。共産党中央委員会は声明を出し、「本書は党の歴史に対する〝指導部の統一見解〟を提供するものであり、〝これまで数多《あまた》存在していた党史の教本がもたらしてきた恣意的解釈と混乱に終止符を打つものである」とした。評論家たちは声を揃えて畏敬の念を表明した。〈ボリシェヴィキ〉誌は『共産党宣言』と並び称されるものだとし、〈歴史問題〉誌は〝科学的研究の模範となる大著〟として〝マルクス主義における深遠な分析〟を示した点だけでなく、その分析結果を〝シンプルかつわかりやすく提示〟している点においても卓越した書であると絶賛した。

当然のことながら、そうした賛辞の言葉はすべて嘘っぱちだった――シンプルだという点だけは多少は合っているが。しかし当時は〝嘘あらずんば死を〟という恐怖の時代だった。しかしその恐怖のおかげで、一部のスターリン信者や評論家たちは本気で絶賛していると自分に言い聞かせることができたのだろう。否定的な評価は死をもたらす可能性が高いというところを見れば、『共産党小史』は決して〝科学的研究の模範〟などではないことがわかる。つまるところ、この本は事実と半端な事実と事実でないことの連続であり、記憶の上に言葉をどんどん積み重ねて押しつぶしているのだ。この本はレーニンとスターリンという〝善〟と、トロツキーとブハーリンとメンシェヴィキとその他もろもろの悪党という〝悪〟の対決という出来の悪い道徳説話であり、（レーニンの伝統に則って）資本主義と帝国主義と皇帝《ツァーリ》との命がけの実際の戦いよりも内部闘争により重きを置いた、歪曲に満ちた、シンプルで中身の少ない本だ。平板で機械的な言葉が並び、反復と図式と〈a、b、c、d〉という項目分けで成り立っている『共産党小史』は、たとえ本人がほとんど書いていないにしても、それでもやはりスターリン〝文学〟の極致なのだ。異様なまでに薄っぺらい内容にしてあることから、習得するものではなく暗記と朗読のための本にしようとしたスターリンの意図のようなものも見て取れる。各章の末尾にはその章の〝まとめ〟が添えられており、どのように解釈すべきなのかをご丁寧に示してくれる。

要するにこの本はスターリン教の〈信仰問答集《カテキズム》〉なのだが、それだけにはとどまらない。たとえばスターリンは、正しい条件下であれば個人は歴史に影響を与えることができるかもしれないとして認めたが、自分の部下に対しては、彼ら自身の自叙伝に歴史に影響を及ぼすような重大な事実を記すことを許さなかった。そして文章をしかるべく〝マルクス主義的〟かつ〝科学的〟なものに保つべく、スターリンは自分の存在と主観的な経験を本文中から消してしまった。その結果、この本はほぼ完全に逐語的な内容になり、〈善を示す固有名詞たち〉と〈悪を示す固有名詞たち〉の衝突の記録となった。〈善を示す固有名詞たち〉は〈革命〉という別の名詞の出現を望む。そして出現したら、今度は〈革命〉を守るために〈悪を示す固有名詞たち〉と闘争を繰り広げなければならない。〈悪を示す固有名詞たち〉は、最初は〈善を示す固有名詞たち〉の側に立っていることが多いのだが、最後にはその仮面を脱ぎ捨てる。〈善を示す固有名詞たち〉の指導者はレーニンだ。彼は合計六百八十二回登場し（目次を含めたら七百一回だ）、〈善を示す固有名詞たち〉のなかでは群を抜いている。〈悪を示す固有名詞たち〉の王であるトロツキーは百四回、その信者たちを示す〈トロツキー主義者たち〉は八十八回記されている。〈マルクス〉という名詞はたかだか七十六回しか出てこない。

大抵の『共産党小史』批判では、スターリンは同志たちを犠牲にして歴史のなかに身を置き、実際以上の偉人として自身を描いているとしている。が、〈スターリン〉という固有名詞は百六十九回しか出てこず、しかも最初の部分にはほとんど登場しない。一九一七年十月のボリシェヴィキによる政権掌握劇にも姿を見せず、〈スターリン主義〉という固有名詞も一切登場しない。実際彼は、ほかの論文でも自分に関する部分があまりに大仰だと感じた場合にはよく削除していた。彼の個人崇拝はレーニンを凌いでいたが、それでも彼は、少なくとも活字の世界では、自分自身のことを救世主《メシア》ではなくレーニンの忠実な教え子として一貫して描きつづけた。一九四七年の改訂版では、スターリンは逮捕（八回）と流刑（七回）と脱走（六回）の回数を、それぞれ一回ずつ減らしている。これが純然に自分の個人崇拝を控えめに見せるためのものなのか、それとも謙虚なふりをしているだけなのか、あるいはその両方なのか、もしくはそのどちらでもないのかはわからない。いずれにせよ、スターリンは必ず歴史の正しい側に立つ者として登場する。

しかし『共産党小史』に出てくるのは固有名詞だけではない。ほかの本も登場し、しかもかなり重要な役割を与えられているものもあるのだ。初めのほうの章では、レーニンの主要著書からの四十九回もの引用によって時代の経過が示される。第一章はレーニンによる〈火花《イスクラ》〉紙（この新聞も五十九回登場する）の創刊で山場を迎える。〈イスクラ〉の創刊によって「貴族＝地主的ツァー君主政権とブルジョアの権力を灰燼に帰せしめた偉大な革命の大火の火焔が、そのご燃えあがったのであった」(m)と描かれる。

レーニンの著書については、スターリンは固有名詞の形成におけるその役割を明確にしている。たとえば〈共産党〉については――

> ボルシェヴイキは、旧「イスクラ」時代以降、たえずこのような党の樹立のために活動していた。そのために彼らは頑強に、執拗に、万難を排してはたらいた。この準備工作において、基本的かつ決定的な役割が、レーニンの諸労作『何をなすべきか？』、『二つの戦術』などによってなされた。レーニンの『何をなすべきか？』は、このような党にたいするイデオロギー的準備であった。レーニンの『一歩前進、二歩後退』は、このような党にたいする組織的準備であった。レーニンの『民

主主義革命における社会民主主義の二つの戦術』は、このような党にたいする政治的準備であった。最後に、レーニンの『唯物論と経験批判論』はこのような党にたいする理論的準備であった。(m)

歴史が展開していくなかで、レーニンは著書や論文や記事を通じて常に正しい答えを示す。そのなかからスターリンの研究者たちは適切な引用を見いだし、それに対する適切な注釈を添える。スターリンは言葉の世界と現実世界の境界線を曖昧なものにしているが、そのおかげで『共産党小史』に七十四回登場するスローガンの重要性はさらに明確になっている。何か事が起こると、レーニンは(のちにはスターリンも)よくスローガンを発して対応する。そこに世界を変容させてしまう言葉の魔力の重要性を見ることができる。たとえば一九〇五年の〈血の日曜日〉を発端とするロシア第一革命では、〝大衆を蜂起にみちびき、かつそれを全人民の蜂起に転化させるためには〟(m)、レーニンは以下に挙げるスローガンを発する必要があると考えた。

a)『蜂起のはじめ、およびその進行過程において、重大な意義をもつに相違ない大衆的政治ストライキ』

b)『八時間労働制、およびその他労働階級の緊切な要求の革命的手段による即時実現』

c)地主の土地の没収までもふくむ『すべての民主主義革新』を革命的手段によって『遂行するために革命的農民委員会の即時結成』(m)

簡潔なスローガンを発することで、演説も実際の行動も大幅に少なくすることができる。舌戦において大量殺戮もかくやという言葉を使うことが多くなると、スローガンにもさらに拍車がかかる。『共産党小史』では闘争は果てしなく続き、言葉による闘争は三百二十七回も起こり、あまりの多さに麻痺してしまうほどだ。しかしあらゆることが闘争なのであれば闘争以外のことは何も記されていないことになり、結果として妙に平板なものになってしまう。レーニンは〈解党派〉を攻撃した際に執筆のことを〝反抗の粉砕〟(ｍ)と表現した。そうしたペンを武器にした闘争と実際に死体が転がる闘争を、スターリンは区別しない。しかし〈粉砕〉(ｍ)という言葉は〈ナロードニキ運動〉といったイデオロギー的な異端に対しても、ボリシェヴィキを迫害する皇帝に対しても、ドイツとの戦いを求めるイギリスに対しても、そして富農《クラーク》に対しても使われる。言葉の暴力は身体的暴力と同じ威力を発揮するとされているが、後者の暴力については詳しく語られることはない。あらゆることの重みがなくなり、残虐行為は紙とインクで包み隠されてしまう。

そういったことが三百ページ以上にわたって綴られる。終盤に差しかかると、スターリンのデスクを覆い尽くす報告書から選りすぐられた、さまざまな数値が登場し、新たなタイプの文体が加わる。

労働者および事務員の実質賃銀は、第二次五カ年計画のあいだに二倍以上に倍増した。労働賃銀の基金は、一九三三年における三百四十億ルーブルから一九三七年には八百十億ルーブルに増加した。国家負担の社会保険の基金は一九三三年の四十六億ルーブルから一九三七年には五十六億ルーブルに増加した。一九三七年のただ一カ年間に、労働者および事務員にたいする国家負担の保険のために、

生活条件の改善と文化的要求のために、療養所・保養地・休養所・医療のために約百億ルーブルが支出された。(m)

『共産党小史』の始まりがレーニンの言葉なのだとしたら、その締めくくりはスターリンの火のように激しい報告書だ。言葉は理論を超え、操作された数値の列挙のなかにその姿を現す。このまがいものの数字たちは現実世界に関わるものだということになっているが、実際には紙のなかの世界のことを表しているものなのだ。紙の世界の外には血と恐怖と戦争があるばかりだ。

出版されるなり、『共産党小史』はソヴィエト連邦の中核をなすスターリンの聖典となり、同時に彼自身の手によって何度も何度も手が加えられた、驚くほど無味乾燥な公式伝記となった。学校の教科書となり、エリート層は褒めそやした。一九三九年の第十八回党大会で、ニキータ・フルシチョフはスターリンの思想のことを〝レーニン主義をさらに高度な段階に発展させた〟ものであり、〝マルクス・レーニン主義という宝物庫に捧げられた偉大なる宝〟だと称賛した。教え子は師匠を追い越してしまったのだ。

これほど偉大な作品であるならば、ひとりの人間が書いたものにしなければならなかった。そこで『共産党小史』の原著者名は一九四六年に改められた。〈プラウダ〉は、『全ソ共産党(ボリシェヴィキ)小史』はスターリン全集の第十五巻となると発表した。この本をソ連全土に行き渡らせるため、さらには国外にも広めるために、膨大な量の樹木が伐採された。初出の一九三八年から五五年までのあいだに実に四千二百八十六万六千部が印刷され、スターリン自らが執筆した第四章第二節〈弁証法的唯物論および史的唯物論について〉は分冊として何百万部も出版された。書き言葉としてのアルファベットを与えられたばかりの少数民族の人々にとって、読むものといえばこの本しかなかった。六十七の言語に翻訳されて世界中に配布され、ソ連人民以外の人々も『共産党小史』を享受した。北京の街角やパリの目抜き通りやサンフランシスコの急進派御用達の書店から、スターリンの世界観が世に広まっていった。

『共産党小史』が好評を博していた頃、ヨーロッパでは世界最終戦争《ハルマゲドン》の勃発が間近に迫っていた。そしていつもの通りに、ハルマゲドンがもたらした大惨事を、スターリンは無傷のまま切り抜けた。彼は何百万もの屍《しかばね》の上で勝ち誇り、帝国の領土を広げ、現実を否定する書物をヨーロッパの中心部にもたらした。終戦後間もない一九四六年には彼の全集が五十万部も量産され、翌年末までには公式伝記の第二版が百万部印刷された。チェコスロヴァキアで、ポーランドで、そしてハンガリーで、スターリンの巨大なモニュメントがたちまちのうちに建てられ、彼の著書はソ連国外の若い共産主義者たちの必読書になった。毛沢東の『毛主席語録』が出るまで、世界で一番多く読まれた共産主義者の著書は『共産党小史』であり続けた。

新たな支配地に自分の意思や思想を押しつけ、かつてないほどの力を振りかざしていたスターリンだが、同時にどんどん書かなくなっていった。読書欲もいまだに旺盛で、ソ連文化の掌握もしっかりと保ちつづけていたが、戦後のスターリンは大した本は書いていない。『マルクス主義と言語学の諸問題』を上梓したのは一九五〇年のことだった。この本で彼は、その当時ソ連の言語学界を支配していたニコライ・ヤコヴレヴィチ・マル教授とその弟子たちの議論に割って入った。マル教授の言語理論は、人間の原初の言語はｓａｌ、ｂａｒ、ｙｏｎ、ｒｏｓｈという四つの音節で構成されるとか、言語は神官たちが発明したもので、下級階級が階級闘争で武器として使う危険性があるので秘密にしておいたとか、とにかく愚にもつかないものだった。スターリンはその理論を否定し、退屈極まりないドグマから言語学を解放した。

その二年後には最後の著書『ソ連における社会主義の経済的諸問題』を書き上げた。この作品は本というよりも、まだ存在していない経済学の教科書に対する注釈をまとめたようなものだった。スターリンは経済学の教科書になるものを出すように一九三七年に指示していたのだが、まだ出版はされていなかった。ようやく完成した草稿を、一九五一年十一月に二百五十人の経済学者と党上層部からなる委員会が検討したが、何かが欠けていると判断された――スターリンの関与が必要だったのだ。元々の教科書にスターリンの注釈めいたものを書き足したこの本は、一九五二年十月五日の第十九回党大会の三日前に刊行された。初版百五十万部の『ソ連における社会主義の経済的諸問題』は熱狂的な称賛を受け、ソ連全土の職場や工場で盛んに議論された。

ある意味その場しのぎ的に出版された『ソ連における社会主義の経済的諸問題』だが、スターリンが自分の死後も語り継がれるものとして書いた、たしかに有無を言わせぬような威厳のようなものが備わっている。言ってみれば、自分が決して見ることができない未来で、自らが創造した世界の方向づけをする政策を示した書だ。スターリンは紙とインクを使って、永遠《とわ》の眠りについたのちも何千万もの人民の運命に自分の意思を刻み込もうとしたのだ。そんな壮大な夢を抱いていたにもかかわらず、その夢を実現する最終作はいささか平凡な内容になっている。結局のところ、マルクス主義の永遠の真理についてさらに理論を展開させたかったのではなく、経済学の大著を最後にもう一作出したかっただけなのだ。この本を書き上げることはソ連の若者たちと〝国外の同志たち〟の両方にとって〝国際的にも大きな意義をもっている〟(n)のだとスターリンは断言する。学ぶべきことは多いのだ――

国外のわが同志たちは、われわれがどういうふうに資本主義のかせから離脱したか、われわれがどういうふうに国内の経済を社会主義精神で改造したか、どういうぐあいにわれわれが農民となかよくなったか、またわれわれが最近まで貧しく弱かったわが国を、どういうふうにして富める強大な国にしたか、コルホーズとはどんなものか、また、なぜ生産手段を社会化したにもかかわらず、われわれの商品生産、貨幣、商業などをなくしてしまわないのか、をしりたがっている。(n)

とは言え、スターリンは(いつものように)率直に話したがる。

したがって国内ばかりではなく、外国でも革命的青年の参考書となるような教科書が必要である。これはあまりにも膨大なものであってはならない。なぜならあまりにも膨大な教科書は参考書とはなりえないし、それを身につけ、自分のものにするのはむずかしいだろう。しかしこの教科書はわが国の経済ならびに資本主義、植民地体制の経済にかんするすべての基本的なものをふくんでいなければならない。(n)

スターリンは、本というものは五百ページ程度のものが（多くても六百ページのものが）一番いいと述べる。さらに彼はそのボリュームの本の制作方法を細かく説明する。

教科書執筆者や、討論反対者である教科書草案にたいする真向うからの批判者をもふくめた、あまり大人数でない委員会をつくるべきだと考える。

また数字を点検したり、新しい統計資料を草案にいれたりするため経歴ある統計学者や、表現が正しいかどうか点検するために、経験ある法律家を委員会にいれた方がよいだろう。（n）

そしてこうも述べる。

委員が教科書の仕事に専念できるようにするために、かれらの物質的面を完全に保証し、かれらをほかの一切の仕事から一時解放すべきである。

ほかに、教科書の編さんのしあげのために、たとえば三名からなる編さん委員会をつくるべきであろう。これはスタイルを統一するためにも必要である。こんどの教科書草案には、この統一ができている。（n）

最後はこの言葉で締めくくる。

できた教科書を中央委員会に提出する期限は一年とする。（n）

自著の制作を綿密に管理しつつ粛清と虐殺を繰り返してきて独裁者に残された時間は、わずかになっていた。この最後の言葉を、スターリンは一九五三年二月一日に書いた。そのひと月後、彼は脳卒中の発作を起こし、四日後に亡くなった。時を置かずして、彼が世に出してきた著書は書棚からどんどん消えていった。何百万もの人々に嘘を押しつけ、嘘の片棒を担がせた本など、そもそも置かれていなかったかのように。が、消えてしまったこともまた嘘だった。たまらなくやり切れないことではあるが、スターリンの本は厳として存在しつづけている。

引用文献

(a) サイモン・セバーグ・モンテフィフーリ『スターリン　青春と革命の時代』松本幸重訳　二〇一〇年　白水社刊
(b) スターリン『ロシア社会民主党とその当面の任務』(復刻版スターリン全集　第1巻) スターリン全集刊行会訳　一九八〇年　大月書店刊
(c) スターリン『レーニンについて』(復刻版スターリン全集　第6巻) スターリン全集刊行会訳　一九八〇年　大月書店刊
(d) スターリン『マルクス主義と民族問題』(復刻版スターリン全集　第2巻) スターリン全集刊行会訳　一九八〇年　大月書店刊
(e) カール・マルクス『新訳　共産党宣言　初版ブルクハルト版』的場昭弘訳　二〇一〇年　作品社刊
(f) 『レーニンの死にさいして』(復刻版スターリン全集　第6巻) スターリン全集刊行会訳　一九八〇年　大月書店刊
(g) ヴラジーミル・マヤコフスキー『ヴラジーミル・イリイチ・レーニン』小笠原豊樹訳　二〇一六年　土曜社刊
(h) スターリン『レーニン主義の基礎について』(スターリン全集　第6巻) スターリン全集刊行会訳　一九五二年　大月書店刊
(i) トロツキー『わが生涯　下』志田昇訳　二〇〇一年　岩波文庫
(j) スターリン『レーニン主義の諸問題によせて』(復刻版スターリン全集第8巻) 一九八〇年　大月書店刊
(k) ドミートリー・ヴォルコゴーノフ『七人の首領《ヴォーシチ》　レーニンからゴルバチョフまで』生田真司訳　一九九七年朝

日新聞社刊
（l）スターリン『エレクトロザヴォードへ』（スターリン全集　第13巻）スターリン全集刊行会訳　一九五三年　大月書店刊
（m）スターリン『ソヴェート同盟共産党史』（スターリン全集　第15巻）中城竜雄訳　一九五〇年　真理社刊
（n）スターリン『ソ同盟における社会主義の経済的諸問題』日ソ親善協会訳　一九五二年　日ソ親善協会刊

3 ムッソリーニ

昔々、人々は彼のことを本気で信じていた

この章は、ミラノ市内のロレート広場の街灯柱に逆さ吊りにされた、イタリアの統領《イル・ドゥーチェ》ベニート・ムッソリーニの死体から始まる。共産主義者のパルチザンたちによって銃殺刑に処され、激高した群衆に辱められた彼の死体は、まるで食肉処理場で鉤《かぎ》に吊るされた牛か豚のように揺れていた。その隣には、彼の長年の愛人だったクラレッタ・ペタッチが、同じように辱められて吊るされている。

ぼろぼろの肉の塊となってしまったこの男は、イタリア国民をペテンにかけていた。傲岸不遜で活力に満ちていたこの男は、ポスターや新聞や絵葉書にその姿をさらし、ニュース映画にも登場していた。ライオンとじゃれ合ったり、半裸姿で労働者たちと一緒にいたりした。軍の偉大な指導者として滑稽な正装に身を包んでポーズをとったかと思えば、慎ましやかな服を着て、子供たちに囲まれた愛すべき父親を演じてみせたりする。事あるごとにローマのヴェネツィア宮に姿を見せ、ふんぞり返った姿勢でバルコニーを行きつ戻りつしながら、眼をひん剝いて両腕を振り回しつつ、帝国とイタリアについての言葉を雨あられと振りまいて、眼下に集った群衆を魅了していた。

レーニンやスターリンとはちがって、ムッソリーニは行動の男だった。片時も立ち止まることはなく、そして戦っていた。二枚目俳優もかくやという容貌のムッソリーニは、数えきれないほどの浮名を流してきた。両手を腰に当てて肘を張って立つその姿は、太陽に向かって打ち上げられようとしているロケットそのものだった。

気取った行動や態度ばかりを見せるムッソリーニは、同時に椅子に座りっぱなしの男でもあった。つまり彼も著述家だったのだ。しかもいくつものジャンルをこなせる、腕の立つ物書きだった。新聞と雑誌の記事、演説文、詩、小説、歴史書、戯曲、回想録もしくは自叙伝など、何でも書いた。しかもまったくの駄作は、皆無ではないにせよほとんどなかった。レーニンやスターリン、ヒトラーといった本書に登場する独裁者著述家の多くとは異なり、ムッソリーニの書く文章は実に面白くて読みやすいものがいくつかある。そして彼は多作だった。街灯柱に吊るされるまでのあいだに、ムッソリーニは四十四巻にもおよぶ全集を編纂できるほどの作品を量産しつづけた。そうした論文や著書や戯曲のなかには、彼自身の人生の破局を予見しているものが散見される。

田舎育ちの天才児は中央の権力に反発する異端者になる。そして自由と正義と社会改革という大義名分の下に権力を貪欲に求める。流刑と投獄と苛烈な戦争を幾度となくくぐり抜け、攻撃を仕掛ける絶好のタイミングが訪れるまで何年でも待ちつづける。

レーニンはロシアの片田舎の小貴族だった。スターリンも帝国の辺境の地グルジアの貧しい靴職人の息子だった。そしてベニート・ムッソリーニも、イタリア北東部のエミリア・ロマーニャ州の山間部で、鍛冶職人の父親と小学校教師の母親のあいだに一八八三年に誕生した。しかしロシアのふたりの同輩とはちがい、ムッソリーニは革命の気質のなかで育まれた。そもそもエミリア・ロマーニャ自体が反骨の地だった。母親のローザはカトリックの熱心な信徒だったが、父親のアレッサンドロは聖職者を敵視し、教権に反抗したメキシコ初代大統領のベニート・フアレスにちなんだ名前を自分の息子につけた。ムッソリーニは、遥か彼方のドイツの理論家が書いた本を読まずとも社会主義に出会うことができた。社会主義は自分の家族のなかにあり、自分の血のなかに流れていたのだから。アレッサンドロ・ムッソリーニは熱した鉄をハンマーで叩く一方で、その裏で急進思想のパンフレットを作成していた。

反逆の心はベニートの体に生まれつき備わっていた。そして暴力も。十歳のとき、彼は同級生をペンナイフで刺して退学処分になった。転校先でもまた性懲りもなく同級生を刺した。その後は地元の不良どもをまとめ上げ、近郊の農場を荒らしまわった。

つまるところムッソリーニはチンピラだった。たまに刃傷沙汰を起こしてはいたが、それでも彼は本を愛し、弁の立つ、文学と歴史の成績が優秀な学生だった。一九〇二年二月、ムッソリーニは教師になったが、六月にはもう失職してしまった。地元の酒場に入り浸り、生徒の親たちとしょっちゅう揉め事を起こしていたので、学校側が雇用の継続を拒否したのだ。なかでもさる人妻との不祥事は解雇の決定打となった。そこでムッソリーニは、何百万ものイタリア人たちと同様に、より良い暮らしを海外に求めた。失職した六月には、ムッソリーニはカール・マルクスのメダルをポケットに入れ、身ひとつでスイスに向かった。

スイスでの暮らしは上々のすべり出しとはならなかった。ローザンヌに到着するや否や、ムッソリーニは浮浪罪で逮捕されてしまったのだ。この逮捕を皮切りに、政権を握るまでのあいだに彼は十一回投獄されることになる。釈放後の彼は単純労働者としてさまざまな仕事に就き、金欠のときは公園のベンチで寝たりもした。同時に彼は、スイスで発行されていたイタリア系社会主義新聞〈労働者たちの未来〉に記事を書くようになる。最初に掲載されたのは、オスマン帝国によるアルメニア人虐殺についての記事だった。十九歳の扇動家は、人種および民族間の大量殺戮の原因は階級間の闘争にあり、〝人種および民族間の憎悪と狂信的行為〟を終わらせるためには、経済的に恵まれた特権階級による〝専制政治〟を打倒しなければならないと訴えた。同紙の編集部は彼の語り口を気に入った。かくしてムッソリーニの文筆家としての経歴は上々のスタートを切り、それから数カ月のうちに、彼の記事は〈労働者たちの未来〉紙に九回掲載された。

ムッソリーニは知の自己研鑽《けんさん》という厳しい航路に乗り出し、哲学の世界を探訪していった。その案内人となったのが、教養豊かなユダヤ系ロシア人の亡命者で、レーニンの個人秘書でトロツキーとも親交のあったアンジェリカ・バラバーノフだった。娼館通いと暴力沙汰が大好きな田舎者の青年は、バラバーノフの助力を得てローザンヌ大学図書館の難解な書物を読みまくった。知的好奇心旺盛なムッソリーニは、フランス語とドイツ語、そして英語も習得し、スピノザ、カント、ヘーゲル、ニーチェ、ジョルジュ・ソレル、ピョートル・クロポトキン、カール・カウツキーといった知の巨人たちの著書を読み漁った。

難解な書物を大量に吸収したムッソリーニだったが、そこから得た知識を独自の方法でつなぎ合わせ、独自の概念を明確にまとめる能力については、残念ながらまだまだだった。彼の最初の〝大作〟『人間と神格――神は存在しない』を読めば、彼の理論家としての才能が充分すぎるほどわかる。

この四十七ページのパンフレットは、一九〇四年に〈合理主義者プロパガンダ国際図書館〉という大仰な名義でこの世に出た。ムッソリーニはこのパンフレットを、タリアラティーラという福音派の聖職者が主催した会合に参加したのちに著した。その会合でムッソリーニは激高し、突然テーブルの上に上り、神が存在するのなら五分以内に自分を殴り殺してみろと言い放った。この会合の議論だけでは飽き足らなかったムッソリーニは、タリアラティーラとのさらなる議論に向けて、どうしても論文を書かなければならないという気持ちに駆られた。

ムッソリーニの論文の〝主題〟は、ありとあらゆる神聖なものを小気味よく冒瀆《ぼうとく》することにある。冷笑や根拠のない推断、権威に対する異議申し立て、そして大げさでありながらも極めてありきたりな無神論者の常套句《じょうとうく》を駆使して、彼は論を進める。

創造主の考えを、どうやって取るに足らないちっぽけな存在と調和させることができるのか？異様な怪物と、痛みと、永遠と不変と、そして戦いと不平等にまみれた人間と、どうやって調和させるというのか？

取り立てて目新しいことは述べてはいないにしても、それでもムッソリーニの嬉々とした語り口につられそうになってしまう。ムッソリーニは冷笑が大好きで、罵声と冒瀆の言葉を嬉々として並べ立てる。主義主張を巡る論戦に、彼は命を懸けるようなことはしない。レーニンとはちがい、激しい非難の矛先を特定の個人に向けることはほとんどないので、結果としてレーニンほどには退屈なものにはならない。彼はふざけて仮想の論敵を苛立たせ、言葉の爆竹を投げつける。たとえば宗教についてこう断じている。

宗教とは心の伝染病の病原菌であり、この病にかかると精神鑑定医による治療が必要となる。

ムッソリーニが一番はしゃいで叩くのはイエスだ。仏陀については〝インドで暮らした四十四年の生涯のうちに、友愛と慈悲、そして隣人愛を説いた〟と評しているのに対して、キリスト教の救世主《メシア》のことは〝さして重要ではない小物〟であり、その弟子たちにいたっては〝十二人の無知な乞食で、パレスティナの最下層のクズどもだ！〟と切って捨てる。

ムッソリーニは、キリストが〝ありとあらゆる道徳を考えつき、広めることができた〟のは、彼が〝想像を絶する馬鹿〟だったからだと言い放つ。〈山上の垂訓〉は盗作であると断じ、〝キリスト教の倫理を構成する、わずかばかりの道徳的教訓〟は〝服従と忍従、そして怯懦《きょうだ》を勧めるもの〟にほかならないとする。そしてついには、キリスト教の教えを転用して自分の革命論を説くという不敬をはたらく。天の王国のことなど忘れろとムッソリーニは言い〝地上で自分たちの王国を建てる術《すべ》を知らない貧しき人々は哀れである〟とし、〈だれかがあなたの右の頰を打つなら、左の頰をも向けなさい〉については、〝挑発には挑発で、力には力で、暴力には暴力で応じよ〟と反論する。

あまりに単純で無教養の感は否めないが、自分の考えを心底信じ切っているところに、ムッソリーニに政治著述家と政治工作員に必要とされる技量が備わっていることがまさしく見て取れる。そしてこうした著述活動の初期に、彼は詩も発表している（一九〇二年の『死者の日に際して』と、フランスの革命家バブーフに捧げた一九〇三年の詩だ）。しかし彼は詩人としてでなく耳障りな意見製造装置として名を成した。投獄と追放と転職に明け暮れたスイス時代も終盤にさしかかると、ムッソリーニは攻撃的な社会主義者、著述家、宣伝者、労働組合員、そして演説家として名が知られるようになっていた。彼は絶大な権威を誇る神に痛烈な罵声を浴びせかけるだけでなく、諸国の王やロシアの皇帝、聖職者と資本家も攻撃した。彼はストライキを呼びかけ、暴力を称賛した。レーニンと同様に同志である社会主義者たちとの論戦に興じ、最後の審判の日が訪れることを夢見た。私有財産が没収され、血が流される日を夢想した。社会主義の世界は〝反逆の嵐〟が吹き荒れなければ到来しないとムッソリーニは断言した。

天性の扇動家であるムッソリーニの著作物は、スイス在住の亡命者サークル以外からも注目を集めた。彼はミラノや、さらに海を越えたニューヨークの社会主義新聞に寄稿した。ムッソリーニの名声は高まっていった。一九〇四年、ローマのある新聞がムッソリーニとスイス当局との諍いを記事にし、二十歳足らずの彼のことをスイスの社会主義団体の〝統領〟と呼んだ。

一九〇四年末、ムッソリーニはイタリアに戻った。まもなくして母親が病に臥《ふ》し、亡くなった。それから二年ほどのあいだ、ムッソリーニはぎりぎりの生活から抜け出そうと努力した。兵役に応じて軍に入った。短期間ではあったが教職に戻りさえした。本人としては忸怩《じくじ》たる思いだったことだろう。そうした不本意な時期にあっても執筆と演説は続けた。そしてとうとう、〝普通の〟人間として〝普通の〟仕事に就く努力を断念してしまった。そうこうするあいだに、ムッソリーニはより野心的な文学形式に挑むようになっていた。

たとえば彼は、没後二十五周年を迎えたカール・マルクスについての長い論文を発表した。が、その年にムッソリーニが称えた十九世紀の思想家はマルクスだけではなかった。『力の哲学』と題した論文では、ニーチェの思想を激賞した。実際には、ニーチェは社会主義のことを〝まったくもって根拠不明な、最も低劣な専制政治〟と酷評しているのに、ムッソリーニはまったく意に介していなかった。教会嫌いで反キリスト教的なムッソリーニは、ニーチェのニヒリズムに心を鷲摑《わしづか》みにされた。さらに彼は、ニーチェが唱えた善悪の彼岸を超えた存在である〈超人〉という概念に強い憧れを覚えた。

〈超人〉は偉大なニーチェが創造した存在である……ニーチェは警鐘を鳴らし、ただちに理想に立ち戻れと訴えている。しかし彼の言う理想とは、過去の世代が信じていた理想とは異なる。ニーチェの説く理想を理解するには、まず〈自由精神〉という新しい概念を理解しなければならない。自由精神とは、戦争と孤独、そして大いなる脅威によって強化された精神であり、風と氷のなかをくぐり抜け、雪を頂いた山々を踏破する者が、それを得ることができる。自由精神を得た者は、ある意味〝崇高で〟邪悪な精神を備え、その曇りなき眼《まなこ》で魂の奥底さを測ることができる存在である。我々を隣人愛から、空疎な欲望から解放し、地上に王国を取り戻してくれる。自由精神こそが我々の新たな希望であり、神と虚しさに打ち克つものなのだ！

言葉に酔っている状態で書いたと思われる、霊感に満ちた文章だ。ムッソリーニによるニーチェへの賛辞は詩的でロマンティックで、そこにムッソリーニ自身の溢れんばかりの熱意が注入されている。こうした文章は理論など必要としない、レーニンやスターリンの教義的な独断主義と遠くかけ離れたものだ。彼らは疑似科学的な言葉ですべてを説明してしまおうとするが、ムッソリーニはそんなことはしない。〈精神〉の背に乗って空高く舞い上がり、虚無の宇宙に対する勝利を絶賛するのだ。

知識人としての地位を確立させようと頑張りつづけていたムッソリーニは、短篇小説を何篇か書き、一大宗教詩『救世主』で有名なドイツの詩人フリードリヒ・クロプシュトックについての論文を書いた。そして天才ムッソリーニは二十六歳にして哲学全史すら書いたという。彼の最初の公認伝記作家だったマルゲリータ・サルファッティによれば、その哲学全史は〝ありとあらゆる哲学体系を批判的に分析し、あらゆる新手法をニーチェ的に検討していく〟内容だったという。しかし悲しいかな、書き連ねられていた哲学者のことを自分の恋敵だと勘ちがいした若い女性によって、原稿は燃やされてしまった。

この時代のムッソリーニの作品で最も息が長く、現在でもインターネットで中古本が入手可能なものは、一九一〇年に社会主義新聞に連載された小説第一作『枢機卿の愛人』だ。その当時ムッソリーニは、オーストリア・ハンガリー帝国の支配下にありながら多くのイタリア系市民を抱える都市トレントで活動していた。しかし教会や民主主義、フリーメーソンといったさまざまな標的を攻撃する記事を次々と書いた結果、国外追放処分となりイタリアに戻った。そのおかげで連載小説の原稿を郵送せざるを得なかった。

困窮していたムッソリーニが金目当てで夜中に書きまくった小説だという点を考えれば、『枢機卿の愛人』は駄作と見てまちがいないだろう。しかしひどい作品なりに、少ないながらも読んで面白い箇所もある。史実をもとにしたストーリー展開はかなり複雑だ。そのあらすじはこのようなものだ

―

十七世紀、トレントの大司教で枢機卿のカルロ・エマニュエル・マドルッツォは、歳の離れた愛人に入れあげていた。愛人の名はクラウディア・パルティチェッラ。〝蠱惑《こわく》的な肢体〟をドレスの下に隠し、その眼に〝男を破滅させる熱情の秘術〟を宿す女だった。クラウディアとの結婚を望むカルロは、財産をどんどんつぎ込んでいく。クラウディアは周囲から嫌われる。聖職者たちも、そして重税にあえぎ、飢えた貧しい庶民たちも彼女を毛嫌いする。

マドルッツォ家の相続人は姪のフィリベルタだけだった。カルロは姪をクラウディアの兄と結婚させようとするが、彼女にはアントニオ・ディ・カステルヌオーヴォ伯爵という恋人がいた。カルロはフィリベルタを修道院に幽閉する。人々は〝悪魔のような冥《くら》い眼〟のクラウディアに腹を立てる。や

がてフィリベルタが亡くなる。伯爵は激高し、彼女の亡骸を掘り起こす。

司教のドン・ベニツィオは伯爵と手を組み、政敵であるカルロの失脚を画策する。しかしベニツィオの行動は教会への愛ではなく肉欲の嫉妬に衝き動かされたものだった。彼もまたクラウディアの甘美な肉体を渇望していたのだ。

ここから物語はかなり込み入ったものとなる。策略が入り乱れ、聖職者たちの悪行が続き、そして教皇はカルロとクラウディアの結婚を却下する。悲しみに暮れるカルロに、クラウディアは別れを告げる。それからまた出来事がいくつか起こり、最後にクラウディアは何者かによって刺し殺される。

『枢機卿の愛人』は〝官能ロマン小説〟とされることが多いが、そう評する人々はほぼ確実にこの小説を読んだことがないと思われる。実際には官能ロマン小説的要素は少なく、むしろムッソリーニお得意の教会批判に満ちている。教皇も攻撃の的にされ、クレメンス七世は〝ハーレムを構えていた〟とされ、ユリウス三世に至っては〝同性愛者〟だと断じている。しかもそれが見事なほどに悪意に満ちた描写なのだ。この小説はサディスティックで奔放な肉体中心主義に貫かれている。不毛で実体のないボリシェヴィキたちの論文とはちがい、『枢機卿の愛人』では肉体を伴った豊満な言葉がのたくり、身もだえしている。

ポーの小説のようなおぞましい肉体の描写を挙げてみよう。

……朽ち果てつつある人肉が発する鼻をつく臭いに、我々は思わず二歩三歩と後ずさった……アントニオは自分が熱愛し、心から求めた女性をひと目見たいと願っていた。それとわかる金色の髪が汚れなき額にかかっていた。その両眼もいまだに澄んだ輝きを放っていた。しかし腐敗した唇はおぞましい笑みを作り、白濁してどろどろした液体を垂れ流していた。

レイプと報復について生々しい妄想を巡らせる場面では……

市場に集う獣《けだもの》と化した男たちの益体《やくたい》もない情欲を、おまえの罪深き肉体で満たしてやろう。おまえは無分別な暴徒の嘲りの的になるだろう。おまえの体のなれの果ては、教会の聖域に葬られることはないだろう。

満たされぬ性欲を馬への鞭打ちで発散させる場面では……

鞭は空《くう》を裂き、馬の肌を打ちつづける。しかし馬たちは鞭を振るっているのが主人だとわかっているので蹴ろうとはしない。あたかも慈悲を乞うかのように激しく足踏みをするばかりだ。

苦行の場面では……

最初のうち彼は、苛烈で不自由な修練に身を任せていることを忘れようとしていた。鉛を結いつけた鞭で自らの肉体を打ちつけた。餓死する寸前まで断食した。何も敷かない土間の上で、倒錯した夢にうなされながらうつらうつらと寝た。そうした贖罪《しょくざい》のための精神修養の規定を、彼はこと細かに実践した。

そして自瀆の妄想については……

無意味だ！　彼は胸の内に叫んだ。青白い体が鞭打ちで血まみれになり腫れ上がっているというのに、それでもクラウディアの姿が眼をよぎる。全裸のクラウディアが身悶《みもだ》えしながら、クレオパトラもかくやという優しい愛撫に誘《いざな》ってくるのだ。

しかし『枢機卿の愛人』で描かれているのは身悶えする裸体ばかりではない。ムッソリーニはマルクス主義者でありながら、人間の内省的な部分の存在意義を容認するのだ。無論、彼の描く人間の内省的な部分は紙の上に書かれた架空の人物たちのものだが、それでも彼らは欲望も憎悪も心に抱いている。スターリンの『全ソ共産党（ボリシェヴィキ）小史』に登場する、〝適切な〟言葉で革命を喧伝する人物たちとは大ちがいだ。もっぱら盲信と強欲と肉欲、そして憎悪に駆り立てられて動くムッソリーニの描く人物たちは、スターリンの描く〝生身の〟人民たちよりもよっぽど現実味がある。

しかしムッソリーニの描く人間像は暗い。レーニンとスターリン同様に、彼も貧しき人々を支援すべきだと主張するが、同時にそうした人々を信用していない。ムッソリーニの描く〝大衆〟は無分別な獣《けだもの》で、噂に流されやすく、熱狂的な暴力に容易に走る。これまで見てきた〝善良で気高いプロレタリアート〟像とはちがい、愚かで気まぐれで、無教養な人間たちの群れだ。レーニンなら〝自然なままの人間〟という遠まわしな言葉で嫌悪感を示すだろうが、ムッソリーニは包み隠さずに表現する。ムッソリーニは激情と恐れに満ちた貧しい人々に理解を示すが、その一方で蔑んでもいる。このシニシズムに、彼が何百万もの大衆の心を操ることに長けていた理由があるのかもしれない。

それでも『枢機卿の愛人』を著したムッソリーニは、人心操作の限界を直感的に見抜く。夜中に大量生産された殴り書きのような三流小説のなかで、ムッソリーニは未来の自分が命を犠牲にして学び直すことになる真実をすでに看破していた——大衆はいつまでも我慢するわけではなく、そして失敗を許さないという事実を。そして、大衆に対する支配力を失ってしまえばすべてが失われるという事実を。大衆がマドルッツォ枢機卿を憎み、その愛人クラウディアを心底嫌悪する様子は、政権末期に非難と怨嗟《えんさ》にさらされることになるムッソリーニとその若い愛人クラレッタ・ペタッチの姿を暗示している。そしてどちらの物語も失敗と殺害で幕を閉じる。

ムッソリーニは飛ぶ鳥を落とす勢いの（口の悪い）文士としてその名を轟《とどろ》かせた。故郷のエミリア・ロマーニャ州に戻った彼は、フォルリ市で社会党系の週刊機関誌〈ラ・ロッタ・ディ・クラッセ（階級闘争）〉を創刊し、政治的な挑発行為を働いたとして五カ月投獄されたりした。そして一九一二年にその名声は頂点に達する。山間の田舎町のチンピラで、スイスでホームレス暮らしをしていたこともある男が、大都会ミラノに編集部を置くイタリア社会党の日刊紙〈アヴァンティ（前進せよ）〉の編集長に抜擢されたのだ。

ムッソリーニは読者の好みを把握していた。民族主義と帝国主義と資本主義と教権に反対の意を示し、急進的で活力に溢れ、暴力的でありながらユーモアがあり、イタリア伝統の優雅で洗練された文体を徹底的に無視した、いわば口汚い語り口を大衆は好むことを、彼はわきまえていた。当時幅を利かせていた冗長なスタイルを軽蔑し、〝薄っぺらくてこれ見よがしな装飾を一切排し、十四世紀のルネサンス期から後生大事に守ってきたガラクタと空虚な戯言を一顧だにしない〟方針を貫いた。その編集戦略は当たった。〈アヴァンティ〉紙の発行部数は二万八千から三倍以上の九万四千に伸びた。その十年間のうちにムッソリーニは著述家と演説者としての腕を磨き、そのペン先と口先から次から次へと生み出される美辞麗句で革命を語り、変化に富む罵声を駆使して急進政党の主要人物の座に躍り出たのだった。

が、ムッソリーニは知識人たちの〝お決まりごと〟に息苦しさを感じてもいた。レーニンとボリシェヴィキの面々とはちがい、彼は〝理論〟にそれほどこだわらず、社会主義者のくせにマルクスを預言者として崇めてはいなかった。それどころか一貫して偶像破壊者であり続けた。一九一一年には、マルクスは社会主義に〝必要不可欠なもの〟ではないとすら断じ、こう書いている。「我々は神学者でもなければ神父でもなく、マルクス主義を一語一句守る偏狭な人間でもない……マルクス主義を文字通り解釈する必要はないのだ」

その一方で、ムッソリーニはヤン・フスへの関心を強めていった。フスは十五世紀ボヘミア（現在のチェコ共和国）の宗教改革者で、カトリック教会によって異端とされ、焚刑《ふんけい》に処された。フスに心酔するあまり、ムッソリーニは一九一二年にこの異端の殉教者の伝記を書こうとした。ところがその前書きでこんな泣き言を漏らしている。
ボヘミアの異端者がラテン語で著した作品はイタリアの図書館には所蔵されておらず、そのチェコ語版もいまだにイタリア語に翻訳されていない。畢竟、チェコ語をすらすらと読むことができるごく少数のイタリア人たちと知り合いになるという幸運に恵まれなければ、フスの伝記など一行も書けないだろう。

こうした些細な障害はさておき、ムッソリーニにとってフスは格好の題材だった。ムッソリーニは聖職者の腐敗を批判し教会改革を主張していたし、一方のフスは宗教改革の先鞭をつけた知識人であり、教会当局が処罰をしないと約束したにもかかわらず火あぶりにしてしまった偉人なのだから。フスの物語はおぞましい場面と教会批判に満ちたものだった。ムッソリーニはそれらを最大限に活用した。

最初の炎ではフスの下半身しか焼かれず、半ば炭と化した胴体は支柱にくくりつけられたままだった。しばらくすると支柱は熾火《おきび》のなかに倒れ、炎がまた立ち上った。そこに荷馬車一杯分の薪がくべられた。下っ端の刑吏たちが骨を掻き出し、よく燃えるように打ち砕いた。頭は真っ二つに割られ、まだ焼けていなかった心臓とともに火のなかに投げ込まれた。

この焚刑ののちも、ムッソリーニは愛してやまない暴力にさらにのめり込む。フスが焼き殺されると、その信奉者たちは凶暴な軍団を形成し、ボヘミア全土で二十余年にもわたって破壊の限りを尽くしたからだ。フスの信奉者たちの一派で、急進的な聖書原理主義のアダム派は全裸で儀式を執り行い、略奪をはたらき乱交に耽った。結局彼らは隻眼の将軍ヤン・ジシュカによって皆殺しにされた。衝撃と興奮の力を理解している商業作家であるムッソリーニにとっては、対象読者層に見事にマッチした最高の題材だった。

それでもこのフスの伝記では、神とキリストを攻撃するムッソリーニの語り口は以前とは打って変わり、反宗教色がかなり薄れている。十年前の彼はキリストとその十二使徒を頭の悪い田舎者とこき下ろし、宗教という心の病に侵されていると決めつけていた。ところが異端者であるフスについては〝社会的なところがあり、どうかすると社会主義者にも思える〟と評している。そして説教者フスの著書のみならず聖書にも価値があるとまで述べている。ムッソリーニは、福音書と〝貧しくも団結していた原始キリスト教共同体〟への回帰というフスの主張に賛同してもいた。

ムッソリーニによれば、フスの信奉者たちは恐ろしいほど暴力的で、キリスト教世界を簡素で慎ましやかなものに戻したいという彼らの願いは〝往々にして反乱と戦争を伴うものだった〟という。それでも彼は、同じ殺戮であっても異端者たちによるものであれば、それほど問題視していないようだ。カトリック教会による敵対者の拷問や殺害については、毎回必ずその道徳的堕落を糾弾するが、たとえばフス派内の急進派であるタボル派の残虐行為についてはそうした非難を交えずに描写する。ムッソリーニはこう述べる。「タボル派は君主を戴かない政治体制を成立させようとしていた。ひょっとしたら彼らは共和政の確立か、もしくは自分たちの共同体のボヘミア全土への拡大を望んでいたのかもしれない。だとすればタボル派は民族主義集団だと言える」

事実ムッソリーニは、フスが巻き起こした〝異端の嵐〟はヨーロッパ文明に新たな生命を吹き込んだのだから、ヨーロッパは彼らに対して深い恩義があると述べている。「中央ヨーロッパで起こったさまざまな異端運動は、すべて宗教改革として結実するのだ」彼はそう記している。「独善的な教義という足枷《あしかせ》から人間を解き放つ進歩の歴史は何世紀にもわたって続き、とどまることを知らない」これはつまり、原則的に異端を大幅に認めるということだ。タボル派には社会主義めいたところがあったとムッソリーニは言う。しかし彼らには民族主義的側面もあり、実際には信心深い人々だった。つまりさまざまな要素をごちゃ混ぜにした集団だったのだ。マルクスは手を触れてはならない聖人などではないと以前から断じていたムッソリーニは、フスの伝記の前書きで、この本は広く読まれるべきだと述べている。「この本を読んでいただいた諸兄が、宗教および俗世の絶対権力に対して、それが神権政治であれジャコバン派であれ、強い嫌悪感を覚えてくれることを強く願う」

『ヤン・フス』は、ムッソリーニがイタリア社会党のトップに躍り出た一九一三年に刊行された。ところがその翌年、ムッソリーニ自身が異端に転じてしまう。一九一四年七月に第一次世界大戦が勃発すると、強硬な反帝国主義路線を取るムッソリーニは、イタリアは国力増強に集中すべしと考え、レーニンと同様に参戦反対の姿勢を示していた。が、突如としてそのスタンスを翻してしまった。九月二十五日、イタリアはフランスとベルギーの側に立って参戦し、〝戦争で自らの血を流せ〟と煽る論説を発表したのだ。

参戦論に転向したムッソリーニの裏切りに、社会党の同志たちは激怒した。彼らとしてはムッソリーニを異端として焚刑に処すことはできないとしても、党から追い出して公衆の面前で破門宣告を下すことはできた。〈アヴァンティ〉紙から追放されたムッソリーニは、十一月十五日に参戦論を唱える新聞〈イル・ポポロ・ディタリア（イタリア人民）〉をミラノで創刊した。創刊号の第一面を〈革命は銃剣によって得られる観念である〉というナポレオンの言葉が飾った。その時はまだムッソリーニは社会党員だったが、九日後の二十四日に党から正式に除名され、生まれたときから信じてきた社会主義から異端とされてしまった。それから数カ月後、ムッソリーニはふたりの元同志とフェンシングで決闘をし、三人ともあまり手傷を負わずにやり抜けた。

ムッソリーニの元同志たちは、彼のことを日和見《ひよりみ》主義の裏切り者だと声高になじった。結果論になるが、興奮しやすい性質《たち》であることと、自分は道徳規範を超越するニーチェ的な超人だと公言しているところを考え合わせると、〝主義主張の整合性〟という些細なことに縛られたくはないとムッソリーニが感じていたとしても、まったく驚くようなことではないだろう。

『枢機卿の愛人』と同様に、『ヤン・フス』もムッソリーニ自身の未来を暗示している――世界を変えようとした急進思想家が、最後には敵に捕らわれて処刑されてしまうのだから。ムッソリーニは反教権主義を貫いていたにもかかわらず、実際のところはカトリックの伝統である殉教者崇拝を我知らず利用していた節がある。同じ異端者を取り上げるにしても、聖俗両方の権威に打ち勝ったマルティン・ルターを選ぶこともできたはずだ。それとも彼は、歴史と運命の本質は悲劇だと捉えていたのかもしれない。束の間の勝利を描いてはいるものの、ムッソリーニの『ヤン・フス』は反逆して命を落とした男の物語だ。彼は破滅が待ち構えている偉大な男に魅せられた。運命づけられた悲惨な死が訪れようとしている場面は自らを美化しているという感があり、その映像はミラノの街灯柱に行きつく直前にムッソリーニの脳裏をよぎったのかもしれない。

戦前のイタリアは、ドイツおよびオーストリア・ハンガリー帝国と〈三国同盟〉を結んでいて、どちらかの国が敵対する英仏露の〈三国協商〉と戦争に突入した場合は、理屈の上では参戦する義務があった。ところがイタリア政府はただちに参戦はせずに、八カ月にわたって様子見を決め込んだ。そして一九一五年五月二十三日、イタリアはかつての同盟国に対して宣戦布告した。勝利の暁にはオーストリア・ハンガリー帝国のかなりの領土を獲得するという秘密協約があっての裏切りだった。同年九月、結婚して子供ももうけていた三十二歳のムッソリーニは召集され、前線に送られた。彼が戦った前線はフランスとベルギーの泥濘《でいねい》にまみれた塹壕《ざんごう》ではなく、イタリアとハプスブルク家の帝国のあいだに横たわる山岳地帯だった。

前線に赴いたムッソリーニはすぐさま執筆を開始した。彼が戦場の日常を綴った日記は『我が日記（一九一五〜一七年）』として出版されたが、長らく絶版となっていて、現在ではほとんど論じられることはない。ムッソリーニの日記ならばプロパガンダ的な大言壮語ばかりが並んでいると思われるかもしれないが、それはちがう。『我が日記』は、二十世紀の独裁者が自らの経験を嘘偽りなく、政治理論の言葉を一切排して著した数少ない作品であり、文学の領域に踏み込んでいると思える箇所すらある。この本のなかのムッソリーニは暴力とずたずたの死体を詠む吟遊詩人であり、死屍累々《ししるいるい》の戦場を凝視し、戦争に対する深い嫌悪を見いだす。

が、『我が日記』の出だしは多少の我慢を読者に求める。前線に向かう車中にあって時間を持て余していたムッソリーニが、たわむれに思いついたことをしたためたものだからだ。第十四部まであるこの日記の第一部は、一九一五年九月から十一月にかけての出来事の断片的な記述となっている。前線へと向かう列車の変わりゆく車窓の景色や、敵機に向かって当てずっぽうに撃たれる対空機関銃を初めて見たときのこと、ある子供との短いやり取り、〝簡素で少量だが美味しい〟軍用食のことなど、退屈で取るに足らないことをムッソリーニはつらつらと書き連ねている。あるときなどは「〝腰を下ろして日記を書いた〟ということを腰を下ろして書いた」と記している。実に生き生きと描写されてはいるが、所詮は些末な内容だ。それでもムッソリーニは、自分の運命を見いだしたかのようにこう綴る。「どうでもいいこととどうでもよくないことだらけの、この活力に溢れた暮らしが私は好きだ」

戦争の悲惨さをまだ理解せずに呑気でいられたこの時期、ムッソリーニは大量虐殺のことなど何とも思っていなかった。恐怖のあまり眠れないということもなかった。

夜が来た。我々は木々に背を預けて地面に脚を伸ばす。ロケット砲と大砲の音が次々と轟く。

ちょっとした交戦があったところで、かえってその翌日の喜びが増すばかりだ。

しんとしている。砲弾がいくつか飛んできて、敵の前哨地からも少しばかり銃撃を受ける。それでも素敵な朝日に満ちている。

頭にフェズ帽（イタリア軍のトルコ風略帽）を被り、顎を突き出して両手を腰に当てて肘を張って威張りくさったポーズを取り、ヘミングウェイ気取りで男っぽさを前面に出した、古いニュース映画でおなじみの道化師然としたムッソリーニの姿がこのあたりの一節に垣間見える。実際のところ、戦地にあっても職業作家であり続けたムッソリーニは、自身の従軍経験をもとにした本を、それが日記であれ何であれ短期間で書き上げて出版できないものかと、戦場のありとあらゆることに眼を配っていたのだ。とくにこの日記の最初の部分は、一般受けしそうなことと政治姿勢のことばかりになっている。

社会主義者としての未来を断たれ、民族主義者として新たに生まれ変わったムッソリーニは、自分が愛国者であることをしきりに示したがり、〝民衆〟と深い絆で結ばれているとやたらと吹聴する。ムッソリーニと出会う兵士のほとんどは、以前から彼のことを知っていて、会えたことを喜ぶ。男たちは彼を抱擁し、あとで手紙を書いてほしいとか、自分たちの指導者になってほしいとか頼む。一方のムッソリーニは、イタリア軍人の気高さと勇猛ぶりを称えて彼らに応じる。上官たちにしても彼に感心することしきりだったらしい。が、不思議なことに軍上層部はムッソリーニに士官教育を受けさせることを拒んだ。

ところが早くも第一部の第二章にして『我が日記』の語り口は変化する。一九一五年九月二十日（日記の記述は九月九日から始まっている）、ムッソリーニは朽ち果てつつある敵兵の死骸を発見する。

彼は足を止め、以下のような写実的な記述を書き留める。

少し離れたところにオーストリア兵の骸《むくろ》が転がっていた――置き去りにされたのだ。死んだ男は軍服の端を噛みしめていた。どうしたわけだか軍服はまだぼろぼろになっていなかったが、その下に見える肌は腐敗が進み、ところどころ骨が露出していた。靴は両方ともなくなっていた。理由は明白だ。オーストリア兵の靴は我々のものより上質だからだ。

つい先日まで浮かれた様子で戦場の情景を生き生きと描写していたのに、この変わりようはどうだ？ 冬のある日、私はテキサスの片田舎のレストランでナマズ料理に舌鼓《したつづみ》を打ちながら『我が日記』を読んでいたのだが、この箇所で思わずフォークを止め、何度か読み返してみた。これは……なかなかいい文章じゃないか？ 私は心の中でつぶやいた。プロパガンダを生業とする気取り屋の扇動家に一体何があった？ それまで私は、ムッソリーニの作品をまあまあ愉しく読んでいた。レーニンとスターリンの著書を読み終えたあとだけあって、彼の日記に軽い安堵のようなものすら覚えていた。イデオロギー的要素を感じさせない快活な語り口の面白味のある文章だったが、そこそこ愉しめるという評価は歴史的興味という点に限ったものだ。『枢機卿の愛人』と『ヤン・フス』については、独裁者たちの著書のことがどうしても頭から離れないであるとか、ムッソリーニの伝記を書かなければならないなどといった、それなりの理由がなければ読もうなどとは思わないだろう。が、『我が日記』は根源的な経験に基づいた、内容だけでなくこの本自体に価値があると思えるような〝文学作品〟だという気がした。
しかし当然のことながら、売れ筋を意識する職業作家ムッソリーニにすぐに戻ってしまう。それからひと月ほどのちには、彼はイタリア軍人の死にざまをこう書いている。

……慎み深いイタリアの息子たちは、血も涙もない鋼《はがね》にその体を苛まれ引き裂かれても、見事天晴れに沈黙を貫く。これこそ我々イタリア人が不撓勇敢不屈の民族であることの証しである。

その一方でムッソリーニは、塹壕をともにする兵士たちの描写では別の語り口を用いる。彼は僚兵たちが語る話に耳を傾け、記録する。彼らが神について口にすると、その信仰心を逆撫でしないようにいつもの無神論は控え気味になる。交戦状態が長引くと描写の真実味が増し、戦争の悲惨さがより引き立つ。一九一六年の二月から五月までのことを記した第二部では、退屈と寒さ、そして飢えのことばかりになる。一九一六年十一月から一七年二月までの第三部でムッソリーニは震撼し、絶望する——行軍中に酔っ払って倒れ込む兵士たち。無作為に訪れる無意味な死。前を歩いていた兵士にふと眼を戻すと、敵の銃弾に切り裂かれて泥のなかに倒れ込んでいる。着実にその数を増やしつづける、墓地に運び込まれる味方の亡骸。一九一六年十二月六日には、野ざらしのままのイタリア兵を、一年ほど前にオーストリア兵の亡骸を目撃したときと同じように無味乾燥に写実し、思いをはせる。

行方不明になっていた、オートバイ部隊の狙撃兵《ベルサリエーレ》だ。いまだに前を向いている顔は、攻撃を仕掛けようとしているかのようだ。傍らには着剣された小銃が立てかけてある。死体はぽつんと転がっている。どうして誰も埋葬してやらないのだろうか？　残された家族に、〝消息不明〟というありもしない一縷《いちる》の望みを抱かせつづけるためだろうか？　たぶんそうなのだろう。

最初のうちこそ砲弾が降り注ぐなかでも平気で寝ていられたムッソリーニも、体じゅうを這いまわるシラミに悩まされ、清潔な下着の大切さを（その欠乏にも）しみじみと考えるようになる。オーストリア兵たちのほうが高性能なガスマスクを装備していることを彼は見抜く。あれほど愛していた暴力に対しても興味を失ってしまう。「今日も今日とてオーストリア側が痛くも痒くもない銃弾をそこかしこにばら撒いている。こっちはあくびが出るばかりだ――空腹から、そして退屈から。これはぴくりとも動かない戦争だ」そしてとうとう、戦場に倒れる自分の姿を描写したいという思いにすら駆られてしまう。そんな日記を書く事態は（ぎりぎりのところで）免れたが……一九一七年一月二十七日と二十八日の部分には、徹頭徹尾愚劣な戦争にしらけ切った挙げ句にふと思いついた、レクイエム的な短い詩が書かれている。

雪、寒さ、どうしようもないほどの退屈。
命令、命令に対する命令。命令無視。

イギリスの詩人ウィルフレッド・オーウェンが、戦地から家族に宛てた明るい内容の手紙を自らが味わった絶望を記した詩で締めくくったように、ムッソリーニもそれに倣うかのように幻滅感を詩で伝えている。しかし、オーウェンの場合は故国の母親に語りかける部分さえ無視すれば、そのあとに登場する素晴らしい詩にのめり込んで読むことができるのに対し、『我が日記』は呑気でくだらない描写が最初の部分に集中していて、そこを我慢して読み進めないと戦争の過酷さと自嘲に満ちた質の高い終盤にたどり着けない。

『我が日記』の残念なところはもうひとつある。それは、のちにヒトラーの側について第二次世界大戦を戦ったファシストの独裁者が作者だというところだ。ムッソリーニの〝美点〟に眼を向けようとするのは、せいぜいイタリアの極右団体ぐらいだろう。『我が日記』には自分の神話を作ろうとする意図が透けて見えなくもないが、それでもうまくまとめられた作品であり、ムッソリーニが悲惨で恐ろしい戦争の本質を見抜く著述家であり、それを描写する詩人ですらあったことを示すものでもある。

著述家としてのムッソリーニは、のちの国家元首としての彼よりも賢明な人間だった。果たして、一九三〇年代のムッソリーニが一九一七年のムッソリーニのままだったら、やる気満々で戦争に臨んだだろうか？　まず考えられないことだ。

一九一七年二月、迫撃砲の訓練中に、ムッソリーニにとってはもはや興奮を覚えるようなものではなくなっていた砲弾が至近距離で炸裂し、灼けた破片が彼の体に降りかかった。ここでムッソリーニの戦争は終わった。しかし彼の運命の歯車はまた回り始めようとしていた。

第一次世界大戦は一九一八年十一月に終了した。イタリアは、建前の上では勝利のうちに終戦を迎えた。が、フランスとイギリスとアメリカは南欧の同盟国を軽んじた。イタリアの立場は、ドイツの宰相ビスマルクに〝取るに足らない国〟と評された十九世紀当時とほとんど変わっていなかった。

実際にその通りだった。三大国の首脳陣は、イタリアは戦争で果たすべき役割を果たしていなかったと考えていた。なにしろイタリア陸軍は、敵の領土内に二十キロメートル以上踏み込むことすらままならなかったのだから。一九一七年十月から十一月にかけてのカポレットの戦いは、前線が壊滅してヴェネツィアへ撤退するという不名誉な結果に終わった。この戦いでイタリア軍は一万一千人の戦死者を出し、二万九千人が負傷した。投入した六十五万の戦力のうち、二十七万がドイツ軍の捕虜となり、残りの三十万超は前線から逃げ出した。オーストリア・ハンガリー帝国の領土の奪取を目論んでの参戦だったが、結局のところイタリアが得た〝ご褒美〟はわずかばかりの土地だけで、最大の標的で咽《のど》から手が出るほど欲していたダルマチアはユーゴスラヴィアの手に渡ってしまった。イタリアが流した血と金はまったくの無駄に終わった。

戦争を終えたイタリアが得たものは、貧困の嵐と政情不安と革命を求める政治運動、ストライキと空腹と民族主義、そして混沌だった。〈統領《イル・ドゥーチェ》〉として知られるマッチョな戦う詩人にとっては絶好のチャンスだった。かくして彼は一九一九年九月に行動を起こした。〈イル・ドゥーチェ〉は民族主義者の民兵たちを率い、ユーゴスラヴィア王国のリエカ（イタリア名はフィウーメ）とその周辺地域を占領した。ローマ帝国の昔からあるこの都市は、戦利品としてイタリアに与えられずにユーゴスラヴィアに組み込まれた。市《まち》を手中に収めて栄光の時を堪能する〈イル・ドゥーチェ〉は市庁舎のバルコニーに立ち、集まった市民たちにローマ式の敬礼を送り、演説をぶち、フィウーメの独立を宣言した。〈イル・ドゥーチェ〉は市民権と男女平等を保障する、協調的な――二十一世紀の視点からすれば、ファシストとしてはあるまじき内容だ――憲法起草の指示監督にもあたった。

実はここで言う〈イル・ドゥーチェ〉とはムッソリーニのことではない。紛らわしいことに、詩人であり指導者でもある、やはり〈イル・ドゥーチェ〉と呼ばれた別の男のことなのだ――放蕩貴族で、〝美〟という大義名分のもとに近親相姦を論じる作品をものしたスキャンダラスな詩人、ガブリエーレ・ダンヌンツィオのことだ。

このダンヌンツィオの行動は、政治活動を試みる著述家と著述活動を試みる政治家の決定的なちがいを見せてくれる、興味深い事例だと言える。ダンヌンツィオは鋭い審美眼を持ち合わせていたが行政力に欠け、経済には興味がないことをあけすけに認めていた。それでも彼は一年にわたってフィウーメを支配しつづけた。

一九一九年の時点では〝民族主義の指導者〟志望にしか過ぎなかった元社会主義者ムッソリーニは、軟弱に過ぎるダンヌンツィオのことを無視していたが、後年その手法の多くを借用することになる。同年三月、ムッソリーニはいくつかの小組織をまとめ、初期のファシスト組織〈イタリア戦闘者ファッシ〉を設立した。設立集会には元兵士と民族主義者、共和主義者、そして未来派の芸術家ら百二十人が出席した。詩人で『未来派宣言』を書いたフィリッポ・トンマーゾ・マリネッティも参加し、世界的指揮者アルトゥーロ・トスカニーニもほどなく加わった。ムッソリーニは、イタリアで最も著名な芸術家の支援を得ることに成功した。しかし彼はダンヌンツィオのように都市を支配しておらず、根幹思想もまだ固まっていなかった。〈イル・ポポロ・ディタリア〉の紙上で、ムッソリーニはイタリアの〝骨抜きにされた勝利〟に怒りをぶちまけ、ボリシェヴィズムを攻撃していた。しかし新たに立ち上げた〈イタリア戦闘者ファッシ〉が一九一九年六月に発表した最初の政治指針は、急進左派の考え方と似たり寄ったりの内容だった。この段階のファシズムとは、とどのつまり共和政と反教権、そして反富裕層を合わせたものだった。ムッソリーニは、教会と地主の土地の大々的な再配分と富裕層への増税を要求した。さらに彼は一日八時間労働と比例代表制選挙、そして普通選挙も訴えた。戦前の〝攻撃的な民衆の味方〟はまだ生きていた。

しかしこの政策綱領では勝利を得られなかった。一九一九年の総選挙で〈イタリア戦闘者ファッシ〉は候補者を多数擁立したが、大惨敗を喫した。ミラノの〈イタリア戦闘者ファッシ〉本部の窓からは、ムッソリーニの政治的な死を寿《ことほ》ぐかのようにパレードする社会主義者たちの一団が見えた。しかし彼の政敵たちがお祝い気分で浮かれるにはまだ早すぎた。戦後のイタリア社会はさらに混迷の度合いを深め、一九二〇年代中頃になると、乱発するストと暴動と工場の占拠に対する政府の無力ぶりが明らかになった。その一方で社会主義勢力は地方選挙で次々と勝利を収め、ロシアのような革命が勃発するのではないかという社会不安を煽った。社会の安定を求める実業家と地主、そして上流および中流階級の人々と、社会の安定だけでなく仕事も求める大多数の労働者階級は、社会主義者の台頭を極度に警戒していた。

ここに来てムッソリーニは、自分が追い求めてきた役まわりをようやく見つけた。地主と工場主たちの敵ではなく擁護者となり、そして何よりも、あまりにも長きにわたって不安と混乱に苛まれつづけてきた母国に秩序をもたらし、報復の鉄拳を振るう者になることにしたのだ。ムッソリーニはこの社会不安に乗じて党の私兵組織〈黒シャツ隊〉を解き放ち、〈懲罰遠征〉と称してイタリア北部と中部全域で社会主義者たちを襲撃させた。しかしムッソリーニが振るった暴力は、冷たい眼をしたボリシェヴィキによる病的な虐殺とは大きく異なるものだった。チンピラ然としたところのある黒シャツ隊たちは殴る蹴るの暴行こそはたらいたが、殺人は不名誉なこととして慎んだ。下剤にもなるひまし油を相手に無理矢理飲ませることが、彼らのお気に入りの怒りのぶちまけ方だった。ムッソリーニはマルクスとニーチェをしっかりと学び、三カ国語を操るインテリだったが、それでもその心根は失禁する大人を見て大はしゃぎする田舎の不良少年のままだった。

〈イタリア戦闘者ファッシ〉から発展した〈国家ファシスト党〉は共産主義からイタリアを護る防波堤として期待され、党員数は一九二一年五月の時点で二十万人近くにまで激増し、イタリア最大の政党となった。同月の総選挙でムッソリーニは見事な復活劇を演じ、ついに国会議員となった。しかし彼はそれだけでは満足せず、より大いなる秩序と力への欲望を隠そうともしなかった。一九二二年八月、ムッソリーニはこう言い放った。「民主主義は役目を果たし、そのイデオロギーは解体された。民主主義の時代は終わったのだ」そのふた月後、ムッソリーニは黒シャツ隊を率いてローマに向かった。世にいう〈ローマ進軍〉である。政府と国王ヴィットーリオ・エマヌエーレ三世は内戦という危険を冒さずに政権を明け渡すだろうと踏んでのことだった。武装したファシストたちは十月三十日に首都ローマに入城し、思惑通り国王はムッソリーニに首相の座を与えた。この時点ではまだ彼は独裁者ではなかった。が、ムッソリーニはこの混乱を巧みに利用し、状況を一変させる。一九二五年一月、ムッソリーニはファシストによる独裁制の施行を宣言した。彼が創刊した反体制新聞〈イル・ポポロ・ディタリア〉は政権の広報紙となった。

ムッソリーニは〝全体主義の装置〟として今に知られる施設や制度を数多く考案し、迅速に整備していった――青年組織。プロパガンダ的なモニュメント。不満分子の弾圧。秘密警察。壮大な都市建設計画。仕事後の社会人教育プログラム。劇場、美術館、図書館などの建設。文化芸術の統制。スポーツ団体。そして〝厳しくも愉しい訓練〟をモットーとするファシスト版ボーイスカウトの〈バリッラ全国事業団〉。ムッソリーニらは、ファシストによる政権掌握はまったく新たな歴史の到来を告げるものだとすら言ってのけた。一九二六年にファシスト党による一党独裁制は完成し、〈ローマ進軍〉を敢行した一九二二年十月二十七日は新時代の幕明けとなった日とされた。

〈全体主義〉という言葉は、実際には独裁制以前の一九二三年のムッソリーニ政権批判のなかで登場した造語だ。特筆すべきなのは、ファシストたちはこの言葉を受け容れ、それどころか自分たちとその体制のことを全体主義だと堂々と述べているところだ。この点において、民主主義と正義を唱えながらも血なまぐさいテロ活動と弾圧に明け暮れていたボリシェヴィキたちと決定的に異なる。かつて神を愚弄し、ずたずたの死骸を描写したムッソリーニは、そのときと同じトーンでヨーロッパ人たちの愛国心を嘲笑ったが、それもまた独裁者になる以前から始めているのだ。その証拠に一九二三年の『反動主義と反自由主義としてのファシズム』と題した論説のなかで、自由主義は救いがたいほど時代遅れな十九世紀的イデオロギーだと一刀両断する一方、ファシズムは偶像も信仰も求めず、しかもそんなものは〝必要とあらば、あらかた腐っている自由の女神に返してやる〟と言い切っている。その年の十月二十八日、ムッソリーニは数多くあるファシズムの定義のひとつを提示した。「すべては国家のためであり、国家の外側には何も存在せず、国家に反するものは何も、そして何者も存在し得ない」かしこくもムッソリーニは自分の腹の内を隠そうとはしない。反民主主義的で全体主義的で暴力を肯定するファシズムが二十世紀のさまざまな政治思想のなかで異彩を放っているのは、それが有言実行の哲学だったからかもしれない。

ファシズムとソ連の共産主義の相違点はほかにもある。ボリシェヴィキは明らかに終末論的な革命を目指しているにもかかわらず、それを否定するという深刻な内部矛盾を抱えていたのに対し、ファシズムはそれ自体に不可解な部分があることを公言している。たとえばムッソリーニは一九二六年にこんな支離滅裂なことを述べている。「ファシズムは政党のことのみを指す言葉ではない。政治形態のことでもあるのだが、政治形態のみならず信仰をも意味し、信仰であるだけでなくイタリアの勤労大衆の心を捉えて離さない宗教でもある」ファシズムは国際主義的なものではなく、階級闘争を暴力ではなく仲裁と調停によって解決する国家主義的な政治形態だ。そして先のムッソリーニの言葉が示すとおり、宗教と敵対するものでもない——さしものムッソリーニも、一九二五年十二月に結婚の秘蹟を授かったときは神の存在を十二分に実感した。さらに彼は、教皇領没収により統一を完了させたイタリア王国とローマ教会の数十年にわたる諍いを、一九二九年のラテラノ条約で終結させてもいる。暴力という面においても、ムッソリーニはレーニンとスターリンに遠く及ばない。レーニンは権力を掌握して一年も経たないうちに、〈赤色テロ〉として知られる大量殺戮と拷問、そして弾圧を行った。それとは対照的にイタリアでは、ムッソリーニを痛烈に批判した社会主義者のジャコモ・マッテオッティが一九二四年にファシストたちによって暗殺されると、たったひとりが殺されただけなのに世論は激高した。

ムッソリーニは二十年のキャリアのある経験豊かな職業作家だったが、現在進行形のイデオロギーだったファシズムには開祖による聖典のようなものは存在しなかった。社会主義者時代のムッソリーニはマルクスへの盲従を批判していたし、ボリシェヴィキの指導者たちお得意の〝科学的〟という殺し文句も大嫌いで、決して使わなかった。ファシズムと全体主義国家の先触れとなるものなら多数存在していたにもかかわらず、そうした先例を積極的に持ち出そうともしなかった。自分が先例になればいいと考えていたのだ。彼は説教をし書物を著し箴言《しんげん》を発したが、繰り返しになるがファシズムには〝聖書〟はなかった。ムッソリーニは流動的な状況を歓迎し、臨機応変に考えを変えることを良しとした。

と言うよりも、彼にはそれしか選択肢はなかった。困ったことに、ムッソリーニが無数に生み出してきた著作物は、独裁者となった彼が反対する考え方を支持し、さらには推し進めるものばかりだったのだ。レーニンもスターリンも方針変更を幾度となく繰り返したが、新たな方針とイデオロギー的に齟齬をきたす自分たちの著書を、割と簡単に改竄したり抹消したりすることができた。なぜできたかと言えば、ふたりとも核となる信念をほとんど失うことはなかったからだ。ところがムッソリーニにはそんなものがなかった。神を否定する反権威主義者だった若きムッソリーニは、愛国者と教会の守護者になったムッソリーニに辛辣極まる批判を浴びせたことだろう。

自叙伝『La mia vita《ラ・ミア・ヴィータ》（我が人生）』（邦訳版は『ムッソリーニ自叙伝』）はムッソリーニの中心理念を彼自身が記した書だと言えるかもしれないが、この本はアメリカの駐伊大使でムッソリーニの盲信的な崇拝者だったリチャード・ウォッシュバーン・チャイルドの発案で書かれた、実質的にアメリカ市場向けの宣伝本だった。チャイルドは十五ページにもおよぶ阿諛追従《あゆついしょう》に満ちた序文を書き、〝勤勉と規律〟を強く打ち出すムッソリーニにいたく感動し、このイタリアの独裁者が国民に与えた〝魂の陶酔感〟を他国民に説く本を出すべきだと感じたと述べている。「我々の時代において、ムッソリーニに匹敵する不変の偉大さを示す人物は存在しないし、これからも現れることはないだろう」そしてそのことを語る人物はムッソリーニ本人をおいてほかにいないとチャイルドは断言する。

自叙伝なのだから、たしかにムッソリーニ本人が書くに越したことはない。ところが、どうやらこの本の執筆にはムッソリーニは必要最低限しか関わっていないようなのだ。この〝自叙伝〟は実質的にはチャイルドとムッソリーニの弟のアルナルドの共同執筆で、そこにルイジ・バルジーニという著述家が加わり、ムッソリーニの政権奪取の過程とその世界観を要約し、矛盾点を潰し、イタリア国外の読者向けに刺激的な部分を抑えめにした。にもかかわらず、ムッソリーニが書いていないので魂が入っていないはずの〈私〉には活力があり、自分がほとんど登場しない場面を語る部分ですら、命を宿しているように感じられる。冒頭の部分を例に挙げてみよう。

私の幼年時代は今や遠く煙霧の中に没し去っているけれども、記憶の閃光に照し出されている。記憶はなつかしき光景を伴って還って来る。春雨の後で鼻をしめった土に押し付けてかいだ時の香気、或は廊下に響く足音。雷のとどろきを聞くと石段のことを想起する。今となっては自分自身であったとは思われぬ様な小さな小児が、其の石段の上で午後よく遊んでいた。(a)

簡明で無駄がないこの一節は読み手の心に呼びかけ、物心もつかない頃の感覚記憶の欠片をしっかりと喚起する。語り部の〈ムッソリーニ〉は、自我が芽生えつつあった当時の映像と音を呼び戻し、読み手を〝自分〟の幼年時代に誘《いざな》う。そして〈ムッソリーニ〉は活気溢れる文体で、彼のような反逆の徒だらけの故郷の町プレダッピオの歴史を短く語る。ムッソリーニ一族のルーツは中世の昔まで辿ることができ、彼のような頑固な指導者を多く生み出す血筋だ。信仰に篤く愛情深い母親と扇動家の鍛冶職人の父親についての話が続く。「近隣の人々は父のことをアレッサンドロとあだ名していた。社会主義的理論で心は常にいっぱいになり脈動していた」(a) ムッソリーニの自叙伝はアメリカの週刊誌〈サタデー・イヴニング・ポスト〉に連載されたのちに一九二八年に出版された。しかしそのイタリア語版の刊行は一九七〇年代まで待たねばならなかった（一九一一年から一二年にかけて、ムッソリーニは獄中で自分の少年期を綴った自叙伝を書いたが、それが出版されたのは彼の死後のことだった）。

ファシズムの記述については、ムッソリーニはあとで書き換えがきくものとして扱っていた。どうせ誰も気にしないだろうし（彼も気にしなかった）、誰かに気づかれそうになったらその前に戻せばいいという浅はかな考えで、判断に手を加えたり記事によって立場をころころと変えたりする新聞や雑誌の記者たちのようにやればいいと考えていた。そうした手練手管にムッソリーニが秀でていたのは言うまでもないことだし、言葉や言いまわしを当意即妙に変えることのほうが理論の一貫性を保つことよりも重要だと頑なに信じつづけていた。

ムッソリーニ政権の中核理念を要約したファシスト党の〈十の鉄則〉すらも見直しの対象とされ、長年にわたって改訂されつづけた。〈ムッソリーニは無謬《むびゅう》の存在である〉という鉄則は削除されずに残りつづけたが、まちがいなくファシストたちの中心にいる人物であるにもかかわらず、〈十の鉄則〉内の位置づけは絶対的なものではなかった。それどころか版を重ねるごとに変動し、一九三四年版では八番目、一九三八年版になると十番目にまで下がった。〈十の鉄則〉はモーセの十戒のように石板に刻まれていたわけではなく、書き換えが利くものだった。

一九二〇年代のムッソリーニは、自身の〝哲学〟を長々と論じる際は必ず、ファシズムはイタリア特有の現象だと力説していた。普遍的であるとされているマルクス主義とは大ちがいだ。それどころか、社会主義は世界中のどこでも最終的に勝利を収めるという考えを前提としながらも、社会主義革命は一国でも成し遂げることができると説いたスターリンの〈一国社会主義論〉ともまったくちがった。

が、しばらくするとムッソリーニは変節した。その理由は、彼のファシスト党に影響されて世界各地でファシスト的政党が続々と設立されていたことにも、彼がかつて学んだマルクス主義の書物にもあった。一九二九年、歴史はウォール街の崩壊という重大局面を迎え、民主主義と資本主義は絶望の淵に立たされた。この危機はプロレタリア独裁ではなくファシズムの時代をもたらすことになる。一九三〇年十月二十七日、ムッソリーニはヴェネツィア宮のバルコニーに立って演説をぶち、ファシズムはイタリアだけのものであるとする従来の姿勢を翻した。

〈ファシズムはイタリアの輸出品目には含まれない〉という言葉があるが、それは私が考えついたものではない。新聞を読んでいても、ビジネス用語に翻訳してやらなければ何ひとつ理解することができない人々のためにこしらえられたものだ。いずれにせよ、この誤りは今すぐ正さなければならない。

今日ここで私は宣言する――ファシズムの思想、教義、精神は普遍的である。ファシズムの個別の制度についてはイタリア的だが、その精神は普遍的なのだ。そうとしか考えられない。ファシズムの精神が普遍的なのは、ファシズムそのものが普遍的だからだ。したがって、ファシズムの教義と実践を模範とする、ファシスト的ヨーロッパの実現を予見することは可能なのである……

同年、ファシズムと神秘主義を合体させた宗教めいた概念を叩きこんで未来の指導者を育成する〈ファシスト神秘学校〉がミラノで設立された。ほんの八年前まで北イタリアを荒らしまわり、社会主義者と見ればその口にひまし油を流し込んでいたゴロツキの群れがこの変わりようだ。ムッソリーニはその尊大さをさらに増していったが、それでもなお頑として理解しがたい存在であり続けた。彼はファシスト神秘主義という〝似非《えせ》宗教〟を栄養満点な肥やしとして、ファシズムの概念をますます覇気に富むものにしていった。そして一九三二年、ファシストの政権奪取十周年を寿《ことほ》ぐ演説で、ムッソリーニは高らかにこう宣言した。「今後十年のうちに、ヨーロッパ全土はファシストになるかファシスト化されるだろう！」

この年、ムッソリーニはようやくファシズムの公式定義を文書として発表した。しかしこの期に及んでもなおムッソリーニは逃げ道を用意していた。その文書は、新たに刊行された国民百科事典にぴったりと収まるぐらい短い内容で、〈ファシズム——その理論と哲学〉という見出しがついていた。抜き出してパンフレットにすると五十ページにもならず、スターリンが書いた二冊のマルクス・レーニン主義の入門書のどちらよりも短い。おまけにムッソリーニは実際には書いてすらおらず、哲学者のジョヴァンニ・ジェンティーレに協力を仰いで共著者とした。ジェンティーレは観念論者で、個人の精神というものが実際に存在することに納得せず、過去と現在、そして主観と客観という区分けは人間が考え出したものであり、実在の本質とはまったく関係のないものだと考えていた。〈ファシズム——その理論と哲学〉の最も優れたところは、あっという間に読めてしまうところにある。ムッソリーニは近代思想の書物を数多く読んでいたが、残念ながらこのファシズムの入門書には、たとえばレーニンの『国家と革命』のような、無意味なことに無理矢理意味を持たせようとする秀才の作品という響きは感じられない。むしろ小賢しい独学者が自分の作り出した虚飾の泥沼にはまり込んでしまい、必死になって抜け出そうとしているような印象がある。

では、ファシズムとは一体どのようなものなのだろうか？　ガンディーをして〝新しいイタリアの救世主〟と言わしめた、とんがり頭の男が考えついた超常の思想とは？

あらゆる健全な政治理念と同様に、ファシズムも実践であり思想でもある。その行動の根底にはひとつの教義が存在し、その教義は歴史の力の体系から生み出され、その体系とのつながりを保ちつつ、内部から働きかける。国家とは根本的に生物であり、国家の概念もその事実を踏まえなければならない。そうした概念は哲学もしくは直観であり、論理構成の内部で発展するか、恍惚もしくは信仰のうちに集積される思想体系である。いずれの場合であっても、確実に、もしくは少なくともほぼ確実に、世界を有機的なものだとする概念なのである。

つまりファシズムとは実践でもあり思想でもあり、内的なものでもあり外的なものでもあり、哲学でもあり直観でもあり、そしてありとあらゆるものでもある、ということなのだろうか？　まさしく何でもござれといった感じだ。しかもこれでもまだまだ冒頭の一部分でしかないのだ。ここから先はムッソリーニと共著者のジェンティーレによるくどくどしい解説が際限なく続き、〝何でもあり感〟はますます濃くなっていく——道徳律。物質界を超越する世界。時間と空間の限界を超え、〝まったくの霊的存在〟として生きることを可能にする自己放棄と死と犠牲の重要性。そうしたことの説明が延々と続く。

ファシズムとは、内的には様式であり規範であり、全人格的な規律であり、知性のように意思のなかに浸透するものである。市民社会に生きる人間にとって核となる霊感であり行動原理であり、心の奥底に深く沈み込むものである。ファシズムは行動の人のみならず思索家の心にも宿り、芸術家のみならず科学者の心にも宿る。いわば魂のなかの魂である。

このように、とにかく際限がない。その三年前には、ムッソリーニは劇作家のジョヴァッキーノ・フォルツァーノと共同で戯曲にも手をつけている。そちらのほうは難解で思索的なところはかなり控えめで、その代わりに偉大なる支配者の作品とは思えないほどの、究極の無常感に包まれている。

スターリンがソ連の芸術家たちに命じて国家のイデオロギーに沿った小説や戯曲、映画を作らせたように、ムッソリーニもイタリのア芸術家たちに〝ファシスト芸術〟を作らせようとした。しかしスターリンとちがって、ムッソリーニは恐怖を行使してまで自分のイデオロギーに沿うものを作らせようとはしなかったので、助成金を受け取りながらもファシズムの拡散という目的を果たそうとはしない者たちが続出した。たとえば、のちにノーベル文学賞を受賞する作家で劇作家のルイジ・ピランデルロなどはファシスト党に入党し、助成金を喜んで受けとって劇団〈ティアルトロ・ダルテ・ディローマ〉を運営していたが、その舞台にかけた戯曲や小説にはファシズムの勝利を謳う部分がほぼ皆無だった。ムッソリーニが絶賛した未来派の映像作家アントン・ジュリオ・ブラガリアもファシストの助成金を受け取ったが、社会主義者のベルトルト・ブレヒトとジョージ・バーナード・ショー、そしてダダイストやシュールレアリストや表現派の作品を扱ったものを一点制作しただけだった。ファシスト芸術活動の捗《はかど》り具合が芳しくないと知ると、ムッソリーニは直接介入を決断し、自分で戯曲を書くことにした。

ジョヴァッキーノ・フォルツァーノはオペラの台本や史劇を得意とするイタリアの人気劇作家だった。一九二九年、ムッソリーニは皇帝ナポレオンの最後の日々を描く作品の共作をフォルツァーノに持ちかけた。二年後、全十一場の『Campo di maggio《カンポ・ディ・マッジョ》（五月の平原）』がイタリアで発表された。

英語版の題名は『百日』だった。イタリア語版では、ムッソリーニは出しゃばらずにフォルツァーノの単独名義としたが、イギリスとフランスとドイツの版では共作者としてしっかりと名前を出している。

『百日』は独裁者が独裁者を描いた戯曲であり、ナポレオンはその主人公としてまさしくうってつけだった。ナポレオンもムッソリーニと同様に無骨な田舎者で、無名の存在から歴史ある国の指導者へと成り上がった。偉大な指導者であり暴力の達人であり、才気溢れる戦略家であり情熱的な色男であり天賦の著述家であるナポレオンは、ムッソリーニが欲するものをすべて持ち合わせていた。しかし『百日』はアクションに欠け、もっぱら長台詞とナポレオンと味方と敵のやり取りで構成されており、戯曲としては並以下の代物だ。それでも、イタリアではムッソリーニが廃止に追い込んだ議会制民主主義の弱点を、痛烈かつ明快に指摘している。『百日』のナポレオンは、連戦連勝でヨーロッパを蹂《じゅう》躙《りん》し、さまざまな封建主義的な法律をひとつの普遍的な法典にまとめ上げて大陸を変えてしまった征服者ではない。ムッソリーニの描くナポレオンは、かつて彼に忠誠を誓った者たち全員から裏切られ孤立した、うちひしがれた巨人だ。この戯曲の興味深い点を挙げるとすればそこだ。

この作品でも、ムッソリーニは自身の破滅を予見している。この時期のムッソリーニはふたたび個人的な勝利を堪能していた。ヴァチカンとラテラノ条約を結んで世界から絶賛され、ファシズムという新たな〝国家概念〟は全世界を魅了した。彼は世界という舞台でスポットライトを浴びていた。しかし表向きは人類史の新時代を語り、新しい形態の政府は自分よりも長く持ちこたえるだろうと断じる一方、統領《イル・ドゥーチェ》という仮面《ペルソナ》を外したムッソリーニは別の可能性を書き、悲劇的な結末を語る。そう、

『ヤン・フス』と『枢機卿の愛人』と同じように……民衆のためにその身を捧げ、背伸びをしすぎた挙げ句に味方に裏切られる偉大な男を描く『百日』には、まさしくムッソリーニの不安と嫌悪が見て取れる。

フォルツァーノはムッソリーニとの共作でさらに『ジュリオ・チェーザレ（ジュリアス・シーザー）』と『ヴィラフランカ』という二本の戯曲を書いた。独裁者との交わりは、劇作家のフォルツァーノに多大な恩恵をもたらした。そして『百日』は世界中で絶賛された。一九三二年にはロンドンの〈ニュー・ロンドン・シアター〉で上演され、アメリカとオーストラリアの新聞で大絶賛された。ハンガリーでの上演も受けに受けた。一九三六年には映画化され、ドイツ表現主義の名作『カリガリ博士』で知られるドイツの名優ヴェルナー・クラウスが主役を演じた。〈ニューヨーク・タイムズ〉紙は、こんな簡潔な賛辞の批評を寄せている。

ベルリンとローマの首脳たちの後押しを得て製作された独伊合作のこの映画は、ハリウッドやその他の映画産業が生み出してきた数々の傑作に匹敵する歴史映画である。

映画版『百日』は、ファシストとナチスによる最悪の合作の不吉な前兆と見ることもできる。この当時は大成功を収めた『百日』だったが、ムッソリーニの作品のなかでは真っ先に忘れ去られてしまった。

一九三四年の後半になっても、未来はまだムッソリーニに味方していた。少なくとも歴史の外側から眺めるとそう思えた。ムッソリーニの教義の普及にあたる宣伝省の発表によれば、この年の時点で世界三十九カ国にファシスト党が設立されていた。ムッソリーニは世界中から寄せられる讃辞に慣れっこになっていた。中国国民党の蔣介石、アメリカ大統領フランクリン・デラノ・ローズヴェルト、そしてのちのイギリス首相ウィンストン・チャーチルに至るまで、世界中の要人たちが彼を褒めそやした。悪名高い伝説の新聞王ウィリアム・ランドルフ・ハーストもムッソリーニを崇拝し、一九二七年には彼と寄稿契約を結ぼうとしたが、結局はUP通信からの購入というかたちで妥協せざるを得なかった。が、一九三二年に状況は変わり、ハーストは一本あたり千五百ドルという破格の原稿料をムッソリーニの（ゴーストライターが書いた）論文に払い、系列の新聞に載せた。アメリカでは広く愛されていたわけではないが（左派は嫌悪していた）、それでもムッソリーニは、保守的な失敗国家を意志の力だけで変革させた偉大な指導者として広く認められ、国際マーク・トウェイン協会の名誉会長に選ばれさえした。

しかしムッソリーニが置かれていた現実はバラ色ではなかった。イタリア国内での彼自身の人気は衰えていなかったが、彼以外のファシスト党の幹部たちはそうではなかった。ムッソリーニは敵対勢力を一掃してイタリアを支配下に置いたが、カトリック教会は自治を保ち、しかも反ファシスト勢力の精神的権威の源泉であり続けた。ムッソリーニは一九二六年四月にファシストが労働組合を統制する協調組合主義《コーポラティズム》国家への変革を打ち出し、それから八年をかけて詳細を練り上げ、産業分野別の労働組合を立ち上げる法令を出した。しかし政治腐敗が蔓延し、肥大化した官僚機構はいつまで経っても能率が悪く、そこに一九二九年の世界株式市場の崩壊が追い打ちをかけ、ダムやオペラハウスや社会保障に注ぎ込む資金が大幅にショートしてしまった。〝新しいファシスト〟は台頭せず、昔ながらのイタリア人が居座りつづけた。現実と幻想のギャップは広まるばかりだった。ムッソリーニは自分自身が張り巡らしたプロパガンダのクモの巣に搦《から》め捕られ、身動きが取れなくなってしまった。彼は我が身を恨んだ。

ムッソリーニに時機を読む鋭い勘があったなら――ぶっちゃけて言うならば、一九三〇年代前半のうちにどうにかして死んでいたら、歴史は彼にもっと優しい眼を向けたことだろう。ムッソリーニが作り上げてきた国家システムは崩壊してしまった。その責任は、彼のカリスマ性に欠ける取り巻きたちに降りかかることになった。そのペン先こそ自由奔放だったが、ムッソリーニ本人は他の独裁者たちに比べると、とにかく節度のある男だった。ファシストたちは〈反ファシズム主義者に対する監視と鎮圧のための組織〉という大仰な名称の秘密警察、略称〈OVRA〉を作ってはいたが、強制収容所も矯正労働収容所《グラーグ》もイタリアにはなかった。一九二七年から一九四〇年にかけて五千人の政治犯が逮捕・投獄されたが、そのうち処刑された者は九人しかいなかった。小国キューバの独裁者であるフィデル・カストロですら、もっと多くの自国民を殺害している（カストロは在位中に一万五千から一万七千人を殺害したとされているが、それでも教皇ヨハネ・パウロ二世（一九九六年）とベネディクト十六世（二〇一二年）への謁見が叶っている）。

が、ムッソリーニは死ななかった。それどころかローマ皇帝のような征服者となり、帝国を築き上げようとした。その後の彼は徹頭徹尾まちがった道を進んでいくのだが、その第一歩は一九三五年十月のエチオピア侵略だった。ファシストたちの軍隊は、銃弾と爆弾と毒ガスで前近代的な装備のエチオピア軍を圧倒し、侵攻開始から七カ月後に意気揚々と首都アディスアベバに入城した。ムッソリーニにとっては偉大で高潔な〝征伐戦争〟だった。しかし、なかなか帰順しないエチオピア人たちに対し、イタリア軍はエチオピア男性の睾丸を標的とした射撃訓練といった野蛮な実力行使に打って出た。この侵略戦争はイタリア国内では受けたが、ファシストたちが一方的に吹っかけた喧嘩にヨーロッパの世論は敵意の眼を向けた。国外のマスコミと要人たちからちやほやされ続けてきたムッソリーニは非難の的となり、化け物のような暴君という誹《そし》りを受けるようになった。このいきなりの掌返しを、彼は偽善に満ちたものだと憤慨した。結局のところイギリスにしてもフランスにしても、現地の人々の懐柔だけで植民地化を進めてきたわけではないし、ベルギー国王のレオポルド二世はコンゴの専制君主となって一千万人のコンゴ人を殺害した。アメリカ合衆国にしても一九〇〇年代初頭にフィリピンで植民地戦争を繰り広げていたし、ムッソリーニが子供の頃の一八九〇年代になっても国内でインディアンの虐殺を続けていた。そんな帝国主義者たちにムッソリーニを批判する資格があるだろうか？

アフリカでの勝利に浮かれるムッソリーニは、今度はスペイン内戦で民族独立主義派《ナシオーナレス》の側に立って介入し、自分の威光をさらに遠くまで及ぼそうとした。ところがエチオピア軍とはちがって近代兵器で武装した敵軍が相手となるとイタリア軍はあまり歯が立たず、一九三七年三月のグアダラハラの戦いでは屈辱的な大敗を喫した。事ここに来て、ムッソリーニは取り返しのつかないことをしてしまう。オーストリアから来たちょび髭小男の連戦連勝ぶりに、老境に達しつつあったムッソリーニの胸のうちに羨望の念がむくむくと頭をもたげてきた。それに心を惑わされた彼は、人生最低最悪の決断を下す。

一九三九年、ムッソリーニ（のゴーストライター）は自叙伝の補訂版を出し、エチオピア侵略を正当化する部分を新たに追加した。オリジナル版にはなかった、人種主義と反ユダヤ主義をあからさまに表明する箇所も付け足された。そしてドイツへの親近感も示された。

ファシズムと国家社会主義《ナチズム》というふたつの政治運動のあいだに存在する相違点とは、イタリアとドイツというふたつの国に固有の歴史と伝統におけるちがいに起因するもののみだ。達成すべき目標およびその手段においても、両国の首脳が掲げる条約改正政策においても、一九三四年に邂逅《かいこう》を果たした両国が手を取り合って前進するに足るほど似ている。政治面でもイデオロギー面でも類似する両国が団結し、国際舞台において四十年前の三国同盟と同様の協力関係を築くのは当然だと言える。

ところが実際には、ムッソリーニは長年にわたってヒトラーを蔑視しつづけていた。かたや自分の机の上にムッソリーニの胸像を飾っていたヒトラーは、一九二七年にはサイン入りの写真をねだる手紙まで書いたが、ムッソリーニは拒否した。念願の品を手に入れるまで、ヒトラーは四年待たなければならなかった。そこまでムッソリーニに傾倒するヒトラーはムッソリーニのスタイルを熱心に取り入れ、党員たちにファシスト式の敬礼をさせ、ファシストたちのものよりほんの少しだけ黒いシャツを着せて行進させた。それでもムッソリーニは大きな違和感を覚えていた。とくに彼はナチスの人種主義政策と断種法を毛嫌いし、ナチズムを〝アルプスの向こう側の邪説〟だとおおっぴらに断じ、完全無視を決め込んだ。事実、ムッソリーニは反ユダヤ主義者ではなかった。その証拠に、ファシスト党の創設メンバーのなかにはユダヤ人がいたどころか、イタリアの四万八千のユダヤ人の四分の一がのちに党員となった。そして何よりも、彼の長年の愛人でゴーストライターでもあったマルゲリータ・サルファッティもユダヤ人だった。

ムッソリーニは一九三四年の八月と九月に〈イル・ポポロ・ディタリア〉にペンネームで寄稿し、ナチズムとヒトラーの主張する〝ドイツ民族の優位性〟を愚弄した。『わが闘争』のことを〝ヒトラーの新約聖書〟だと茶化し、ナチスの指導者と初めて会ったときのことを不満まじりにこう述懐した。「ヒトラーは現在の諸問題を語らず、『わが闘争』を延々と諳《そら》んじて、私に聞かせていた。あの馬鹿でかいレンガのような本を、私は一度たりとも読めたためしはないというのに」

ところがヒトラーがしみったれた警備員のようなスタイルを改め、帝国主義勢力を屈服させるだけの力のある傲慢な指導者の貌《かお》を見せるようになると、自分より上手くやっている指導者のやり方を真似るというムッソリーニのいつもの癖がぶり返してきた。ダンヌンツィオのスタイルに乗っかったことがある彼は、今度は脚をまっすぐ伸ばすナチス式行進スタイルを兵士たちに命じた。一九一五年の戦中日記で「ドイツ流の軍人精神はイタリアには根づかない」と書いたことを忘れてしまったようだ。補訂された自叙伝では、ナチスとファシストたちとの協力関係は一九三四年にまで遡ることができるとされた。さらに彼は反ユダヤ主義を明確に打ち出した〈人種憲章〉を一九三八年に布告したが、そこには例外条項がかなりあった。それにムッソリーニは相手を喜ばすために〝アーリア化の秘蹟〟を授けるようなことはしなかった。こうした点を見ると、ムッソリーニのいきなりの反ユダヤ主義宣言は、ナチス一流の似非科学への宗旨替えというよりも、ヒトラーと歩調を合わせるための方便だったと見るべきだろう。

一九三九年五月にムッソリーニとヒトラーのあいだで〈鋼鉄協約〉が結ばれ、ナチス・ドイツとファシスト・イタリアの地政学的ロマンスは最高の盛り上がりを見せた。これでふたりの独裁者は正式に枢軸を結んだことになったのだが、この恋愛関係はムッソリーニの片思い感がなきにしもあらずだった。ヒトラーはかつての自分のヒーローのことを端《はな》から部下のように扱い、ポーランド侵略に際しては事前に相談しようとすらしなかった。ムッソリーニは悔し紛れにアルバニアとギリシアに侵攻した。が、負け癖のついているイタリア軍は案の定の体たらくで、そのせいでドイツはムッソリーニの戦いのために軍を派遣せざるを得なくなった。戦死者数は幾何級数的に増え、ムッソリーニ政権は崩壊の危機に瀕した。そしてついに一九四三年七月、国家の最高意思決定機関でムッソリーニの身内とも言える評議員たちで構成されたファシズム大評議会は、五十九歳の独裁者を権力の座から引きずり下ろす決議案を賛成多数で可決した。

この一連の出来事は、十二年前にムッソリーニがナポレオンの戯曲のために用意したシナリオをなぞったものだと言えた。これから紹介する『百日』の一節のなかの〈ボナパルト〉を〈ムッソリーニ〉に、〈フランス〉を〈イタリア〉に置き換えると、四年間の戦争のうちにムッソリーニがしてきたことを極めて正確に、短く簡潔に説明することができる。

ボナパルトよ、おまえの独裁の日々は終わりを告げる。フランスが厳しい鍛錬を重ねた勇猛果敢な軍勢を惜しみなく与えるならば、おまえは勝者となるだろう。フランスの敵たち同士が諍いに興じ、時代遅れの武器と埃をかぶった戦略を用いるならば、おまえはフランスの血を一滴も流すことなく、真《まこと》のフランス人であるラザール・カルノーが生み出した理想を実現することができるだろう。おまえがフランス人の熱意の源泉を干上がらせ、ヨーロッパ中の至る場所をフランス人の血の泥濘に変えてしまったとき、世界は力を合わせておまえに立ち向かい、あらん限りを尽くしておまえを忌み嫌い、あらん限りを尽くして平和を叫ぶだろう。

これ以上の国政従事は無用だと国王ヴィットーリオ・エマヌエーレ三世から告げられた瞬間、ムッソリーニは〝イタリア一の嫌われ者〟となってしまった。彼は逮捕され、二十年にわたって続いたファシスト政権は一夜にして霧散してしまった。独裁者の失脚に民衆は歓喜したが、あとを引き継いだ政権は脆弱で、さらに四十五日間の迷走状態が続くことになる。

ところがこれで終わりではなかった。『百日』のなかのナポレオンは、敗北した我が身の破滅を威厳を持って受け容れたが、そう描いた本人はそうしなかった。政治的な死刑に処されたはずなのに甦ったのだ。獄中にあっても政権の奪還という夢を捨てきれずにいたムッソリーニを、ヒトラーは軍を派遣して救出し、傀儡《かいらい》国家〈イタリア社会共和国〉を樹立させ、その元首に据えた。

ムッソリーニはこの最後の賭けに惨めに負けた。自分が戯曲で描いた理想の指導者とは大ちがいの結末だった。『百日』で彼はこう書いている。「威厳のうちに敗れるのなら、破滅など何ものでもない。さもしい負けを迎える者にとってはそれがすべてとなる」そして作中のナポレオンは流刑を受け容れ、こう述べる。

私は〈九月虐殺〉の王にはならない。エルバ島からの帰還を果たした私を見れば、そんなつもりなどなかったことがはっきりとわかるはずだ。諸君、富み栄えるヨーロッパを平和裡に治めるという夢は、私の眼の前で流されてきた夥《おびただ》しい血をも正当化するものだと言えよう。私はその夢の実現のために、フランスの子らを犠牲にすることを許されていた。しかし私は憐れな王ではない。憐憫《れんびん》の王冠を護るために、幼稚なデマゴーグどもとの言い争いから身を守るために兵らを死地に送ったりはしない。(九月虐殺とは、一七九二年九月にフランスの革命政府が反革命勢力を投獄し虐殺した事件)

ムッソリーニはヒトラーにアピールするべく七千人のユダヤ人を殺人収容所送りにし、娘婿を処刑した。

街灯柱へと至る旅路は終わりを迎えつつあった。しかしここでムッソリーニは自身の著述家としてのルーツに立ち戻り、〈コリエーレ・デラ・セーラ〉紙に〈世界旅行家〉というペンネームで論説を書くようになった。失脚と見事な復活劇を顧みた一連の論説はただちにまとめられ、彼の最後のベストセラー『一年間の歴史』として出版された。

『一年間の歴史』は失われた日々を綴った書だ。腕の立つ著述家であるムッソリーニに、自分のことを嘘偽りなく客観視して評価できる力があったならば、この本は傲慢とプライドと誤った判断が招いた壮大な失脚劇について掘り下げた傑作になったことだろう。当然ながら、そうするためにはムッソリーニが後生大事に守ってきた妄想と彼そのものを完全に分解して分析しなければならない。しかし底知れない闇の奥に足を踏み入れるというこの作業はムッソリーニの手に余るものだったし、誰にとっても不可能なことだと言えよう。それができなかったムッソリーニは、空前絶後の自己正当化と、自分を裏切ったイタリア国民と元側近たちへの恨み節に終始する本を書き上げた。イタリアのことを〝国家ですらない〟と言い放ち、自分から権力を奪い取って牢に閉じ込めた〝謀反者たち〟に対して辛辣な言葉の銃弾を撃つ戦いをけしかけた。つまり『一年間の歴史』は、自分は絶対にまちがっていないという妄想に囚われた誇大妄想狂がプライドを傷つけられ、金切り声で喚《わめ》き散らしているだけの、悲しいほど奇矯な本なのだ。

それでもムッソリーニは、底知れない闇の奥のすぐ手前まで来ていた。『一年間の歴史』の最も興味深い点は、〈私〉という主語は用いられずに徹底して第三者視点で描かれており、偉大なるムッソリーニはもはや存在しないことが暗黙の前提となっているところだ。ムッソリーニの〈私〉は極めて強力で独立した存在であり続け、たとえそれがゴーストライターの手による論説や自伝であっても、それが独裁者自身が発した声だということがすぐさまわかった。神と資本主義者たちを糾弾していた最初期から一貫して、彼の声は力と自信と確信に満ちていた。彼の言葉は何百万枚もの紙を埋め尽くし、火と暴力と国家の再生を約束してきた。その声が突如として消え、代わりに無表情で平板で癖のない第三者の声が聞こえてくる。まったくの消耗に対する悲鳴に満ちた『一年間の歴史』は、おそらくムッソリーニの全著書のなかでも一番生気のない作品だ。この本は誰の心も動かすことはない。そもそもこの本は、ムッソリーニ自身を納得させるために書かれたものなのだ。

ムッソリーニは自分に対する暗殺未遂事件を並べ立て、防弾機能のある頭蓋骨を持つ自分は不死身だと言ってのける。さらに彼はヒトラーの自分に対する忠誠心についてドイツ国民に語りかける。

統領《イル・ドゥーチェ》はこう答えた。「私は最初から、総統《フューラー》は友情の証しを示してくれるだろうと思っていた」

ファシズム大評議会の投票で辞任させられて自己崩壊を起こしたムッソリーニは、自分の考えもわからないほど壊れ切ってしまった。そして珍獣をしげしげと眺めるかのように自分自身を見つめる。

行き当たりばったりの行動しかない大評議会を長年にわたって嫌いつづけてきたムッソリーニは、この状況に気分を害しているように見えた。

それでもムッソリーニは、運命に対峙するときに自分の真の心情のようなものを吐露する。その一方で移り気なイタリア人については罵りの声を上げる。

半時間のうちにすべての人々が考えを改め、心変わりをし、歴史の流れを変えてしまった……あまりにも唐突な、正気の沙汰とは思えない翻意という見世物を世界に向けて演じてしまった人々のことを、我々はどう思えばいいのだろうか？

——そして彼は、自分への個人崇拝は見せかけで、いつまでも信じているわけではないことを半ば認めている。

人々が自ら作り上げた偶像を破壊するのは驚くようなことではない。おそらく偶像破壊こそが、人間らしさを取り戻す唯一の手段なのだから。

そしてムッソリーニは思索に耽る。独裁者に共通する哀しみとは、人々からの惜しみない愛を浴びながらも本質的には常に孤独だというところだと、つらつらと考える。自身の経験に思いを巡らす自分を、ムッソリーニは第三者の眼で記録する。

彼は友というものを生涯を通じて得たことがなかった。それはいいことなのだろうか、それとも悪いことなのだろうか？　この問いかけを幽閉先のラ・マッダレーナでとことん考え抜いた彼はこう記している。「いいことであろうが悪いことであろうが、今となってはどうでもいいことだ。聖書で誰かがこう言っていた、〝災いなるかな、孤独なるものよ〟と。その一方でルネサンス期のこんな言葉もある。〝孤独であれ、さすれば己を極められん〟」

かなりの難問だ。囚われの身のムッソリーニには判断がつかない。

友がひとりでもいれば、今頃は慰めの言葉のひとつでもかけてもらっていることだろう。が、残念ながらひとりもおらず、したがってこの苦しみは私の胸の内に閉じ込められ、留まりつづけるということだ。

しかしそれより先に彼は、自分はヒトラーと友情の絆で結ばれていると述べていたのではなかったか？　どうやらその記述は孤独の告白に取って代わられたみたいだ。それどころかこの本の締めの部分に差しかかると、自分はドイツ人の操り人形ではなく戦争の達人であり、星まわりはふたたびよくなりつつあるかのようなことを書くようになる。ムッソリーニは想像力を総動員し、自身の政治生命の復活の刻《とき》は目前に迫っているという幻想を描く。「先に続く道に眼を定め、ふたたび歩み始めようではないか」そして最後の最後に、仰々しくも難解な哲学的思索に耽る。いずれ自分はちゃんと再評価されるとでも言いたいのだろうか？

歴史とは寄せる波と返す波の永遠の繰り返しである。国家の歴史の各局面は数十年、時に数世紀単位で評価されるべきものだ。

ムッソリーニはスイス経由でスペインに亡命する途上で共産主義者のパルチザンたちに捕らえられ、一九四五年四月二十八日に処刑された。我を忘れた群衆は彼のぶよぶよとした体に怒りをぶちまけ、その亡骸をミラノのガソリンスタンドの脇に立つ街灯柱に逆さ吊りにした。もし彼がその文才に歴史を一変させる超人的な力があるなどと勘ちがいせず、自分の天職は独裁者ではなく著述家だと正しく判断していれば、二十世紀は十中八九、ましな時代になっていたはずだ。しかし悲しいかな、ムッソリーニは数多の才能ある作家たちと同じように、虚栄心と誇大妄想に囚われてしまった——それも最悪のかたちで。その一方で数多の才能ある作家たちとはちがい、自分の家族と愛する者たちに苦労と悲しみをもたらすことはなく、批評家たち相手に腹立ちまぎれの諍いをもたらすこともなかった。その代わりに、ふたつの大陸に途轍もない災厄をもたらした。

引用文献

（a）ムッソリーニ『ムッソリーニ自叙伝』岡田忠一訳　一九二九年　金星堂刊

4 ヒトラー

一八八九年四月二十日、バイエルン王国と国境を接するオーストリア・ハンガリー帝国の市《まち》ブラウナウ・アム・インに暮らすアロイスとクララのヒトラー夫妻は、ひとりの男児を授かった。アドルフと名づけられたその子供は、元気だが聞き分けのない子供に育った。そんなアドルフを、気性が荒く躾《しつけ》に厳しい、長じたのちの息子よりもずっと立派な口髭をたくわえた父アロイスはしょっちゅう折檻していた。彼は息子が官吏になることを嘱望していた——自分のような、鬱屈して怒りに満ちた公僕に。母親のクララは息子を溺愛し、甘やかした。

アドルフ少年は誰から折檻を受けても平気の平左だった。躾の難しい子供で、小学校の教師たちは彼のことをぐうたらな子だと考えていた。そしてロシアとグルジアとイタリアの独裁者候補生たちとはちがい、成績は悪かった。それでも彼は読書好きで、生涯を通じて本を愛しつづけた——五十六歳で亡くなったとき、その蔵書は一万六千冊を数えた。が、人生を一変させるような急進主義者のパンフレットや時代遅れの活動家が書いた小説との出会いはなかった。彼は民族主義的な視点から書かれたドイツ史の本を愉しみ、そしてカール・マイの大衆小説を貪るように読んだ。マイはドイツ出身の男オールド・シャターハンドを主人公にした一連の西部冒険小説で人気を博した小説家だ。このシリーズを書いていた時点でマイはアメリカを訪れたことがなかったので、彼の描く西部の世界とインディアンの文化はほかの本からの借り物だった。それでもマイは、善良で文明的なカウボーイと粗野で野蛮なインディアンという旧来の西部小説のイメージを逆転させた革新者だった。マイの描く、どこからどう見てもゲルマン的な容貌の主人公は、白人入植者たちと戦う〝高貴な野蛮人〟であるインディアンの若き勇者と自分を重ね合わせる。そしてふたりの敵である白人入植者たちはドイツ民族を象徴する。アドルフ少年はマイの小説に夢中になり、オールド・シャターハンドを勇者の鑑《かがみ》と見なした。

アドルフ少年はこうした〝敗者のヒーロー〟の物語に魅せられたのかもしれないが、かと言ってそれに感化されて自分で物語を書くようなことはなかった。せいぜい子供っぽい詩を書く程度だった。一九〇三年に父親が亡くなると、ヒトラーは実科学校を退学し、美術やオペラや演劇といった芸術と北欧神話に傾倒するようになる。そうやって彼は非凡な才能を漫然と育んでいった。そしてついに誰はばかることなく自分の夢を追い求めるようになった。しかしその夢を芸術学校の入学担当者が阻んだ。一九〇七年十月、ウィーン美術アカデミーはヒトラーを不合格とした。美術ではなく建築を学ぶように勧められたが、建築学校の入学資格を彼は満たしていなかった。その二カ月後、今度は母が亡くなった。翌年にもアカデミーを再受験したが、またしても落ちた。結局のところ、ヒトラーは官吏になるべきだったのかもしれない。

それでも一流の画家になる夢を捨てきれないヒトラーは、その後もウィーンに留まりつづけた。しかしこの街で彼を待ち受けていたのは貧困だった。彼は公園のベンチで惨めな夜を過ごし、浮浪者のための無料食堂の不味い食事で飢えをしのいだ。一九〇九年にウィーン市に届け出た転居届の職業欄に、彼は〝作家〟と記している。もちろん絵空事だった。実際には不安定な日々の暮らしに汲々とし、単純労働に就いたり風景画を描いたり観光地の絵葉書を書いたりして糊口をしのいでいた。彼に絵の才能がまったくなかったわけでもなかった。たとえば二〇一四年のニュルンベルクでのオークションで十六万千ドルの値がついた《ミュンヘンの旧宮廷中庭《アルター・ホーフ》》と題された作品は、〝そこそこの出来の観光客向けの水彩画〟と言ってまったく差し支えない。空は高く、建物は古く、線はまっすぐで、悪い要素はこれといって見当たらない。少なくとも目障りな絵ではない。

そこそこの出来の絵を描いては腹を空かせ、腹を空かせてはそこそこの出来の絵を描くという日々を過ごすうちに、ヒトラー青年は悪辣な反ユダヤ主義の新聞とパンフレットを読んでユダヤ人のことを学んだ。首都ウィーンへのユダヤ人の流入禁止令が十九世紀中頃に解除されると、市の人口におけるユダヤ人比率は一八五七年の二パーセントから一九一〇年の八・六パーセントにまで急増した。一九〇九年に大学に入学した学生の四分の一はユダヤ人だった。ユダヤ人たちは実業界でも金融界でも芸術界でも幅を利かせ、〝新聞界を支配している〟という批判も浴びていた。この時代のウィーンでは、ジークムント・フロイトやグスタフ・マーラーやアルノルト・シェーンベルクやフランツ・カフカといったユダヤ系文化人がもてはやされていたが、同時にオーストリア・ハンガリー帝国議会では、キリスト教徒とユダヤ教徒との性行為は獣姦を禁じた法律で罰するべきだという議論も起こっていた。

のちにヒトラーは、このウィーン時代に反ユダヤ主義に傾いたと述べているが、実際の行動に出ていた形跡はまったく見られないし、それどころか政治に強い関心があったわけでもなかった。むしろその反対に、この未来のナチス・ドイツの指導者にはユダヤ人の友人が大勢いて、当時暮らしていた簡易宿泊所でユダヤ人たちに交じって自由気ままに愉しく過ごしていたという。彼はメンデルスゾーンなどのユダヤ人作曲家を称賛し、ユダヤ人画商と取り引きしていた。ウィーン時代の友人たち（と彼を気に入らない者たち）は、後年彼が世界一有名な反ユダヤ主義者として台頭してきたときに度肝を抜かれた。

早い話が、ヒトラーは無為無策の根無し草を何年も続けていたのだ。第一次世界大戦前夜の彼は、二十世紀の未来の独裁者たちのなかで最も漫然とした日々を暮らし、最も腹を空かせた、最も絶望的な男だった。自分が生きた証しなど残せるはずもない、吹けば飛ぶような男だった。こんなことを考えてみるのも一興かもしれない――一九一三年一月にはトロツキーとスターリンもウィーンにいて、しかもヒトラーの近所に暮らしていた。ボリシェヴィキたちはどん底の状態だったが、スターリンは出世作『マルクス主義と民族問題』のための調査研究にいそしみ、トロツキーはパンフレットを書き、コーヒーを飲み、レーニンより先にウィーンで〈プラウダ〉の編集にあたっていた。ヨシップ・ブロズというクロアチアから来た男がウィーン近郊のウィーナー・ノイシュタットという町にいて、ダイムラーの自動車工場で働いていた。六年前に社会民主主義者となっていたブロズは、すでに政治活動を始めていた――のちのチトー元帥、ユーゴスラヴィア大統領である。

で、ヒトラーは？　何者でもなかった。

一九一三年五月、二十四歳のヒトラーはミュンヘンに移り住んだ。オーストリア・ハンガリー帝国の兵役を逃れるためだった。ところが一年後に第一次世界大戦の戦端が開かれると、彼はドイツのために戦うべく志願し、バイエルン王国第十六予備歩兵連隊に配属された。巷間言われるところでは、ヒトラーは伝令兵となり、銃弾と砲弾が飛び交う地雷だらけの戦場を縫うようにして、連隊本部からの指令を前線まで運んでいたという。自分の周囲に死体の山が積み上がるようなことがあっても、必ず彼は死の手から逃れた。〝そこから離れろ〟という不思議な声がしたかと思ったらそこに砲弾が飛んできたり、イギリス軍と激突して死闘を繰り広げ、終わってみればドイツ側で生き残ったのは彼ひとりということもあった。ちっぽけな破片のようなものが脚に刺さり、一時的に前線から離れたこともあったが、万事が万事こんな調子だったので、鉄十字章を二回も授与されたのも当然だと言える。しかもそのうちのひとつは並外れた勇敢さを示した兵士にのみ与えられる第一級鉄十字章だった。世界の終わりのような大戦争は、ヒトラーの人生に威厳と意味と目的を与えた。オーストリアの流浪の三流画家はゲルマン民族の超戦士となったのだ。

開戦から一週間で自分の連隊の八割が失われるという事態は、大抵の兵士にとっては大惨事だろうし、少なくとも初っ端から縁起でもないことになってしまったと考えるところだろう。ヒトラーにとって、銃弾でずたずたにされ、砲撃でばらばらにされた死体の山は、高潔で自己犠牲をも厭わない勇敢なドイツの軍人魂を象徴するものではなかった。彼はミュンヘンの下宿の主人に宛てた手紙でこう書いている。

……わが連隊が初日以来英雄的に戦いつづけてきたことを、わたしは誇りとともに断言します――われわれは将校のほぼ全員を失い、我が中隊には現在わずか二名の軍曹しか残っておりません。四日目には、連隊三千六百名の将兵中わずかに六百十一名が残っただけでした。（b）

殺戮の只中にあっても、ヒトラーは芸術への心を絶やすことはなかった。砲火が穏やかになると、彼は水彩絵の具を取り出して焦土と化した戦場を描いた。もしくはドイツ史や建築の本を拾い読みしたり、ひょっとしたら戦友たちと反ユダヤの話で盛り上がって仲間意識を高めたりしていたのかもしれない。怠惰な放浪芸術家《ボヘミアン》は、塹壕のなかでは一兵卒として喜びと悲しみ、そしてユダヤ人への嫌悪を分かち合った。

一九一八年十月、ヒトラーは敵のマスタードガス攻撃で一時的に視力を失い、野戦病院送りとなった。そして快方に向かっていた十一月十一日に休戦が告げられた。この〝裏切り〟に、ヒトラーは今度は我を失った。ドイツの首脳部は反逆者で犯罪者で、ユダヤの国際的陰謀にまんまとしてやられた間抜けだ――ヒトラーはそう考え、激怒した。さらに悪いことにその四日前――奇しくもレーニンの十月革命の勝利の一周年記念日にあたった――バイエルン王国で革命が起こり、八百年にもわたるヴィッテルスバッハ家の支配は終わりを告げ、社会主義国家の樹立が宣言された。

マルクス主義はユダヤ人たちの世界征服願望の隠れ蓑に過ぎない――ヒトラーの眼にはそう映った。彼は自分の発見に愕然とし、政治に身を投じる決意を固めた。七カ月後、ドイツの代表団がヴェルサイユ条約に署名すると、その決意はさらに強固なものとなった。ドイツはたった数行ペンを走らせただけで史上最悪の恥辱に屈し、広大な領土を割譲し、戦時中の民間の被害のすべての責めを負い、連合国の求めにすごすごと応じて無期限の軍備制限を受け容れた。敗戦とヴェルサイユ条約は、紙切れ同然となった紙幣を荷車で運ばなければ買い物もできないハイパーインフレと政治混乱を招いた。そしてキャバレーと音楽、右翼民兵組織の〈ドイツ義勇軍《フライコール》〉、ユダヤ人への責任転嫁、鉤十字《スワスティカ》、脚をぴんと伸ばした行進、多くの演説、そして未成年の姪との性的関係を経て総統《フューラー》は誕生した——独裁者ヒトラーを生み出したのは書物ではなく、赤々と燃える戦争の坩堝《るつぼ》と社会の崩壊だった。

　ヒトラーはそうやって政権を奪取したのだと、何十年にもわたって信じられている。しかしこの過程には疑問点もある。兵士時代のヒトラーの記述は、ヒトラー自身の『わが闘争』とナチス認定の学校の教科書と、プロパガンダに満ちた新聞や雑誌の記事をもとにしたものだ。そこに描かれているように、もしヒトラーが本当に極めて優れた兵士だったとしたら、上等兵（伍長だったとされてはいるが、それは誤りだ）から昇進することもなく、ましてや指揮権のある将校になることもなかったのは極めて不自然だ。さらにヒトラーは塹壕で反ユダヤ感情を戦友たちと共有し醸成させ、総統となる素養を育んでいったと述べているが、彼を第一級鉄十字章に推薦した上官のウーゴ・グートマンはユダヤ人だった。

　ところが二十一世紀に入り、歴史家のトーマス・ウェバーによってさまざまな文書が発掘され、ちがう見方が出てきた。ヒトラーが就いていた連隊本部の伝令兵という兵種は、実は第一次世界大戦当時はそれほど危険なものではないことが判明したのだ。一九一五年の時点で両陣営とも何十万もの戦死者を出していたが、伝令兵の戦死者はゼロだった。前線の兵士たちがヒトラーたち伝令兵のことを

〈Etappenschwein《エタッペンシュヴァイン》（しんがり好きの豚）〉と呼んでいたのもうなずける話だ。

反ユダヤの話題で絆を深めていったという話も胡散臭いところがある。一九二二年にヒトラーは連隊の同期会に一度だけ参加し、かつての戦友たちにナチス党への参加を熱心に呼びかけたが、応じるものはほとんどいなかった。そして彼が日の出の勢いにあった一九三三年の時点ですらも、入党した元戦友の割合はわずか二パーセントだった。

そして一番つじつまの合わない事実は、ヒトラーは実際には社会主義者たちが建てたバイエルン・レーテ共和国の下で部隊を率いていたことだ。泥と炎と血に満ちた塹壕から生まれた、ボリシェヴィキとユダヤ人たちの不倶戴天の敵というイメージからあまりにもかけ離れている。むしろヒトラーの主義主張はまだ一貫しておらず、少なくとも一九一九年の時点では、彼は頭のいかれた超民族主義者でユダヤ嫌いの大量殺戮者の暴君になることよりも、立身出世のチャンスを手に入れることに血眼になっていた。

ヒトラーが反ユダヤの独裁者への道を踏み出したのは一九一九年の秋だと思われる。彼はまだ軍に籍を置いていて、急進的な政治グループの監視や、偏執的な人種主義者たちや反ユダヤ主義者たち、共産主義者たち、超民族主義者たち、陰謀論者たち、そして社会的不適格者たちの集会への潜入捜査にあたっていた。ある夜、彼は〈ドイツ労働者党〉というごくごく小さな政治グループの集会に潜り込んだ。ドイツ労働者党は一九一九年一月に鉄道員のアントン・ドレクスラーによって設立された。自分の人生が失敗と絶望だらけなのはユダヤ人と労働組合のせいだと信じ込んでいたドレクスラーは、ユダヤ人への嫌悪と社会主義と民族主義を交配させた政治思想を育んでいた。ヒトラーはドレクスラーの半生を綴ったパンフレットを手に集会から去り、それを読みながら眠れぬ夜を過ごした。読んだ途端に総統になろうと思い立ったわけではないが——実際のところ、すぐに読んだことを忘れてしまったらしい——それでも彼の心には変化のようなものが生じた。

数日後、ヒトラーのもとにドイツ労働者党の党員証が郵送で届いた。彼はこの党を取るに足らない変人どもの集まりだと見なしていたが（至極的を射た判断だ）、それでも次の集会にも足を運んだ。そして落伍者とはみ出し者たちのなかに自分の運命を見いだした。のちにドイツ労働者党は国家社会主義ドイツ労働者党、世にいう〈ナチス党〉へと変貌していく。

ヒトラーは、この虫けらのようなグループを足がかりにして言論界に進出していく。その過程でできた友人のひとりが、文才に溢れたディートリヒ・エッカートだった。エッカートは上流家庭の出で（父親はバイエルン王室の法律顧問だった）、彼が脚本を手がけたイプセンの『ペール・ギュント』は皇帝が二回観劇するほどの大成功を収め、チェコとオランダとハンガリーで翻訳上演された。しかしエッカートは大酒飲みでモルヒネ依存の民族主義者で、自身が創刊した週刊新聞『Auf gut Deutsch《アウフ・グート・ドイッチュ》（良いドイツ語で）』でユダヤ人に対する怒りをぶちまけていた。彼はヒトラーよりも二十一歳も年上だったが、ふたりは反ユダヤの元ボヘミアンという絆で結ばれていた。エッカートとヒトラーはさまざまな書物と思想、そして歴史について論じ合った。そのなかにはリヒャルト・ワーグナーの娘婿のヒューストン・ステュアート・チェンバレンや聖書学者のパウル・ド・ラガルドといった人種主義者の著書も含まれていた。エッカートはヒトラーが不得意としていた文章術も彼に伝授した。

実に素晴らしい関係だった。その一方でヒトラーは、アルフレート・ローゼンベルクという著述家とも出会った。ローゼンベルクはロシア帝国内で暮らしていたドイツ人一家の出で、革命を機にドイツに逃れてきた。ヒトラーと同様に画才があり、革命以前はリガとモスクワで建築も学んでいた。ローゼンベルクはエッカートの新聞にロシアについての記事を書き、ボリシェヴィキ革命はユダヤ人の陰謀だと主張した。一九二三年には『シオン賢者の議定書』の注釈書を書いた。『シオン賢者の議定書』は、ユダヤ人の陰謀団がスイスのバーゼルで開いた会合の議事録という体裁の、彼らが恐ろしい戦争を引き起こし、その混乱に乗じて世界を乗っ取るという計画を話し合ったとする質《たち》の悪い文書だ。しかしこの文書が偽書であることはすでに暴かれていた。一九二一年、ロンドンの〈タイムズ〉紙は、『シオン賢者の議定書』は皇帝ナポレオン三世を標的にしたフランスの風刺書『マキャベリとモンテスキューの地獄での対話』を盗用したものだとする記事を載せた。実際にはロシアの秘密警察〈オフラーナ〉が作成したものだった。が、その事実が判明しても、だまされやすい人間たちは自分の都合のいいように解釈することをやめなかった（そうしただまされやすい人間たちのひとりが自動車王ヘンリー・フォードで、議定書を彼なりに解釈した書『国際ユダヤ人』を一九二二年に出版した。この本のなかで、フォードはジャズ音楽とアルコール産業の興隆はユダヤ人の陰謀だと断じた。この本はヒトラーも所有していた）。

こうしたナチス黎明期の理論家たちに触発されて、ヒトラーもさまざまな論文をどんどん書くようになったかと言えば、そんなことはなかった。〝言葉《ロゴス》こそ世界の中心である〟と考えるボリシェヴィキの主戦場は書かれた言葉の世界であり、そこで主導権を握ることに汲々としていた。ムッソリーニは文章を作り出すことを生業としていた。しかしヒトラーは執筆で自らのエゴを満たそうとしたり、政治の世界をのし上がったりはしなかった。党内での地位が上がるなかで、彼は自分の本分は駄文を書き連ねることではなく戯言を吐くことだと気づいた。その口を開いて毒気のある意味不明な言葉をほとばしらせると、それだけでヒトラーは集会場全体を意のままにすることができた。彼はユダヤ人を、そしてボリシェヴィキを攻撃する言葉を吐いた。ソ連の国旗に描かれている星は実際にはダヴィデの星であるとか、その星が金色なのはユダヤ人の大好物が金だからだとか、ボリシェヴィキとユダヤ人が結びついている証拠を、望まれるがままに次々と並べ立てた。ヒトラーには舌さえあればそれで充分だった。

実を言えば、ヒトラーはユダヤの歴史についての本の執筆を考えていた。人間の存在についての自分の考えを本のかたちで残したいとも思っていたのだが、その願いは一九二三年に起こった予期せぬ事態によって強いられた、無為の日々のうちに叶えられることになる。その前年、ヒトラーが崇拝するムッソリーニがローマに進軍し、イタリアの首相となった。ムッソリーニの勝利をドイツで再現したいと思ったヒトラーはベルリン進軍を思い立った。が、彼の進軍はミュンヘンより先には進まなかった。二千人の支持者たちの群れに向かって当局が発砲し、ヒトラーの革命である〈ミュンヘン一揆〉は終わった。最初の銃声が轟くと、〝しんがり好きの豚〟だった未来の総統はすぐに路上に伏せた。彼は無傷だったが、集まった全員がそんな幸運に恵まれたわけではなかった。十六人の熱心なナチス党員が死んだ。

ヒトラーは逮捕され、翌年に裁判にかけられた。通常なら死刑が適用される反逆罪で起訴され、しかも担当裁判官は彼の思想に理解を示していなかった。かくして有罪の判決が下されたが、量刑は意外にもたったの禁固五年で、しかも服役態度が良ければ早期釈放もあり得るというものだった。

バイエルン南西部にある、中世の城塞を模したランツベルク刑務所の七号房の住人となったヒトラーは、たちまちのうちに刑務所長も看守たちも手なずけてしまった。彼らは〝ハイル・ヒトラー〟と挨拶した。刑務所の環境は快適なことこの上なかった。七号房には窓があり、来所者との面会も所内の庭の散策もしたい放題だった。飼っていたシェパード犬にすら会うこともできた。しかし難点がないわけではなかった。獄中からの党運営は困難だったので、ローゼンベルクにあとを任せるしかなかった。それでもヒトラーは、シベリアに流されたレーニンがそう感じたように、この服役生活を本の執筆にうってつけの休暇だと見なした。さらに言うと、彼には支払うべき借金も弁護士費用もあった。友人のエッカートは『ペール・ギュント』を出版して一万一千マルクの借金を完済し、その印税は一九二三年に亡くなるまでどんどん入ってきた。だったら自分もベストセラーを書いたらどうだろうか……まさしくその通り、一九四二年にヒトラーは古参のナチス党員たち相手にこう認めている。「あのとき監獄に入っていなければ、私は『わが闘争』を書くことはなかっただろう」

タイプライターは刑務所長が、原稿用紙はユダヤ嫌いで有名な作曲家リヒャルト・ワーグナーの息子の妻でイギリス生まれのヴィニフレート・ワーグナーが提供した。本の執筆には、ほかに何が必要だろう？ そう、文才がなければ話にならない。ヒトラーにはそれが欠けていたが、それでも彼はとにかくやってみることにした。

とりあえずヒトラーは椅子に座り、レーニンのように実際に『わが闘争』を書いてみようとした。最初につけた題名は『四年半にわたる嘘と愚行と怯懦《きょうだ》との闘い』だった。が、紙にペンを走らせ、二本の指でタイプライターを叩いているうちに、彼の妄想と野心はどんどん広がっていった。その挙げ句に、ユダヤ人とボリシェヴィキとそれ以外の憎悪の対象を痛烈に攻撃する言葉を書き連ねるのみならず、自分自身が歩んできた道程も語るようになってしまった。その結果、自身の誕生から学校時代、ウィーンでのボヘミアン時代、戦争の日々、そしてワイマール政権下の混乱へと至る、思想と政治の両方を含めた心身両面の成長を長々と綴った、ディケンズの『デイヴィッド・コパフィールド』のような壮大な叙事詩となった。静寂のなか、過去に抱いていた感情の掘り起こしと思索に没頭する彼は、面会を極端に減らして傑作の執筆にさらに深くのめり込んでいった。

当然のことながら、その野望に文才が追いついていかなかった。『わが闘争』は『デイヴィッド・コパフィールド』のように長大だが、それでいて『デイヴィッド・コパフィールド』と比べるのもおこがましいほどまったくひどい代物だ。その理由はヒトラーが文章の構成技術をまったく知らなかったからでも、彼が自画自賛のプロパガンダのプロだったからでもあったが、自分のことを細かいところまで徹底的にさらけ出していないところにも原因があった。

たとえディケンズの作品が退屈なものであったとしても、なんだかんだ言っても彼は職業作家だった。一方のヒトラーはそうではなかった。歴史学者のティモシー・ライバックはヒトラーの手を加えられていない原稿を精読し、自著『ヒトラーの秘密図書館』でこう断じている。「彼の生原稿は、語彙と構文の間違いだらけである。句読点も大文字の使い方も間違いだらけで、しかも一貫性がない。三十五歳にもなって、ヒトラーは基本的なスペリングさえマスターしていなかった」(c)

それでも、現存する『わが闘争』の生原稿の断片から、ヒトラーは試行錯誤を繰り返していたことがわかる。彼は本心からいい本にしようと願っていた。事実、一段落目は何度も推敲されている。本物の作家のように、人を惹きつける出だしにしようと四苦八苦していたのだ。そして結局、以下のような文に落ち着いた――

今日わたしは、イン河畔のブラウナウが、まさしくわたしの誕生の地となった運命を、幸運なさだめだと考えている。というのは、この小さな町は、二つのドイツ人の国家の境に位置しており、少なくともこの両国家の再合併こそ、われわれ青年が、いかなる手段をもってしても実現しなければならない畢生《ひっせい》の事業と考えられるからだ！（a）

まんざら悪くない書き出しだ。自分がドイツ民族の宿命を背負った地に生まれたことと、自分が本当はドイツ人ではないことを、たったふたつの文章で説明しているところがいい。ユダヤ人に対する嫌悪と並んで、このふたつはこの本の大きなテーマだ。

が、自分のことを一切合切書き出すことはとんでもなく難しい。そのことを書いていくうちに気づいたヒトラーは、インテリの従者のルドルフ・ヘスが同じランツベルク刑務所に収監されると、自分の得意技に切り替えた。つまり自分が紡ぎ出した言葉をヘスに聞かせて書き取らせたのだ。ところが口述筆記になった途端、『わが闘争』は単調なリズムを刻み、ヒトラーお得意の主張が幾度となく強調されるようになった。ヒトラーの従順な信奉者であるヘスですら、狭い房のなかで彼の言葉を聞かされても、その言葉の〝魔術〟を一切捉えることができなかった。その結果、数多の聴衆を惹きつけてやまなかったヒトラーの言葉の魔力は紙の上に写し取られることはなかった。換言すれば、相手がたったひとりの場合、ヒトラーの天賦の弁舌の才は存分に力を発揮できなかったということだ。

そうやって出来上がった原稿を読むと、ヘスはヒトラーの言葉の余分な部分をあまり削除できていないことがわかる。それでもヘスは、原稿の書き直しを巡ってヒトラーと言い争っていたと、のちに彼の妻はそう証言している。事実、運転手から編集者、そしてナチスお抱えの音楽評論家にいたる十人程度のヒトラーの周辺の人間たちが『わが闘争』の執筆に何らかのかたちで関わったとされ、その責を負わされている。言葉に恐ろしい力があるなどとは思っていなかった世界中の人々に、『わが闘争』は大惨事をもたらした。その責任はこの本の出版に関わった人間全員にあるのだろうか？　それとも彼らの頑張りで、さらなる〝文字の災厄〟が生じる事態を免れることができたのだろうか？　ヒトラーが誰の力も借りずに、ひとりでこつこつと書きつづけていたらどうなっていたかなど、結局のところ誰にもわからない。どんなひどいことがあったとしても、それが最悪だとは考えてはならない。それよりもさらにひどいことが起こることもあるのだから。

ありとあらゆる政治家が自分の半生を神話のように描いた、読む価値もない脂ぎった本をぽんぽんと出しているが、ヒトラーもその例に漏れない。彼は読者を惹きつけたいがために自分を運命の子として描き、そんな自分が民族の救世主となるのは当然の成り行きだと説く。そして時代を遡って自分の成長過程を語る。子供の頃からすでに指導者の素質が見られ、ウィーンでの空腹の年月のうちに、新聞・芸術・文学・演劇の背後にある〝黒死病よりももっと悪質のペストであり、精神的なペスト〟（a）であるユダヤ人の存在を看破する。

さらにヒトラーは戦場での武勲や、塹壕で培った勇敢な兵士たちとのありもしない強い絆といった、自分を美化するおとぎ話を書き連ねていく。『わが闘争』によれば、戦争が終わるころにはすでに思想も政治信条も完全に形成されていたという。そして当然ながら、バイエルンの社会主義政権下での短い軍歴についての言及はない。彼が紡ぎ出した神話の大部分は一流の歴史家たちに認められ、史実となった。とんでもないことばかりが書かれている偽りだらけの書物にもかかわらず、『わが闘争』は大成功を収めた。

『わが闘争』の最大の特徴は頑ななまでの残忍さにある。ヒトラーは思想家然として〝本質的〟や〝認識〟といった言葉を並べ立て、その一方で嘘っぱちの科学で人種を論じ、大仰な歴史論を熱にうかされたように語る。ところが自分の信じる終末論的思想については、マルクスやレーニンやスターリンのように疑似科学で飾り立てることを潔しとしない。詩というかたちで語られるムッソリーニの〝聖なる暴力〟も、ヒトラーの冗漫で毒のある言葉に比べたら生ぬるいことこの上ない。最初のほうの部分で、ヒトラーはこんな言葉を投げかけている。

どんな形式のものであれ、まず第一に文化生活の形式において不正なことや、破廉恥なことが行なわれたならば、少なくともそれにユダヤ人が関係していないことがあったであろうか？
こういうはれものを注意深く切開するやいなや、人々は腐っていく死体の中のウジのように、突如さしこんだ光によってまぶしく目の見えないユダヤ人を、しばしば発見したのである。（a）

ヒトラーの文章は、感情むき出しで下品な、どうしようもないほどお粗末な代物だ。この表現は彼の世界観にもぴったりと当てはまる――ユダヤ人は悪でアーリア人は善で、ボリシェヴィズムは世界支配を目論むユダヤ人の陰謀だ。世界は破滅の瀬戸際にある。そんな世界を、我々は救わなければならない。

レーニンと同様に、そしてムッソリーニとも同様に、ヒトラーは社会変革の前衛を自負していた。しかし彼の場合、約束されたユートピアの手前に地獄の恐怖がそそり立っていた。社会主義とは楽天的な形而上学だ――マルクスは社会変革は不可避なものだと言い、ムッソリーニは黄金時代の案内人を自任していた。これに対してヒトラーは、救済のない最後の審判とユダヤ人による世界の破滅の可能性を強調した。あらゆるものが急速に崩壊しつつある世界に彼は生きていた。

彼は宇宙的な観点でこう述べている。

ユダヤ人がマルクス主義的信条の助けをかりてこの世界の諸民族に勝つならば、かれらの王冠は人類の死の花冠になるだろうし、さらにこの遊星はふたたび何百万年前のように、住む人もなくエーテルの中を回転するだろう。（a）

ヒトラーは物語を進め、成年後の戦争と闘争の日々を巡る旅路に読者を導き、世界の崩壊が目前に迫っている真の原因についてくどくどしく考察を巡らせる。しかしその視野は異様なまでに狭い。ウィーンのボヘミアン時代から、彼は梅毒と芸術に取り憑かれるようになる。まさしくヒトラーにとって〝民族体の梅毒化〟（a）は喫緊の問題であり、十一ページにこの悪疫について論じ、そこからうまい具合に文化の〝梅毒化〟に話題を変えていく。演劇が〝深淵へと急いでいるように見え〟るばかりでなく、キュービズムやダダイズムといった芸術様式を〝精神錯乱的、退廃的人間の病的な奇形〟（a）と見なす。

ヒトラーの終末観は、かなり曖昧で神話的な黄金時代信仰に見合うものだ。彼は、最初の文化は〝アーリア人種がより劣った民族と遭遇してかれらを征服し、自分の意志に服従させた〟（a）ときに誕生し、〝これらの民族は生成しつつあった文化に奉仕する最初の技術的な道具〟（a）となったと述べる。ヒトラーによれば、〝征服者〟であるアーリア人種への服従は〝おそらく以前のいわゆる「自由」であった頃よりも、いっそうよい身の上さえも与えた〟（a）という。

知性溢れる支配民族の一員であるヒトラーにとって、実科学校からの退学など些細なことだ。自分の地位に汲々とするあまり、頭の良さをことさらにひけらかしたがる癖があるボリシェヴィキたちとはちがい、ヒトラーは自分の頭脳に満足し、人間はそれほど聡明ではないことを臆することなく認める。〝アーリア人種は精神的特性そのものが最大であるのではない〟（a）としながらも、〝あらゆる能力を共同体に喜んで奉仕させようとする程度が最大なのである〟（a）とする。

知力のことをまったくと言っていいほど頓着しないヒトラーは、二ページ後にまたこの点に立ち戻り、〝アーリア人種の文化を形成し、改造する能力の源泉は知的天分にだけ求められるものではない〟（a）とさらに念を押す。そしてふたたび〝アーリア人種はこの内面的な志操（信念）によってこの世界におけるかれらの地位をえたのであり、世界に人間が存在しているのもその志操のおかげである〟（a）としながら、その直後に〝この力が粗野な腕力と天才的な知性のすばらしい結婚を通じて、人類の文化の記念碑をつくり出したからである〟（a）と矛盾したことを述べている。

こうした驚異の推察の数々を交えることで、ヒトラーは自分の悲惨で苦悩に満ちた半生を顧みることを可能にした。そしてそうした苦難はドイツという大義のためにはすべて必要なことだったのだと、まるで自分が二十世紀の救世主《メシア》であるかのように結論づける。もしかしたらヒトラーは、ウィーンで腐るほど描いた水彩画や絵葉書が秘密の〝記念碑〟になるかもしれないと、内心考えていたのだろうか？

支配民族というものが存在するのであれば、どうしてその民族が梅毒に蝕まれ、絶滅の淵に立たされているのかを説明しなければならない。そこをヒトラーはナチス流の暗い神話で簡単に説明する。〝アーリア人種はかれらの血の純血性を放棄し、それとともに自分自身のために創造した楽園の居所を失った〟（a）。そしてそこまで単純な話ではないだろうと思える愚かなレベルに達してしまう。〝混血、およびそれによってひき起こされた人種の水準の低下は、あらゆる文化の死滅の唯一の原因である。なにしろ、人間は敗戦によって滅亡はしないものであり、ただ純粋な血だけが所有することのできる抵抗力を失うことによって、滅びるものであるからである〟（a）

説明はさらに続く。ここでユダヤ人が再登場し、アーリア人種から見て〝もっとも激しい対照的な立場〟（a）として、もっとひどく、もっと細かく描写する。ヒトラーはユダヤ人についてこう述べる。「ユダヤ民族における犠牲的精神は、個人のあからさまな自己保存の衝動を越え出てはいない」（a）

それだけにとどまらない。この部分に込められたヒトラーの意図は、各項目の見出しを読めばうんざりするほどわかってくる。

・ユダヤ的エゴイズムの結果
・ユダヤ人の見せかけの文化
・ユダヤ人は寄生虫
・ユダヤ教の教義
・ユダヤ人の発展過程
・工場労働者階級
・ユダヤ人の戦術
・マルクス主義世界観の核心
・プロレタリア階級の独裁
・混血民族（a）

こんな言葉が延々と続くのだ。ヒトラーの終末観では、反ユダヤ主義と人種主義のあいだには明確な境界線が引かれている。彼はユダヤ人を下等人種ではなく奴隷と見なす。むしろユダヤ人は悪魔の軍団であり、さまざまな文化を渡り歩く極めてずる賢い寄生虫なのだ。宿主を消耗させ、そこから吸い上げたものを自分たちの禍々《まがまが》しい最終目的である世界征服を完遂させるための活力として生成する。ヒトラーをはじめとした反ユダヤ主義者が自らの憎悪を強引に正当化するには、そんな理屈をでっちあげるしかなかった。所詮、ユダヤ人は世界のなかではごく些細な存在でしかないし、国も持っていない。それでも彼らは歴史を裏側から操り、第一次世界大戦とロシア革命を引き起こし、そして世界を支配しつつある。そんなユダヤ人は超人にちがいない――悪い意味ででではあるが。

『わが闘争』で描かれるヒトラーは独立独行の徒で、自分以外の人間や書物に影響されない。その証拠に、彼の憧れの存在でベルリン進軍計画に直接影響を与え、服役中にはヘルマン・ゲーリングを通じて活動資金を融通してもらったムッソリーニですら第一巻には登場せず、第二巻にごくわずかな記述があるのみだ。当然、他の文献からの引用はほとんどない。しかし『シオン賢者の議定書』は例外で、ヒトラーは自身の陰謀歴史観の補強証拠として用いている。ヒトラーがこの本に魅入られていたのはまちがいない。これが偽書だということはわかっていた節はあるのだが、それでもヒトラーはそんなことはどうでもいいことだと言う。この議定書が偽書だと批判されていること自体が〝これこそそれがほんものであるということのもっともよい証明である〟(a)と彼は言う。

自分で考えても無理のある主張だとは思いつつも、ヒトラーは論を進める。

多くのユダヤ人が無意識的に行なうかも知れぬことが、ここでは意識的に説明されている。そして、その点が問題であるのだ。この秘密の打ち明けが、どのユダヤ人の頭から出ているかはまったくどうでもよいことである。だが、それがまさにぞっとするほどの確実さでもってユダヤ民族の本質と活動を打ち明けており、それらの内面的関連と最後の究極目的を明らかにしている、ということが決定的である。(a)

ヒトラーの半生を綴った部分もそうなのだが、『シオン賢者の議定書』はナチスの大義の崇高な真理を伝える神話としてうってつけなのだ。神話なのだから、そこに真実が含まれていようがいまいが関係ない。『わが闘争』そのものが嘘っぱちなのだから、その一部分の真偽などどうでもいいことではないか？　そこがヒトラーの〝理論〟の危ういところだ。

一九二四年九月十八日、ランツベルク刑務所の所長は、ヒトラーは〝落ち着き〟を見せ〝思慮深く〟なり、〝国家当局に対する反抗の意思も見せなくなった〟として、彼の仮釈放を推薦した。が、ヒトラーは気落ちした——実際に釈放されたのは三カ月後だったからだ。それでも彼は予想よりも長くなった服役期間を最大限に活用し、そしてヘスを相手に口述筆記を続けた。

ヒトラーはクリスマス直前に出所した。わずかばかりの体重とその分の貫禄をつけ、完成させてあとは世に出すばかりの原稿を手にして、彼は娑婆に戻ってきた。結局のところ、服役生活は知的刺激に満ちた経験だった。ヒトラーはランツベルクでの日々のことを〝国費による高等教育〟と表現した。同時期に収監されていた服役囚の証言によれば、ヒトラーは獄中生活を『わが闘争』の執筆だけでなく、ショーペンハウアーやニーチェ、マルクス、そしてオットー・フォン・ビスマルクらの著書の精読にも費やしていたという。それが事実なら、ヒトラーはそうした書物を隅から隅まで読んでその内容を把握することなどできなかったはずだ。四百ページ近くある本の執筆は、たとえその内容がごみ同然であっても相当量の時間を要するものだ。そしてショーペンハウアーらの思想はそうそう簡単に会得できるものではない。

『わが闘争』を出すなら一流の大手出版社がいいと思っていたヒトラーは、執筆中から引き受けてくれる版元を探していた。しかし見つからず、結局一九二五年七月十八日にナチス党の出版社〈フランツ・エーア〉から一部十二マルクで刊行された。〈清算〉という副題こそ立派だったが、評判は散々だった。〈フランクフルター・ツァイトゥング〉紙は〝ヒトラーの限界〟と評し、ローゼンベルクのような党幹部でさえ〝見事な速筆ぶりだ〟と、何を基準に評価しているのかわからないことを言っている。売り上げについては、ヒトラーのバイエルン陸軍時代の戦友で、編集者的役割を果たしたマックス・アマンは最初の一年で二万三千部が売れたと主張している。が、実際には一万部にわずかに満たず、そんなに華々しい業績ではなかったのはたしかだが、そもそも初版は一万部しか刷っていなかった。十二月二日に第二版の一万八千部が出たが、ナチス党員という固定客は一万七千人しかいなかったので、売れたのは一九二六年全体で七千部程度だった。その翌年に党員数は四万人に膨れ上がったが、それでも五千六百部しか売れなかった。その程度の売り上げでは、レストランでの〝仔鳩の詰め物〟の何皿分かにはなったかもしれないが、弁護士費用の足しにはほとんどならなかった（ビクトリア・クラークとメリッサ・スコットの『独裁者たちの食卓——暴君たちが堪能した悪食ガイド』によれば、仔鳩の詰め物はヒトラーの大好物のひとつだった）。

その一方でヒトラーは、『わが闘争』の第一巻が出版される以前から第二巻の執筆にとりかかっていた。こちらのほうは刑務所とはちがって開放的なアルプスの山中で秘書を相手に喚くように口述筆記し、編集者アマンの助けを得ながら励んだ。そして刑務所と同じように、ほぼ面会謝絶の状態を強いられていたことも執筆には好都合だった。というのも、出所からわずかふた月後の一九二五年二月二十七日に、極めて扇動的な言葉を公衆の面前でぶちまけたことを咎められ、当局から演説を禁じられていたからだ。超常の演説力を封じられてしまったヒトラーは、またぞろ自分にはそれなりの文才が本当にあるのではないかという思いに駆られてしまった。そして第一巻の荒唐無稽なところをそっくりそのまま受け継ぎ、退屈の度合いをさらに深めた続編の執筆に着手したのだった。

ところがヒトラーは、著名人が二冊目の自伝を書く際に必ず乗り越えなければならない壁にぶちあたった――前作で半生を語り尽くしてしまったのに、これ以上何を語ることができるというのだろうか？　壁はそれだけではなかった。すでにヒトラーは自身の人種理論も長々と論じ、ユダヤ人は悪《ユーベル》でアーリア人種は超民族《ウーバーメンシェン》である理由をこと細かに説明していた。大衆に向けたつもりで書いた『わが闘争』第一巻で、ヒトラーは面白味のあることを全部書き尽くしてしまった。次は何を書けばいい？

打開策はあった――そういうときは、同じことを書けば必ずどうにかなるものだ。そこでヒトラーも、第一巻ですでに解説したユダヤ人とマルクス主義者たちの悪辣ぶりを今一度詳しく語った。そこに彼は大量の〝読者サービス〟を盛り込んだ。しかしそれはヒトラーを心から信じる読者限定のサービスで、常人ならざる弁舌の才が自分に備わっていることを発見したときのことや、自分の賢明で温和な指導下にあるナチス党のこと、そしてあの最高に素晴らしい党旗を選んだことなどが書かれていた。ヒトラーは、大衆に受けるベストセラーを書くという当初の目論見を捨てようとしていた。それどころか、〝キリストに説教〟的なこと以外に書く内容はまったくなかった。

ところがこの読者層の絞り込みは意外な結果をもたらした。大衆受けという足枷から解放されたヒトラーは、来るべきナチス国家の政策を詳細に説明することができるようになったのだ。そしてレーニンの『国家と革命』に対する国家社会主義者の回答を導き出した。ところがレーニンとはちがってヒトラーは曖昧模糊としたユートピア的国家論を排し、過剰ともいえるほど細部にわたって具体的に国家を語る。彼は中身のない理論を饒舌に語り例証を過分に盛り込み、プロパガンダと党組織と外交政策を長々と論じ、ドイツ勢力の東方への拡大の必要性（東方への衝動）を力強く訴える。

ヒトラーは、血の純潔の持続という〝最も神聖な人権〟（a）を来るべき国家が保護する手段について論じる。政府は市民生活に過度に介入しなければならないという反民主主義的な暴論を、彼は嬉々として述べる。「学校時代が終るとともに、若い市民を監督する国家の権利がとつぜん中絶し、軍隊にはいるとふたたび復活すると信ずることは無意味である。この権利は義務であり、義務としていつも一様に存在している」（a）

この慄然とする主張は、実に奇怪な主張をさらにもたらす。たとえばヒトラーは昨今の〝青年〟の服装に大いに憤り、こうぶちまける。「夏に長いタイト・ズボンをはき、首まで上衣をきこんだ青年は、そんな服装をするだけで身体の鍛練に対する動因を失っているのだ」（a）。そして青年は〝野心――おだやかにいうなら――自負〟を抱かなければならないと熱っぽく語る。そしてその自負（うぬぼれ）は服装ではなく〝すべてのものが形成に助力してできる美しい均整のとれたからだ〟（a）に対して抱かなければならないとする。

『わが闘争』第一巻で梅毒と売春婦と性的堕落の蔓延を何ページにもわたって非難したヒトラーは、

今度はドイツ全土を、青年男女が互いの〝美しい均整のとれたからだ〟を披露し合える〝出会いの場所〟にしてしまうことを提唱する。アーリア人種が肌もあらわな服を着れば、その美しい体に同じアーリア人の異性は自然に惹きつけられるはずだと彼は説明する。そして〝おしゃれの流行〟を蔑視し、返す刀でこうぶちまける——肉体的な美しさを覆い隠す流行がなければ、「がにまたのいまいましいユダヤ人の私生児によって、多数の娘がまよわされることはまったくなくなったであろう」(a)

獄中で来るべき理想の国家についての妄想に耽ってばかりいたヒトラーは、『わが闘争』では服装だけでなく教育についても自分の考えを詳しく論じる。しかし彼は知性の重要性に疑問を抱き、やがてその疑問はまったくの嫌悪感に取って代わられる。どうやら、刑務所で読んだマルクスの著書にさんざん悩まされたと見える。

それともヒトラーは、学業不良で惨めな思いをしていた子供時代が辛い記憶となっていたのだろうか。こんな泣き言めいたことを述べているところを見ると、あながちまちがいだとは思えない。「九十五パーセントまでは若い頭脳が必要とはせず、それゆえまた忘れてしまうようなことは一般につめこまれるべきではない」(a)。さらに彼は、その惨めな思いが痛いほどわかる〈頭脳の負担過重はいけない〉という見出しの一節で〝教育課程と時間数の短縮〟(a)を訴え、それで空いた時間を身体、性格、意志力、決断力の養成に充てるべきだと主張する。

〝強壮な精神はただ健全で強壮な身体にのみ宿りうる〟と考えるヒトラーは、来るべき国家は「全教育活動をまず第一に、単なる知識の注入におかず、真に健康な身体の養育向上におく」(a)べきだと述べる。この〝単なる〟という言葉が胆となっている。そしてヒトラーは第二に〝精神的能力の育成〟（a）を置き、〝最後にはじめて学問的訓練がくる〟（a）とする。フランス語については〝一般的な輪郭だけ〟学べばよく、歴史教育は〝自分の民族の存続〟（a）に重きを置き、〝教材の圧縮がなされねばならない〟（a）とする。ローマ史は全体の流れを正しく把握するべきで、ギリシア史は〝典型的な美〟（a）を学ぶ際に役立つ。元三流画家で素人歴史家でオペラ好きのヒトラーは〝専門的教育〟についてはその必要性を不承不承認めつつも〝人文教育〟を優位とする。要するに、自分が苦手なことは制限もしくは排斥し、好きなことは促進すべき、ということだ。勉強嫌いの学童の夢想がそこかしこに見られる（当然のことながら、ナチスが政権を掌握しても〝専門的教育〟は重視され続けた。そうでなければヒトラーの科学者たちはロケットを開発することはなかっただろうし、アメリカ政府にしても彼らの戦争犯罪を免除するかわりにその専門技術を冷戦期に活用することはなかっただろう。元ナチスの科学者たちの力がなければ人類は月に行くことができなかった）。

第一巻で、ヒトラーは政治における弁舌の優位性を説く一方で書物への愛を叙情的に語り、新聞のことを〝じつに巨大なもの〟（a）だとし、ボリシェヴィキもかくやという畏怖の念を示す。新聞は〝いくら高く評価しても過大評価されるということはありえない〟（a）ものであり、〝相当の年輩になった人々に対し、教育の延長という働きをする〟（a）。しかし新聞の読者の大半は〝精神的にもっとも単純〟（a）で、〝読んだものを全部信じる〟（a）ところがあると、ヒトラーはその問題を指摘している。

ところがヒトラーは第二巻では姿勢を変えている。第一巻を書いてから一年も経たないうちに、彼は文筆家は無力であり、話す言葉で大衆を動かす力に欠けると告白する。大衆に対する影響力を失ってしまった文筆家たちは、不毛な補償行為でしかない〝純粋の文筆活動〟(a)だけに没頭するのだと彼は断じる。そしていつものヒトラー節でこう嘲笑する。「ブルジョア的ヘボ文士は、かれの書斎から大衆の前に出てくるのであるから、すでに大衆の気息だけで病気になり、それゆえ文章的なことばだけで途方にくれて大衆の前に突ったつのである」(a)。こうした敗者たちとはちがい、演説者は聴衆とリアルタイムで交流することが可能で、聴衆の表情と反応を観察して感情を読み取り、それに応じて演説内容を修正することができるとヒトラーは述べる。

そして〝読者一般を知ることができない〟(a)文筆家は〝心理的な鋭敏さと、後にはしなやかさ〟(a)を失う。そしてヒトラーにとっては都合がいいことに、演説者の弁舌は文章に移し替えることができるので、「りっぱな演説家は——文筆家がたえず弁論術を練習しないかぎり——りっぱな文筆家が演説する以上にいつももっとうまく書くことができる」(a)のだ。

ヒトラーの書物に対する情け容赦ない糾弾は続く。絵入りの新聞と映画は、〝知性をはたらかす必要〟(a)なく理解できるという点で書物に勝ると断じ、こう述べる。「毎年毎年主知主義から発刊される新聞の洪水や書籍のすべては、油を塗ってある革から流れ落ちる水のように、幾百万という下層階級の人々の間にすべりおちるのである」(a)

これはふたつの事実を提示する。「これらすべてわがブルジョア社会の文筆家の内容が正当でないか、あるいは著作物によってのみでは、大衆の心に達することができないかである」(a)

それではマルクスとレーニンの著書についてはどうなのだろうか？　これについてもヒトラーはその力を疑問視し、こう断言する。「非識字の民衆は、実際上カール・マルクスの理論的読物によって共産主義革命に熱狂したのではなく、ただすべてのものが一つの理念のために奉仕して民衆にもっともらしく説いた幾千の扇動者という輝ける天空によってである」(a)。そして一九一七年のロシア革命を引き起こしたのはレーニンの著書ではなく〝大小無数の扇動の使徒たちの演説による憎しみにみちた扇動の結果〟(a) だとする。フランス革命にしても同様で、世界をひっくり返したのは演説家であって文筆家ではないとヒトラーは言う。

もちろんヒトラーの言うとおり、大衆が暇な時間にこぞってマルクスとレーニンの著書や『ハリー・ポッター』全巻を読むはずがなく、大抵の人間は強制でもされなければ一冊も読まなかっただろう。ヒトラーの攻撃はさらに続く。そもそもマルクスもレーニンも、〝非識字の民衆〟を自分たちの革命的著書の読者層に想定してもいなければ(字が読めないのだから当然だが)、大衆向けだとも考えていなかった(もしかしたら『共産党宣言』はそうだったのかもしれないが)。そしてレーニンも自分と同じように大衆を軽蔑していた。ヒトラーはそう考える。大衆は自力で革命を導くことはできないと考えていたレーニンは、教養ある職業革命家を読者として想定し、彼らに革命の準備と権力奪取の方法を伝授した。ヒトラーのアプローチはそれと異なる——彼は人々に狂気を吹き込もうとしたのだ。急進的な政変をもたらす手立てはほかにもあるという事実を受け容れるのではなく、書かれた言葉には一切力がないと突如として主張するようになる。

この主張の根拠は、教育に対する姿勢と同様にヒトラーの個人的経験にある。彼が書かれた言葉を攻撃しているあいだに『わが闘争』第一巻は出版されたが、世間から高い評価を受けることはなかった。ヒトラーは、自分の本を称賛するのはナチ党員ばかりだという事実を突きつけられた。第二巻で彼は「わたしはすでに上巻において、すべての力強い世界的革新のでき事は、書かれたものによってではなく、語られたことばによって招来されるものだ、と述べた。一部の新聞では、その点についてそうとう長い論議を行なった。もちろんその論議においては、特にわがブルジョア的狡猾者によって、このような主張に対する非常にきびしい反対をうけた」(a)と書いている。ヒトラーは〝文筆家のほうが演説家よりも、その知性において必然的にまさっているにちがいないと信じ〟(a)ているインテリゲンチアが書いた、〝よく知られている大演説家の演説もただちに印刷されたのを見ると、往々にして幻滅を感じる〟(a)という批評に気分を害し、その新聞を執拗に攻撃した。

ヒトラーはインテリゲンチアの価値を下げようと試みたものの、結局は自分のほうが深い痛手を負ってしまった。自分に対する批判にむかっ腹を立てた彼は、書かれた言葉に対して焦土戦を仕掛けていく。まるで自分の主張を証明するかのように、書かれた言葉がいかに役立たずで頑迷で救いようのない代物だということを、『わが闘争』の残りの部分を費やして情け容赦なく暴き立てていく。

ヒトラーの亡き友ディートリヒ・エッカートによる献辞が添えられた『わが闘争』の第二巻は一九二六年十二月十一日に出版された。

ヒトラーは第一巻に対する世間の評価に落胆したが、第二巻でもまったく同じ気分を味わった。イギリスの作家ジョージ・オーウェルは、一九三九年に出た英語版の書評で、〝人生に対する快楽主義的な姿勢〟を攻撃するヒトラーには人を惹きつける力があると述べ、ヒトラーへの共感をこんな言葉で示している。「人類が欲しているのは快適さと安全、短い労働時間、公衆衛生、避妊、ひと口に言うと常識的なものだけではない。少なくとも断続的に闘争と自己犠牲、そして言うまでもなく太鼓と旗、忠誠を示す行進をも欲するものなのだ」しかしオーウェルの言う〝人を惹きつける力〟があったとしても、その力は一九二七年の時点で対象読者層に及ぶことはなかった。『わが闘争』の第二巻は出版業界から黙殺され、誰もわざわざこの本を読んで嘲笑うようなことはしなかった。畢竟、売り上げは芳しくなかった。初版一万八千部のうち一年で一万二千部売れたが（この年のナチス党の党員数は四万人だったことを思い出していただきたい）、その後はどんどん下火になった。第一巻の売れ行きも下降線をたどり、一九二七年は六千部に届かなかった。

実はヒトラーは、『わが闘争』第一巻が書店の本棚に並ぶまえに大手出版社に接触し、自身の従軍体験を綴った自叙伝の出版を持ちかけていた。しかしこの構想は実現することはなかった。自らに科せられていた演説禁止措置が一九二七年にドイツのほとんどの都市で解除されると、ヒトラーはたちまちのうちに著述の世界への興味をなくしてしまった。二八年にまた本の執筆に手を出そうとしたが、これもまた外部からの力に押されたものだった。ドイツが安定期を迎えていたこの年の五月に行われた国会議員選挙に、ナチス党は初めて挑んだが、得票率わずか三パーセントという惨敗に終わった。ユダヤ人や国民や長いタイト・ズボンのことを喚き散らすだけのヒトラーの演説に喜んで耳を傾ける人間は徐々に減っていき、とうとうほとんどいなくなってしまった。党は存亡の危機に直面した。六月から七月にかけての六週間のうちに、ヒトラーは二百三十四ページの原稿を書き上げた。その内容は従来の主張を繰り返すばかりで、自身の経験に基づいた話は以前よりもずっと少なかった。その一方で、こんな滑稽なことを得意満面に述べている。「ロシアは反資本主義国家に他ならないにもかかわらず、国際金融資本に絶対的な支配力を得る機会を与えるという目的のためだけに、自国の経済を崩壊させてしまったのだ」結局この原稿は金庫のなかにしまわれたまま忘れ去られてしまい、一九六〇年代に出版されてようやく日の目を見た。一冊の『わが闘争』を何の躊躇もなく出版したマックス・アマンが、あまりにひどい内容だったという理由でこの本の出版を許さなかったとは思えない。おそらく『わが闘争』の販売実績が、この本の命運を左右したのだろう。

私が持っている一九七三年出版の『わが闘争』では、ユダヤ系ドイツ人ジャーナリスト兼歴史家のコンラート・ハイデンが序文を書いている。早くも一九二三年の時点でヒトラーのことを危険なデマゴーグだと警告していたハイデンはこの本のことをこう評している。「世界に対する無知をさらけ出し、それで満足してしまっている……権力の座に就くずっと以前から、ヒトラーは血と恐怖に満ちた政策の全貌を明かしていたのだが、そのあまりにもあっけらかんとした語り口に、彼が本気でそう考えているなどとは、ほとんど誰も信じていなかった。そんな勇気などなかったのだ」

〝信じる勇気〟がなかったことが問題だったとは、今から見ればにわかには信じがたい話だ。しかし当時のナチス党は弱小政党で、ヒトラーは政治的には無力だと一般的に見なされていた。レーニンにしてもスターリンにしても、ヒトラーと同様に自分たちが今後やろうとしていることを自著のなかで詳細に記していた。そしてふたりとも、誰の眼にも留まることもないほど極小の急進派セクトを率いていた。レーニンは『国家と革命』で、自分は戯言を信じるように自分に言い聞かせる聡明な人間だとしている。そしてヒトラーは『わが闘争』で、まったくのでたらめ話を何の造作もなく信じることができる、斜に構えた独立独行の徒という自分像をさらけ出す。

『わが闘争』はびっくりするほど出来の悪い、内容のない本だ。後知恵の助けがなければ、この文学的残虐行為を警告として受け取る理由などない。独裁者の著書が危険である理由はそこにある。彼らの言葉や思想はありふれた日常のなかに潜んでいて、そんなひどいものが自分たちの心にいつのまにか忍び込み、考え方を変えてしまう力があるなどとは誰も信じない。そして、とうとう後戻りできない事態に陥るのだ。

しかし一九二九年に世界株式市場が崩壊し、ドイツがふたたび奈落の底に叩き落とされると、状況は一変してしまう。ヒトラーはかつてのムッソリーニのように政治的な死からの復活を遂げた。この機に乗じ、版元の〈フランツ・エーア〉は『わが闘争』の新装版を一九三〇年に出した。第一巻と第二巻の合本版で、二冊を合わせた価格の三分の一の八マルクという、サイズも価格も手頃なものだった。責任者のマックス・アマンはここぞとばかりにこの本から読者の苦痛を和らげる手を打った——一九二五年のオリジナル版に、なんと二千二百九十四カ所も手を加えたのだ。その修正箇所のほぼすべてが、事実誤認の訂正ではなくヒトラーのひどい文章の手直しだった。ふたたび世界危機を迎えたこの時代、ユダヤ人に大恐慌の責任を押し付けるという支離滅裂な教義はより多くの読者を惹きつけ、改定版『わが闘争』は売れた。一九三〇年からヒトラーが首相に就任した一九三三年一月までのあいだに、〈フランツ・エーア〉社は二十八万七千部という堂々たる売り上げを得た。政権獲得以降の売り上げもうなぎのぼりで、この年の年末までのあいだに百五十万部が飛ぶように売れた。著者であるヒトラーの、急進政党の指導者からナチス・ドイツの独裁者へのキャリアアップのおかげで売れに売れた『わが闘争』は、ドイツ国民必読のベストセラーとなった。一九三四年になると学校の教科書で総統の〝傑作〟が取り上げられるようになり、三六年四月には内務大臣のヴィルヘルム・フリックがこの本を新婚夫婦への贈呈品として推奨し、婚礼用バージョンが登場した。点字版もこの年に出た。三八年にはあまりの素晴らしさに古本として出まわるはずがないとされ、新刊のみを店頭に並べる指導がなされた。その一方で三九年にはヒトラーの五十歳の誕生日を寿《ことほ》ぐ豪華版が刊行された。一九四五年末までのあいだにドイツ国内で一千万部が出まわり、ヒトラーは八百万マルクほどの印税を得た。実際に売れたからというよりも、ナチス党が自分たちの聖書としてばら撒いた結果だった。

『わが闘争』は一九三〇年代を通じてドイツ国外でも出版された。その嚆矢《こうし》は一九三三年のアメリカの名門出版社〈ホートン・ミフリン・ハーコート〉による英語版で、その年のうちに別の英語版がイギリスでも出版された。デンマーク人もフィンランド人もスウェーデン人もノルウェー人もブラジル人もブルガリア人もイラク人もスペイン人もハンガリー人も中国人もチェコ人もフランス人も、それぞれの言葉で『わが闘争』の全文を堪能した。亡命ロシア人と日本人は抄訳版を読むことができた。イタリア語版の出版は三八年で、ファシスト政権下のイタリアは比較的遅く『わが闘争』のファンクラブに加わった。至高のファシストを自任するムッソリーニは、ヒトラーの著書と反ユダヤ主義を常に軽視していた。イタリア語版が出るようになったのは、総統《フューラー》の機嫌を取らなければならないと統領《イル・ドゥーチェ》が感じるほどにヒトラーの力が増してからのことだった。

全世界で何百万部も売れた『わが闘争』だが、実際に読んだ人間はどれほどいたのだろうか？　ナチスの宣伝大臣のヨーゼフ・ゲッベルスは第一巻を読んだ直後に「まったくもって素晴らしい！　この男は何者だ？　半神半人なのか？」と日記に記していることから、真面目に読んだことはまちがいない。しかし実際には、熱心なナチス党員ですら『わが闘争』の本としての質に疑問を抱いていた。ある古参党員は『わが闘争』のさまざまな箇所を諳んじてみせると、同輩たちから驚きの眼で見られていたという。その党員が印象深い箇所だけを抜き出して読んだだけだと告白すると、同輩たちも全部読み通すことはできなかったと白状した。

　ヒトラーですら、自分の著書がそれほどいい出来ではないと思っていた。前述したが、彼は憧れのファシストだったムッソリーニについての記述を故意に避け、第二巻の後半でようやく言及した。一九三八年、ヒトラーは自分とムッソリーニを引き比べ、党の弁護士だったハンス・フランクにこう語っている。「ムッソリーニは美しいイタリア語で話し、書く文章も見事なものだ。私のドイツ語は彼ほどではない。書いているうちに何を考えているのかわからなくなるのだ」さらにヒトラーは、自分が首相になることが一九二四年の時点でわかっていたら、こんな本など書かなかったとフランクに告白したと言われている。〝私は作家ではない《イッヒ・ビン・カイン・シュリフトシュテラー》〟という、ヒトラーの文才についてのこれ以上はないというくらいの自己評価に異議を唱える者などいるだろうか？

　スターリンとムッソリーニと同様に、ヒトラーも個人崇拝を享受していた。ところがふたりとはちがい、彼はナチスの同胞たちが作家として脚光を浴びることを心から望んでもいた。ナチスの聖典中の聖典である『わが闘争』があったにもかかわらず、ゲッベルスは一九三二年から三三年にかけての政権奪取の過程を描いた日記『カイザーホーフから首相官邸へ』を三四年に上梓した。ヘルマン・ゲーリングも同じ年に『ドイツの再生』を、アルフレート・ローゼンベルクも途轍もなく読みづらい超大作『二十世紀の神話』を三〇年に出していて、いずれもナチス政権下でたちまちのうちにベストセラーの座を得た。

実際のところ、ローゼンベルクはナチス党のイデオロギー面での大黒柱になるべき存在だった。七百ページになんなんとする『二十世紀の神話』で〈人種衛生〉であるとか、〈来るべき帝国《ライヒ》〉（彼はまだ到来していないと思っていた）であるとか、〈宗教〉（彼はキリスト教の滅亡を望んでいた）といったテーマを語るローゼンベルクは、党の愚にもつかない教義を確固とした哲学的基礎の上に打ち立てようとした。ところが『二十世紀の神話』は仰々しいうえに、ローゼンベルクが作り出した造語だらけだった。そのあまりの難解さに、一九三八年には親切な文筆家によって『〈二十世紀の神話〉の八百五十の言葉』という解説書が出版されるほどだった。

ヒトラーは折に触れてローゼンベルクの書にある攻撃的なことばを口にした（ムッソリーニも〝こんな本、誰も理解できるはずがない〟と評した『わが闘争』の言葉をよく使っていた）。そして『二十世紀の神話』を〝途轍もない偉業〟だと称賛した。そして遂には、ナチスの文化のなかにローゼンベルクの思想が根付くのを良しとした。『二十世紀の神話』は出版から六年を経た一九三六年の時点で五十万部が売れた。そして『わが闘争』と並んで党の教科書となり、三七年には第一回〈ドイツ芸術科学国家賞〉を受賞した。授賞式にはヒトラーも臨席し、ゲッベルスが以下のような賛辞を贈った。

アルフレート・ローゼンベルク氏の最も優れた業績は、国家社会主義の科学的イデオロギーの直観的な基礎を築き、強化したところにある。国家社会主義のイデオロギーを純化する闘争において、ローゼンベルク氏は獅子奮迅の戦いぶりを見せ、数々の桁外れて優れた武勲を立てた。ローゼンベルク氏が国家社会主義国家の精神面およびイデオロギー面の根幹に与えた深い影響については、のちの時代になってようやく十全に理解されることだろう。

アーリア人種にとって知性はそれほど重要ではないと断言したヒトラーは、その言葉通りに自分よりも劣る文筆家とも栄光を分かち合った。第三帝国が崩壊すると、ローゼンベルクの著書は抹殺された。ヒトラーの著書も運命を共にすると思いきや、不気味な第二の人生を歩むことになる。それどころか、胸が悪くなるほどひどい内容にもかかわらず、その土壌となった政治的要素のなかでヒトラーの著書だけが生き永らえた。その結果、『わが闘争』は他の独裁者たちの著書をはるかに超える、まごうことなき人気を今も享受している。十九世紀の合理的な〝科学〟を理論的にも形式的にも無視し、反知性主義を確立させた『わが闘争』は、階級闘争も〝魂のなかの魂〟の探求も拒み、その代わりに獰猛な憎悪を選択する。その憎悪は過度に感情的で永続的で、人間の心のなかの深い闇を惹きつける。堂々たる粗雑さとあけっぴろげな単純さを誇る『わが闘争』は時代と国境を超え、途方もなく無慈悲な邪悪さによって倒錯した不死の命を得る。ここで思いちがいをしてはならないのは、不朽の名著を集めた神殿《パンテオン》に奉られるのは、偉大な真理を見事に表現した作品ばかりではないということだ。憎悪を臆面もなく暴力的に描写した駄作も、後世まで残りつづけるのだ。SF作家のJ・G・バラードはこう警告している。「精神病質者は時代を超越している」（d）

引用文献

（a）アドルフ・ヒトラー『わが闘争（上下・続3冊合本版）』平野一郎、将積茂訳　二〇一六年　角川文庫Kindle版
（b）ジョン・トーランド『アドルフ・ヒトラー』永井淳訳　一九九〇年　集英社文庫
（c）ティモシー・ライバック『ヒトラーの秘密図書館』赤根洋子訳　二〇一二年　文春文庫
（d）J・G・バラード『無秩序のアルファベット　アドルフ・ヒトラー』小林正樹訳　青土社『ユリイカ』一九八六年六月号

5　毛沢東

ヒトラーとムッソリーニは死んでしまったが、スターリンはさらなる高みに昇っていった。第二次世界大戦が終結すると、彼にとって申し分のない時代が始まった。ローズヴェルトとチャーチルは、赤軍が解放したナチス・ドイツの占領地を終戦後も引き続きソ連の支配下に置くことに同意した。かくしてこの鋼《はがね》の男は、自分が作り上げた陰鬱なユートピアをさらに何百万もの人々に押しつけていくことになる。スターリンは、ソヴィエト社会主義共和国連邦の最高指導者であり新たに誕生した数々の衛星国家を支配する専制君主であるばかりでなく、ほかに並び立つ者のない独裁者著述家になった。

軍事と政治の両面で強大な権力を併せ持ち、なおかつ印刷媒体を完全に支配した人間がスターリン以外にいるだろうか？　かくも広大な大地を領土とし、自分の著書をありとあらゆる場所に行き届かせる手段を持つ指導者が彼以外にいるだろうか？

スターリンの子分たちはいそいそと仕事にとりかかった。彼らは、自分たちの親分が作り出したマルクス・レーニン主義の解説書と改竄された歴史書と硬質でごつごつとした論文を、新たに獲得した東ヨーロッパの領土に強制的に広めていった。ヒトラーの支配から〝救済された〟ばかりの国々は、今度は仰々しい理論とあからさまな嘘に覆い尽くされ、窒息感に苛まれることになった。世界の終末を描く活字の森を水浸しにしたインクの洪水は、やがて凝固して無秩序なアルファベットとなり、配列と再配列を繰り返して、さまざまな言葉へと姿を変えていった。それらの言葉は解読されるのだが、結局そこに表れてきたのは毎度おなじみの与太話だった。東ベルリンから極東のウラジオストクに至るまで、同じ嘘がまんべんなく行き渡り、新たな領民たちはそれぞれの言語に翻訳された『全ソ共産党（ボリシェヴィキ）小史』を生活の指針となる神話とするよう指導された。最悪の退屈は勢いを増し、果てしなく広大な大地を呑み込んでいった。

しかしスターリンの栄華は短命だった。実際のところ、十年も続かなかった。彼は一九五三年三月に死んだ。血まみれの子分たちは跡目争いを繰り広げ、そのなかのニキータ・フルシチョフが割とあっさり勝利を収め、ソ連の新たな指導者となった。農奴を祖先に持つ陽気な肥満漢のフルシチョフは継続路線を表明し、当初は前任者とその著書に敬意を見せていた。しかしそれも長続きしなかった。スターリンはフルシチョフの近しい仲間たちの多くを処刑してきたが、それでもフルシチョフは気まぐれな親分に根気よく仕え、殺戮の隘路《あいろ》を二十年の長きにわたって切り抜けてきた。そんなフルシチョフは、これ以上嘘と共に生きていくのは御免だと思った――少なくとも元親分がこしらえた嘘とは。政権掌握から三年後の一九五六年二月二十五日、フルシチョフは第二十回党大会の閉会式の壇上に立ち、スターリンの死後初めて亡き独裁者の実態を〝秘密裏に〟語った。

『個人崇拝とその結果について』と題された報告演説で、フルシチョフはソ連全土と東ヨーロッパの衛星国から集まった千五百人の代議員の前で、現人神《あらひとがみ》だったスターリンを弾劾した。党大会の会場は何十年にもわたって偉大な指導者を称賛し、その著書を引用しつつ、その裏では彼の残酷行為に憤っていた党のエリートたちで埋め尽くされていた。そうした自称スターリン信者たちにフルシチョフは眼を走らせ、謀反の口火を切った。自身の正当性を裏づけるべく、彼は永らく封印されてきたレーニンの〝遺言〟を持ち出した。〈世界のプロレタリアートの父〉は、その最後の言葉でスターリンについて警告していた。フルシチョフはソヴィエト社会主義共和国連邦の国父の威光を振りかざし、レーニンがスターリンを危険視していた理由の具体例を示す――あまりにも多くの同志を死に至らしめた一九三〇年代の恐怖政治（一般市民に対する恐怖政治については、フルシチョフはまったくと言っていいほど気にしていなかった）。民族丸ごとの強制移住。赤軍の粛清。惨敗に終わった大戦初期の判断ミス。

フルシチョフが攻撃したのはスターリンその人だけではなかった。著者同様に強い力を持つその著書も非難すべきだと彼は感じ、スターリンの自叙伝を俎上《そじょう》に載せた。

この本は、最も嫌悪《けんお》すべき追従《ついしょう》の表現そのものであります。さらにこの本は、どのようにして一人の人間を崇拝《すうはい》の対象とするか、そして、どのようにしてその人間を誤りなき賢人《けんじん》、「最も偉大なる統領《とうりょう》」、「全時代、全民族最良の戦略家」として描き出すか、ということを示した一例なのであります。結局のところ、スターリンを天まで持ち上げるのに、ありとあらゆる言葉が動員されたというわけであります。（a）

この本に満ち満ちている〝胸が悪くなるほどの阿諛追従の言葉の数々〟にはスターリン自身が眼を通して確認し、さらには原稿の写しに自分で自画自賛の言葉を書き足したと、フルシチョフは激しく非難した。歴史を書き換え、自分を『全ソ共産党（ボリシェヴィキ）小史』の著者に仕立て上げたスターリンに、フルシチョフは嘲笑を浴びせかけ、そしてとうとう、以前は自分も愛想たっぷりに褒め称えていたスターリンの自叙伝に対する本音をぶちまける。

この書物は、党が、国の社会主義的改造の事業、社会主義社会の建設、国の工業化と集団化などで費《つい》やした努力や、そのほか、党がレーニンの路線に沿《そ》ってたゆむことなく進みつつ選んだ措置《そち》などを、正しく描いているでしょうか。いいえ、この本は、主《おも》にスターリンと彼の演説や報告について語っているだけなのです。ほとんど例外なく、すべてが彼の名と結びついているのであります。

スターリンその人が、ほかならぬ彼自身が『全ソ共産党（ボリシェヴィキ）小史』を書いたと認めたことは、少なくとも驚くべきことであります。マルクス＝レーニン主義者が、このように自分の人格までを天まで持ち上げて、書くことができるものでしょうか。（a）

フルシチョフはスターリンを攻撃するだけでは飽き足らず、その聖典の威光を地に堕とさなければ気が済まなかった。その糾弾の言葉の凄まじさに、何人かの代議員はその場で心臓麻痺を起こしたという。

このフルシチョフの演説で党大会が締めくくられると、党は演説の全文を各地で読み上げさせた。

フルシチョフの弾劾文は途轍もない破壊力があるとされ、ソ連では一九八九年まで出版されることはなかった。実際に爆弾だった。吹き飛ばされたスターリンの名声は二度と戻ることはなく、彼の著書はいくらもしないうちにソ連とその衛星国から消え、書棚で嘘の大全集が収められていた場所には大きな隙間ができた。文字で得た栄光のなんと儚《はかな》いことか……国家の高圧的な力を後ろ盾にしていなければ、数多の流行作家のベストセラーと同様に、スターリンの著書も彼の死後は人気が衰えていったはずだ。かくしてレーニンの時代が再来した。印刷機はフル稼働し、すでに第五版を数えていたレーニン全集がどんどん刷られていった（フルシチョフ自身の演説集と論文を収めたハードカバー版の全集も出版され、一九六四年に失脚した時点で二十三巻に達していた）。

が、独裁者文学の巨人たちの時代はこれで終わったわけではない。極東の地で、北京を虎視眈々と狙う粗野な魔物の作品が生まれつつあった。この魔物の著書に比べれば、レーニンやスターリン、ヒトラー、ムッソリーニの聖典も取るに足らないもので、その規模においても込められた情熱においても比類のない狂気の書が舞台に立つまでの前座に過ぎなかった。

一八九三年、中国南部の湖南省にある韶山《しょうざん》村で毛沢東は生を享けた。裕福な農家に生まれた毛は、本書に登場する独裁者著述家たちと同様にとりたてて目立つところのない男児だった。私たちの圧倒的大多数がそうであるように、毛少年もやがて大人になり、生活を営み、そして死に、忘れ去られていくはずだった。毛の父親が、息子に受けさせる教育を最低限の読み書きと帳簿をつけることができる程度の算数だけに限っていれば、まさしく普通の人間としての人生をまっとうしていただろう。しかし残念ながら、毛少年は自分のなかに創造的で破壊的な文才を見つけてしまった。

毛沢東が最初に触れた書物は害のないものばかりだった。学校で孔子の『論語』を学んだ毛少年は、この賢者への嫌悪感をあっという間に募らせていった。『論語』に記されている、両親と為政者を敬い伝統と美徳を尊ぶべしという倫理観は、二千年以上にわたってこの国の支配者層に支持されてきた。毛少年も、スターリンがやったように禁じられた本を学校に持ち込んでいた。そして毛少年にとっての〈コバ〉は、『水滸伝』に登場する、弱きを助けて強きをくじく百八人の義賊たちだった。歴史叙事詩の『三国志演義』を夢中になって読み、『西遊記』は大のお気に入りだった。毛少年は詩と中国古典文学への愛を育んでいった。この愛は彼の文才を育み、のちに著すことになる作品の文学材料となり、読みやすさという点においては、彼以外の多くの共産主義者の作品よりも多少はましなものにした。だからと言って、彼の作品が退屈なものではないとは限らないが……。

十六歳になった毛少年は郷里を離れ、西洋式の近代教育を実践する学校に入った。そして鄭観応《ていかんおう》の中国近代化論『盛世危言《せいせいきげん》』と出会い、中国の抱える諸問題の解決策は国外にあると悟った彼は、啓蒙主義と民族主義と科学、そしてナポレオンやピョートル大帝やジョージ・ワシントンといった偉人の生涯を学ぶようになる。結局この毛の直感は正しかった――中国の未来は西方から、予想とは異なるかたちでやってきた。一九一一年、ハワイのホノルルに暮らし、ロンドンでは大英図書館に入り浸っていた孫文が革命を起こし、長年にわたって政治腐敗がはびこっていた清朝を打倒した。毛は孫文の革命軍に加わった。翌一二年に中華民国の樹立が宣言されるが、その後に訪れたのは国家の再興ではなく混乱の時代の延長だった。崩壊した帝国のなれの果てのなかでいくつもの軍閥が群雄割拠し、戦いを繰り広げた。

その混沌のさなかにあっても毛は本を読みつづけた。軍を除隊して入った師範学校を一九一八年に卒業し、翌一九年に北京に移り住んだ。当時の北京は、急進的な〈五・四新文化運動〉の中心地だった。五・四新文化運動とは旧態依然とした儒教的秩序を打倒し、科学と民主主義の新時代と知性の再生、そして個人の自由をもたらそうとする文化的革命であり、古典的な文語から脱却して口語により近い文学表現を目指す〈白話《はくわ》運動〉も付随していた。青年となっていた毛沢東はダーウィンやジョン・ステュアート・ミルやルソーやアダム・スミスを読み、そして著述家への第一歩をおずおずと踏み出した。しかし当時の彼は知性ではなく身体の鍛錬に重きを置いていた。一九一七年四月、毛青年は五・四新文化運動を代表する雑誌〈新青年〉に最初の論文を載せ、運動をあまりしない中国人は心身共に脆弱で、体と意志の力を鍛えなければならないと説いた。まだ毛は革命家ではなかったが、それでもじわりじわりとそうなりつつあった。一八年十月、毛は図書館で職を得た。図書館は、若くて貧乏な急進派が自分の誇大妄想を鼓舞する悪しき思想に簡単に接することができる格好の場所だった。今ならインターネットにアクセスすれば何でもござれだが、十九世紀と二十世紀の本を買う余裕のない若者たちにとって、空理空論と革命を説く書物に接する手段は図書館しかなかった。

〈マルクス主義〉という思想が存在することは、中国でも十九世紀末頃から知られていた。しかしその手に負えないほど膨大なマルクスの著書のごく一部が中国語に翻訳されたのは一九〇三年のことだった。メソポタミアの砂漠で見つかった粘土板の欠片のような、ごくわずかなマルクスの言葉の断片は、社会主義の歴史と発展を論じた日本の論文のなかで引用された『共産党宣言』の一節を、さらに中国語に訳したものだった。マルクス主義についての書物と論文もさらにいくつか出てくるようになったが、それらがマルクスの原著にあたったものかどうかはわからない。一九〇八年になってようやく、『共産党宣言』の一八八八年版のエンゲルスによる序文のみが、ある雑誌に掲載された。そうした断片的な情報ばかりではマルクス主義の何たるかを把握できるはずもなく、しかもその時点ですでにマルクスの信奉者たちは分裂して派閥を作り、互いにいがみ合っていた。後年、毛沢東は当時の中国人たちは帝国主義というものが存在することを知らず、マルクス主義についてもどの派閥のものも一切理解していなかったと語っている。しかし図書館での毛の上司だった李大釗《りだいしょう》はマルクス主義者の一派であるボリシェヴィキの熱烈な信者で、トロツキーを気取って金縁の丸眼鏡を鼻に乗せていた。その李によれば、ロシア革命は〝新文明の灯火《ともしび》〟だけでなく〝二十世紀における全人類の覚醒がもたらした精神の勝利〟であるという。毛は資本主義の魔手を、ブルジョアジーの恐怖を、歴史的弁証法の力を、そして必ず到来するであろう世界革命について学ぶようになった。それまで毛は多くの本を読み、西洋の著述家たちのすぐれた作品も数多く読んできたが、李大釗を通じて遭遇したマルクスは彼自身を、そして中国の運命を変えた。この出会いから三年も経たないうちに、毛沢東は、中国に与えられた選択肢は〝階級独裁による極端な共産主義〟しかないと断言することになる。

毛沢東は、今後半世紀以上にわたって自分の理論の基礎となり、自分の溢れんばかりの権力への意志を覆い隠す思想の隠れ蓑となってくれる書物を、とうとう見つけたのだ。一九二〇年、故郷の湖南省に戻っていた毛は、急進派の書籍を扱う〈文化書店〉を開いた。このささやかな事業は成功し、七つの支店を持つに至った。どの支店も社会主義やマルクスやソ連などをテーマにした本ばかりを置いていた。翌二一年、毛は中国共産党の創設メンバーとなる。このとき毛は二十八歳だった。幾分のんびりとした足取りではあったが、それでも三十手前でようやく急進思想にたどり着いたのだった。

本書に登場する独裁者たちは、例外なく波瀾万丈の人生を歩んでいる。その最たる存在が毛沢東で、その人生の軌跡はほかの誰よりも気の毒なほど込み入ったものだ。マルクス主義者としての覚醒こそレーニンやスターリンよりも遅かったが、目覚めるなり早速活動を開始し、それから三十年余りにわたって内戦を戦い、スターリンの狂気の時代を生き抜き、壊滅的な敗北から復活を遂げ、党内のライバルたちを出し抜き、日本軍と戦い、共産主義を掲げる極小のならず者国家を切り盛りし、その末に中国の覇権を巡る戦いで勝ち名乗りを上げたのだ。

が、これでも彼の人生の軌跡の半分にしか過ぎない。権力の座に腰を据えるなり、毛は二十七年かけて愚にもつかない絵空事のユートピアを、何千万人もの命を犠牲にしてでも実現しようとした。それと同時に、聖書に次ぐベストセラーの著者として、文学史にその悪名を轟かせることにもなる。そんな毛の人生は刺激的で興味をそそるものなのだが、残念ながらそれを詳細に論じるスペースは本書にはない。とは言え、毛の著書を理解するためには、彼の人生の流れをある程度は押さえておかなければならない。なので毛が権力を掌握するまでの道程をおおまかに示すことにする。この期間に、彼は影響力のある本の大部分を書いた。

・一九二一年

中国共産党に創設メンバーとして参加。

・一九二三年

第三回党大会で中央執行委員会の委員に選ばれる。委員就任を機に、毛は農民革命の可能性を主張するようになる。が、農民頼みの革命論は理論上の問題を引き起こす。モスクワに拠点を置く共産主義インターナショナル《コミンテルン》は、革命は資本主義国家のプロレタリア階級が起こすという正統派のマルクス主義路線に固執していた。当時の中国は資本主義国家でもなければプロレタリア階級も存在しなかった。つまり中国には革命が起きる条件が整っていないということなので、コミンテルンは中国共産党に国民党と共同戦線を張るよう指導する——いわゆる〈国共合作〉だ。中国共産党は国民党を支援して戦い、まずは民族主義者によるブルジョア革命を起こして、それを足がかりにしてプロレタリア革命を勃発させ、労働者階級が勝利を収める。そういう段取りがつけられた。活動資金からさまざまなかたちの支援に至るまでコミンテルンに依存し切っていた中国共産党は、モスクワの言いなりだった。

・一九二七年

〝二段階の革命〟という夢の構想は期待通りの運びとはならなかった。中国北部の軍閥たちとの戦いに勝利すると、国民党の指導者の蔣介石は上海に入城し、あろうことか強大な既得権益を持つ銀行家と産業家たちと手を結んでしまう。そして共産主義者たちへの攻撃を開始し、以後二十年以上にわたる内戦を繰り広げていく。中国共産党は抗戦するものの大敗を喫する。党員の八十四パーセントを失い、残りの党員にしても、プロレタリアートと呼んでも差し支えない人間はたった十パーセントだった。その後の十五カ月のうちに党員数は内戦前の三パーセントにまで減ってしまう。毛は江西省の井《せい》崗山《こうざん》のわずかばかりの農村に立て籠もり、〈農村革命根拠地〉を設立する。設立を記念して、毛はこんな詩を詠んでいる。

敵軍　圍困《いこん》　萬千重《ちょう》
我　自《ひと》り　嚴然《きぜん》として　動かず
早や已《すで》に　森厳たる　壁壘《へきるい》
更に加うるに　衆志《しゅうし》　城を成す
(敵は幾重にもわたって厳重な包囲網を敷いているが、私は微動だにせず立っている。守りはすでに固めてあり、同志たちの闘志も城壁のように強固なものになっている)

毛沢東とその同志たちは農村から集めた兵で〈紅軍〉を組織し、ゲリラ戦術を編み出していく。しかし党内の主流派は都市でのプロレタリア革命という幻想にいまだに囚われていた。結局、共産党は井崗山での拠点構築に失敗し、毛はふたたび移動を強いられることになる。

・一九二九年

毛沢東は江西《こうせい》省南部の瑞金《ずいきん》に拠点を移し、ここで自身の構想に基づいた共産党政府を樹立することになる。モスクワに留学していた〈二十八人のボリシェヴィキ〉と呼ばれる中国共産党員たちが帰国した。彼らはその後何年かにわたって党の支配権を握り、コミンテルンを通じてスターリンの考えにぴったりと寄り添う政策を敷くことになる。そのリーダーの王明《おうめい》は党内における毛の最大のライバルとなり、毛の農民重視の姿勢を痛烈に批判する。革命は都市でなされなければならないと考える王明は、毛のことを〝純粋なマルクス主義〟から逸脱した〝民族主義者〟だとした。一方の毛は王明らのことを、実地経験のない頭でっかちな〝専門家〟だと見下していた。最終的に毛は労働者を革命の前衛とするべきだとする意見に同意するが、それでもその主戦力は農民だと確信していた。

・一九三〇年

この年の二月、毛は〈江西ソヴィエト〉を設立する。毛は朱徳《しゅとく》と共に紅軍の増強を続け、五千だったその戦力は三三年には二十万になる。しかしそれでも党中央執行委員会は都市での革命にこだわり続け、江西省の省都である南昌《なんしょう》で労働者が蜂起すると、紅軍を派遣して支援した。この作戦が失敗に終わると、毛は朱徳の命令を無視して瑞金に戻った。しかし彼の妻は敵に捕まって処刑されてしまった。

・一九三一年

〈江西ソヴィエト〉は〈中華ソヴィエト共和国〉となり、毛はその主席に選出される。中国共産党の指導者にはなれなかったが、それでも彼は一国の主《あるじ》となった。この年の満州事変で日本軍が中国東北部の満州全域を支配下に置き、満州国を樹立させる。毛は農民の反感を買わないように穏健な土地改革を進め、ゲリラ戦術に磨きをかけ、蔣介石による包囲戦に三度にわたって勝利を収める。しかし党内の支配権を握る〈二十八人のボリシェヴィキ〉は毛の方針に反対する。肩書こそ高かったが、毛の影響力はどんどん下がっていく。三二年には紅軍の指揮権すら失ってしまい、三三年に党中央部が拠点を上海から瑞金に移すと、毛はさらに傍らに追いやられてしまう。

・一九三四年

中国国民党の指導者の蔣介石は風紀の乱れを危惧し、儒教思想と民族主義と西洋思想から借用したものをミックスした〈新生活運動〉を発動する。が、〈新生活運動〉は奏功せず、風紀はあまり正されなかったが、それでも蔣介石は瑞金の共産主義者たちの包囲には成功する。今回もまた毛沢東はしぶとく生き抜いた。同年十月十六日、毛は八万五千の紅軍を率いて敵の包囲網を突破し、一万キロを超える大規模退却戦である〈長征〉を繰り広げる。

・一九三五年

〈長征〉は一年少々で終了したが、少なからぬ兵力が失われた。一九三五年十月二十日、出立時は八万五千だった紅軍は、その数をわずか八千にまで減らして陝西省《せんせい》にたどり着いた。延安《えんあん》は共産主義者たちの新たな首都になった。〈二十八人のボリシェヴィキ〉はスターリンおよびコミンテルンと密接な関係にあったにもかかわらず、党の支配権を巡る闘争で強い存在感を示すことができなくなっていた。勢いは毛の側にあった。

・一九三七年

アメリカ人ジャーナリストのエドガー・スノーが、共産主義ゲリラと過ごした四カ月の経験を記した『中国の赤い星』を上梓する。スノーの毛に対する称賛ぶりと〈長征〉の感動的な描写は、欧米の読者に自由闘争の英雄という毛沢東像を植えつけた。そのイメージは、中国が大飢饉に直面しても、〈文化大革命〉の狂気にさらされても生きつづけた。この年、日本軍は中国に対して全面的な侵略戦争を仕掛けてくる。その目的は蔣介石の打倒だった。

・一九三七〜四二年

毛沢東は中国共産党の最高政治指導者かつ最高理論家としての地位を強固なものとしていく。ここに指導者崇拝が誕生する。スターリンの『全ソ共産党（ボリシェヴィキ）小史』が延安で中国語に翻訳されると、毛沢東はそこに書かれている〝歴史は時として修正を求める〟という基本理念を取り入れ、中国共産党の歴史を書き換えた。書き換え後の毛は、全体を通して党の要となる預言者として描かれている。一九四二年、毛はマルクス、エンゲルス、レーニン、スターリン、そして『全ソ共産党（ボリシェヴィキ）小史』は〝我々の共産主義学習の核心をなす〟と宣言する。毛は〈整風運動〉を発動し、自分に対する忠誠心が不充分な党員をすべて排除し、再教育プログラムの教科書のほとんどを自身の著書にした。この粛清の嵐は二年間吹きつづけた。その結果がマルクス主義の〝中国化〟だった。毛はソ連での成功例に盲従するのではなく、中国の実情に合わせてマルクス主義を応用していった。そして論戦が勃発した。一九四三年三月、国民党は蔣介石の『中国の運命』を出版し、百万部を売り上げた。一方の中国共産党は指導者であり理論の大家である毛をさらに称揚し、マルクス・レーニン主義の中国版である〈毛沢東思想〉を作り上げていく。

・一九四五年

毛はさらなる高みに上っていく。同志たちは毛を党中央委員会主席と中央軍事委員会主席に選出する。これで彼は全権力を掌中に収めた。その上に立つ者はスターリンだけだった。

・一九四六年

前年の日本の敗戦により、国民党と共産党のあいだの内戦が再開する。

・一九四九年

共産党が最終的に勝利を収める。同年四月、紅軍はかつての帝都である南京を制圧する。ここでも毛は詩を詠んで勝利を祝う。

鍾山《しょうざん》の風雨　蒼黄《そうこう》として起こり
百萬雄師　大江《たいこう》を過《わ》たる　虎　踞《うずくま》り　龍　盤《わだかま》れるも　今は昔に勝《まさ》り

天　翻えし　地　覆えして　慨して　慷《こう》
宜《よろ》しく　剰《あま》れる　勇をもって　窮《きわま》れる寇を　追うべく
名を沽《う》らんとて　覇王に学ぶ可《べ》からず
天　若《も》し　情有《あ》らば　天も亦《また》　老いん
人間《じんかん》の正道は　是《こ》れ　滄桑《そうそう》

（南京に嵐がやって来て、街は落ち着かない。多くの精鋭部隊が長江を渡っていった。難攻不落の南京はさらに堅固になっている。天地は覆り、心は昂ぶる。戦力を割いて敵を追いかけるのは当然だ。項羽のように名を売るようなことはしてはならない。もしも天に情と言えるものがあるのならば、天もまた人の世の移ろいぶりに老けることだろう。人の世の道理は変革である）

この南京陥落を皮切りに、国民党が支配する都市は次々と共産党の手に落ちていく。この年の十月一日、中華人民共和国が成立し、毛は天安門広場で「中国人民は立ち上がったのだ！」と述べ、国家の再生を高らかに宣言する。

当然のことだが、新しい時代は新しい本を必要とする。〈毛沢東全集〉が哈爾浜《ハルビン》で出版されると、たちまちのうちにモスクワでも出版された。ここからは毛の著書に眼を転じていくことにする。毛主席の難解で読むのが苦痛な聖典をいくつか選び出し、今度は私自身が〈長征〉に乗り出していかねばならない。

『湖南省農民運動の視察報告』（一九二七年三月）

毛沢東がこの長い論文を書いたのは、蔣介石が中国国民党の上層部から共産党員を排除するようになった一九二七年初めのことだ。湖南省の片田舎を揺るがした暴力蜂起を、毛は農民を使って革命を早める好機と捉えた。中国共産党の指導者でありパトロンでもあるコミンテルンは、中国では革命が起きる条件はまだ整っていないと主張し、中国の共産主義者たちにしても、農民のことをそのうち消えてしまう過去の遺物だと嘲っていた。コミンテルンと中国共産党にとって、未来は都市からやってくるものだった。農民を重視していたのは毛だけだった。

『湖南省農民運動の視察報告』で、毛は中国の農村地帯の現実を突きつける。彼は湖南省の状況を三十二日にわたって詳細に観察し、その様子を描写する。その結果出来上がったものは、マルクス主義者の著書の（どう贔屓《ひいき》目に見ても低い）クオリティ基準からすれば、そこそこ面白い内容に仕上がっている。しかし〈土豪劣紳を打倒し、すべての権力を農会へ〉(b) という章の見出しを見るかぎり、決して中立的で客観的な立場で描いていないことは明らかだ（土豪劣紳とは地主と資産家のこと）。

この論文では、毛はあまり理論にこだわっていない。こだわることができるほど多くの本を読みこなしてもいなかった。なので毛は農民をプロレタリアートとして再解釈することも、ロシアでは工場も鉄道もあまりなかった状態で革命が起きたのだから、中国も革命の歴史的発展過程をいくつかすっ飛ばしてもいいのではないかとすることもしなかった（教権国家だったモンゴルがいきなり共産主義国家になったときも、このでたらめな理論が言い訳に使われた）。その代わりに農民を受け容れるよう中国共産党に訴えている。毛は封建的な土地制度の打倒だけでなく、祖霊信仰、寺院の権威、家長制度、長老制度、土着神崇拝などの因習の廃止をも力強く訴える。
支配者階級に辱めを与える農民たちの所業を、毛は共産主義者たちが書く難解な書物ではめったにお目にかかることのない、愛情に満ち感情を喚起する言葉で克明に描写する。駕籠《かご》を襲ったりであるとか、監獄に放り込むであるとか、銅鑼《どら》を打ち鳴らすであるとか、無能を示す三角帽を無理矢理かぶせるであるとか、毛はそうした行為を、その場の騒音と混乱と、それを嬉々として眺めている自分自身の様子を交えつつ余すところなく記している。卑しい〝下層階級〟である農民たちによる蜂起を〝行きすぎ〟だとする党指導部の批判を、毛は一蹴する。しかもこの党指導部の姿勢を、スターリンのどの文章よりも、それどころか大抵の著述家よりもはるかにすぐれた言葉で糾弾する。

革命は、客をごちそうに招くことでもなければ、文章をねったり、絵をかいたり、刺しゅうをしたりすることではない。そんなにお上品で、おっとりした、みやびやかな、そんなにおだやかでおとなしく、うやうやしく、つつましく、ひかえめなものではない。革命は暴動であり、一つの階級が他の階級をうちたおす激烈な行動である。(b)

当然のことながら、暴力を肯定することは簡単だ。しかしこれほど無頓着に、しかもこんな切れのいい気の利いた一節で語れと言われたら話は別だ。この簡潔な〈革命は、客をごちそうに招くことではない〉という声明は、奇しくも数十年後に毛らが敢行することになる恐怖の所業を正当化する際にも用いられた。スローガン作りの達人である毛は、象徴的な漢字を抜き出して熟語風に表現することを得意としていた。とは言え、この報告書は小気味いい言葉を織り交ぜつつ、階級打破の戦いを歓喜とともに称賛しているだけではない。実際には預言の書でもあるのだ。すでに賭博とアヘンと無作法な振る舞いを禁じていた農民たちが起こした暴動に、毛はより道徳的な新時代の到来を見ていた。

毛の文章は時として辛辣な調子になることはあるが、彼がマルクス・レーニン主義的な文章術で肝要なのは理論による装飾だということをまだ学んでいなかったのは明らかだ。事実、この報告書にはレーニンの言葉の引用は一切なく、〝マルクス主義者〟という言葉でさえ最後のほうで一回登場するのみだ。この毛のプロレタリアート軽視の姿勢はマルクス・レーニン主義的には異端であり、彼が権力を握った直後に出版された全集からは、そうした記述は削除されている。彼はこう述べている。「民主主義革命が成し遂げたものを十とするならば、そのうちの都市の住民と軍による功績はたかだか三に過ぎない。残りの七は農村地域で革命を起こした農民たちに帰すべきである。認めるべき功績は認めるべきだ」〝理論〟という観点からすれば失敗作の『湖南省農民運動の視察報告』は、それでも高い評価を受けた。その成功のカギはタイミングにあった。この時期の中国共産党は蔣介石率いる国民党の攻撃によって壊滅に近い状況にあり、農民との協力関係を大いに受け容れていた。この論文はモスクワでも称賛され、スターリンの一国社会主義論を陰から支えたニコライ・ブハーリンも肯定的な論評を書いた。一九二七年の夏には〈コミュニスト・インターナショナル・マガジン〉誌に英訳版が掲載された。毛の著述家としての名声は高まりつつあるかのように見えた。

『小さな火花も広野を焼きつくす』(一九三〇年)

この論文は、毛沢東が林彪《りんぴょう》という若い同志に宛てた手紙をもとにしたものだ。三十年後、林彪は毛が築き上げた宮廷の宮宰となり、中国の国防大臣にあたる国防部長にまで上りつめる。彼は毛沢東崇拝の確立と悪名高い『毛主席語録』の出版の両方で中心的役割を果たした。しかしこの手紙が書かれた当時の林彪は紅軍の一将校に過ぎず、いずれ人民が蜂起してくれることを願いつつ〈流動的遊撃方式(つまり散発的なゲリラ戦)〉を展開していた。毛はその戦術を批判し、時間をかけて拠点を築き、そののちに革命に向かって邁進することのほうがはるかに重要だと説く。

『小さな火花も広野を焼きつくす』はある程度は読みやすく、前述の報告書ほどではないにせよ活気に満ちている。ボリシェヴィキがなかなか権力を握ることができなかった時期にレーニンがやってきたように、毛もこの論文で絶望も幻想も抱くべきではないと主張する。毛は党内に蔓延するペシミズムの払拭にことさらに力を注ぎ、その一方で〃性急な革命〃の脅威とも戦っていた。三年前に第一次国共合作が終了するなり壊滅的大敗をこうむった紅軍は、妄想の世界に囚われてしまった。〈流動的遊撃方式〉によっていつの日にか全人民を団結させ、そののちに紅軍主導で中国全土で革命を起こす。そんな夢想に耽るようになっていた。

この方針を、毛はあまりにも現実離れしたものだとして退け、紅軍の戦力が著しく低下してしまっている現在は、人民が団結して立ち上がるような状況ではないと主張する。とは言え、敵対する国民党にしても中国全土をまとめ上げることができるだけの力はない。そこで毛は、まずは時間をかけて活動拠点を各地に築き、紅軍の戦力を増強させ、農民たちとのつながりを深めるべしという指針を示す。革命を着実かつ計画的に推し進める手はそれしかない。毛はそう論じる。

ところがここで毛は〝理論〟をほんの少しだけ盛り込む。帝国主義者と中国人民、そして帝国主義者の内部に無数の〝齟齬〟が存在すると毛は指摘する。これは革命が中国に迫りつつあるばかりでなく、革命勢力がより強力なヨーロッパ諸国よりも早く到来することを意味すると毛は述べる。

この論文で最も感銘深い部分は、効果的なゲリラ戦を進めるノウハウを簡潔に要約した箇所だ。毛は革命家としての生涯を通じてこの考えを貫き、そして繰り返し説いていくことになる。

その四つの行動指針は以下の通りだ。

1 兵力を分散させて大衆を動員し、兵力を集中して敵に対処する。

2 敵が進んでくればわれわれは退き、敵がとどまればわれわれはなやませ、敵が疲れればわれわれは襲い、敵が退けば我々は追いかける。

3 固定した地域の割拠を波状的にひろげていく政策をとる。強敵が追いかけてくれば、ぐるぐるまわる政策をとる。

4 短い時間に、すぐれた方法で、多くの大衆を立ちあがらせる。(c)

中国に存在しないプロレタリア階級をどうやって作り上げればよいのかであるとか、マルクスの言う人間が介在しない〝歴史の力〟がいつ働いて革命が勃発するのかであるとか、毛はそんなことを思い悩まない。むしろ戦力が上回る相手に長期的なゲリラ戦を仕掛けるための基本戦略の策定と、権力の掌握という最終目的を目指す共産主義勢力の拠点の構築という実際的なことに本格的に取り組む。この策は毛にとって都合がいいばかりでなく、アジアとアフリカとラテンアメリカの革命勢力に影響を及ぼした。大抵の独裁者たちとはちがい、毛はこの論文で〝血のかよった〟著述家となった。

こうした実際的な点以外の部分に眼を向けてみると、『小さな火花も広野を焼きつくす』は詩を用いた潤色が各所に見られるところが注目に値する。これまで見てきたように、共産主義者の著書といえば退屈と美徳がない交ぜになったものがほとんどなのに対して、毛の全作品は古典文学の言及と引用が随所にちりばめられている。この論文のタイトルからして中国の諺《ことわざ》からの借用なのだが、最も秀でた言葉は毛のペンから紡ぎ出されている。助言と批判、そして主張を箇条書きにしたのちに、毛はそれまでとは異なる口調でどんどん語っていく。感情豊かで、力と希望と炎の信念に満ちた言葉を書き連ね、こう締めくくる。

マルクス主義者は易者ではない……だが、わたしのいう中国革命の高まりがまもなくやってくるというのは、けっして一部の人びとがいっている「やってくる可能性がある」というような、まったく行動的意義のない、ながめることはできても近づくことのできない、といったからっぽのものではない。それは海辺からはるかかなたにのぞまれる、帆柱の先端をあらわした船であり、それは高い山のいただきからはるか東にのぞまれる、光を四方に放ちながらうすもやをついてでようとしている朝日であり、それは母親の胎内でうごめきながらまもなくうまれでようとしている嬰児である。(c)

『書物主義に反対する』（一九三〇年）

『小さな火花も広野を焼きつくす』が出版されたのち、コミンテルンは毛沢東が結核で亡くなったと発表し、追悼文を出した。ところが毛はぴんぴんしており、執筆にいそしんでいた。これはモスクワの共産党上層部の願望が思わず口をついて出てしまった結果なのだろう。モスクワに留学したことがない毛はロシア語が話せず（ドイツ語は言わずもがなだ）、したがって触れることのできるマルクス主義の聖典は限られていた。その一方で、そうした聖典を読めるばかりでなく、コミンテルンとのつながりが極めて強い中国共産党のモスクワ留学組がどんどん輩出していた。そしてこの時期は、母国に帰国した〈二十八人のボリシェヴィキ〉が党の実権を握っていた。

〈二十八人のボリシェヴィキ〉にとって、マルクス主義は一種のカーゴ・カルトのようなもので、自分たちの主義主張はモスクワから運ばれてくるものだと信じていた。そしてこの一派はマルクス主義者にとっては最悪の侮辱である〈セクト主義者〉という言葉で毛を侮辱した。セクト主義とは簡単に言えば〝党の方針に異議を唱える〟ということで、ソ連ではスターリンがトロツキーのことをセクト主義者だと弾劾し、一九二七年に党から除名している。反対に毛は〈二十八人のボリシェヴィキ〉のことを、たしかに革命については自分よりもよく知っているが、中国の現状をまったく理解していないと見なし、苦々しく思っていた。

『書物主義に反対する』で、共産主義者は結論を急がずに経験を通じて現実を精査し、事実を突き止めるべきという姿勢を繰り返し主張する。そんなことは言うまでもない当然のことだと思われるかもしれないが、彼がその点を主張しつづけなければならなかったという事実は、共産主義者がいかに教条主義に囚われていたのかを示している。まさしくその通りで、毛は根拠の提示と研究調査の優位性を主張するだけでなく、やるべきことをやらない者全員を党から締め出したいという思いを、こんな一節で示している。

きみがある問題について調査をしていなければ、その問題についてきみの発言権を停止する。それはあまりにも乱暴ではないか。すこしも乱暴ではない。(d)

何事においても何も調べないうちに結論を出そうとする共産主義者の悪癖を(ここはマルクス主義者に限ったことだと言うべきだ)毛は批判し、返す刀で党の言語中心主義をぶった斬る。

書物にでていることならなんでも正しいとおもうこうした心理は、文化の面でたちおくれた中国の農民のなかに、いまでも残っている。不思議なことに、共産党の内部で問題を討議するときでも、口をひらけば「本をもってこい」というものがいる。(d)

のちに毛自身も世界史に残るレベルの書物崇拝ぶりを見せることになるのだが、この論文を書いた時点では抑制を訴えている。「もちろんマルクス主義者の書物は必要だが、その研究はこの国の現状と結びついたものでなければならない」彼はそう結論づける。つまり彼が異論を呈したのは〝モスクワの共産主義者〟の傲慢ぶりに対してだけでなく、マルクス主義者たちの文字に対する極端なまでの執着ぶりに対してでもあった。この異議申し立てはスターリンにもコミンテルンにも受け容れられず、毛の激しい非難は功を奏することはなかった。かくしてモスクワ留学組の〈二十八人のボリシェヴィキ〉の党支配は続いた。

『実践論』（一九三七年七月）

ここまで紹介した毛沢東の著書はある程度は読みやすく、いくつかの箇所では卓越した文体すら見せている。毛の初期の著書は実践に重きを置き、中国の現実に基づいて革命を推し進める手だてを明確に示している。しかしながら共産主義〝業界〟では理論のひけらかしこそが権力奪取の要諦であり、毛はその肝心要の理論を著しく欠いていた。

ロシア革命以前の論敵たちとの闘争のなかで、レーニンはマルクス主義解釈についての膨大な理論体系を築き上げた。スターリンの場合、実権を握った途端に自著『マルクス主義と民族問題』にべったり寄りかかって、思慮深い思想家を演じ、お粗末極まる論文ですら引用をふんだんに使うようになった。中央および東ヨーロッパの共産主義国家の指導者たちにしても、仰々しい〝理論〟を並べ立てた論文を書き、自分たちに国を率いる資格があることを示そうとした。

毛沢東は、思慮深い思想家であることより『全ソ共産党（ボリシェヴィキ）小史』のような論文を書く共産主義者であることを選んだ。〈長征〉が終了して安定を享受できる時期になると、毛にもようやくこれまでおざなりにしてきた、マルクス主義者たちの著書の研究に着手する余裕ができた。書物に対する崇拝を指弾した毛は、中国の傑出した革命家としての威厳を支える〝理論めいたもの〟をこしらえることができるだけの充分な自信を得た。毛の古典である『実践論』とその続編『矛盾論』はこの時期に書かれた。

中国国内では、毛沢東の思想を解釈し、その参考書を出すことが政治的名声を得る絶対条件となっていく。一方国外では、一九六〇年代から七〇年代にかけて毛主席の〝理論的〟著書は西側の思想界でそれなりに人気を博し、とくにフランスの哲学者たちは大いに感化された。ジャン・ポール・サルトルにしてもミシェル・フーコーにしてもジュリア・クリステヴァにしてもルイ・アルチュセールにしても、揃いも揃って全体主義者の暴君の思想を熱狂的に支持した。彼らにとっては、現代中国の賢人を持ち上げることは、自分たちの〝近寄りがたいほど洗練された知性〟をひけらかすための手段に過ぎなかった。〈大賢は愚なるが如し〉とはよく言ったものだ。私はこれほどまでに高名な〝理論的〟著書にいくばくかの畏怖の念を抱きつつ取り組んだ結果、途轍もなく退屈でくすんだ文章だからこそ、フランスの知の巨人たちはそこまで魅了されたのだと確信するにいたった。実を言えば、私は『実践論』をどうしても読む気にはなれなかった。高熱にうかされて意識朦朧《もうろう》となったときに、この状態で読めば毛の〝哲学〟にも靄《もや》がかかって何とか読めるのではないかと思ったものだ。しかしそれでも読めず、頭がすっきりした状態で読み直してもどうにもならなかった。

〈認識と実践の関係――知と行の関係について〉という大仰な副題からして、さぞかし深遠な哲学が待ち構えているのだろうと思えてしまう。そして毛は出だしからマルクスに対する恩義を躍起になって返そうとする。

マルクス以前の唯物論は、人間の社会性からはなれて、認識の問題を考察したので、社会的実践にたいする認識の依存関係、すなわち生産および階級闘争にたいする認識の依存関係を理解できなかった。(e)

ところがページをめくっていくうちに毛は認識論をいじくりまわし、ヘーゲルを少しだけかじったことのある人間の話の又聞きのそのまた又聞きのようなものを自信満々に語りだす。そして『実践論』が思想家としての毛の重要性を示す聖典だと喧伝されている理由がわからなくなっていく。農民たちの暴力を熱い眼差しで観察していた毛は、認識にはふたつの段階があると断言し、その概要を述べる。一段階目は、物事の外側しか把握しない〈感性的認識〉で、二段階目は〈理論的認識〉で、その目的は「一歩一歩客観的事物の内部矛盾、その法則性、一つの過程と他の過程とのあいだの内部的つながりを理解するに至ること、つまり論理的認識に達すること」(e)にある。そのあと毛は階級闘争の歴史を掘り下げ、ここでも認識の重要性を説く。感性的認識に囚われてしまうと何も理解できない。プロレタリア階級による武装蜂起が大した成果を挙げられなかった理由はそこにある。プロレタリア階級が〝意識的、組織的な経済闘争および政治闘争の時期〟に進み、マルクスとエンゲルスが〝科学的な方法で総括し、マルクス主義の理論をつくりだして、プロレタリアートを教育〟して、ようやく状況は好転する。

毛はマルクス主義理論という瘴気に満ちた荒れ野にはまり込んでしまった。その代償として、かつてはそれなりに読み応えのあった文章が眼もあてられない代物へと変わってしまった。言葉の上に言葉を重ねていくうちに、何を論じているのかわからなくなってしまったのだ。もはや毛は農民たちの暴動を褒め称えることも似非インテリの指導者を揶揄《やゆ》することもない。その代わりに「どんな知識でも直接的経験から切り離せるものはない」（e）であるとか、「無数の相対的真理の総和が絶対的真理である」（e）であるとか、「マルクス・レーニン主義は、真理に終止符をうつものではなく、実践のなかでたえず真理を認識する道をきりひらいていくのである」（e）であるとか、陳腐なことを仰々しく語る。

毛の複雑に入り込んだ哲学者風の思考を事細かに説明しようと思ったら、度し難いほど大量の言葉が必要だ。しかもその言葉のひとつひとつが毛本人と同じぐらい冗漫なのだが、却ってそれが批判に対する防御策として実に見事に機能している。文体にしても理論にしてもすっかり捻れているのだが、それでも毛は、レーニンがマルクス主義の〈生きた思想〉と表現したものを出発点としている。もともと毛にとって〈生きた思想〉とは具体的な事例を分析することだったのだが、それが今では彼の主張を〝論理的〟言語で表現することになってしまっている。こんな感じにだ。「感性的認識から能動的に理性的認識に発展し、さらに理性的認識によって能動的に革命的実践を指導し、主観的世界と客観的世界を改造する」（e）

その一方で、『実践論』で毛が引用している参考文献は驚くほど少ない。マルクスのものが一冊とスターリンの入門書『レーニン主義の基礎』、そしてレーニンのものが三冊という程度だ。三回引用されているレーニンの『唯物論と経験批判論』は、レーニンがアレクサンドル・ボグダーノフとの論戦のさなかにあった一九〇九年に、大英図書館でつぎはぎして作ったやっつけ仕事の論文だ。そんなものを参考にしているのだから、『実践論』が退屈で冗漫で説得力に欠けるのも無理はない。毛が実際にこの論文を書いたのは一九三七年よりもずっと後のことであって、彼がかなり早い時期から優れた理論家として頭角を現していたかのように歴史を改竄したのだと批判する声もある。当然ながら異論もある。どうでもいいことだ。そんなことにかかずらっているのは、毛沢東が傑出した理論家だとどうしても信じなければならないか、もしくはそう信じているふりをしたい人間だけだ。

『矛盾論』(一九三七年八月)

一九三七年の毛沢東は一貫して哲学者であり続けた。『実践論』に続いて上梓した『矛盾論』で、毛は〈唯物弁証法〉の何たるかを長々と説明する。まずレーニンの言葉を引用し、〈形而上学的〉と〈弁証法的〉というふたつの世界観のちがいを示す。形而上学は「世界のさまざまな異なった事物と事物の特性は、それらが存在しはじめたときからそうなっている」(f)とするものであり、それはつまり資本主義は永遠に存続するということになる。これはおかしな考え方だ。一方、唯物弁証法は「事物は内部矛盾によって発展が引きおこされる」(f)とするので正しい。そういうことになっている。

その証拠として、毛は動物と植物を挙げ、その成長は「主としてその内部の矛盾によってひきおこされる」(f)とする。社会も外的要因ではなく内的要因につき動かされて発展を遂げていく。結局のところ「外因を変化の条件、内因を変化の根拠とし、外因は内因をつうじて作用するもの」なのだ。毛は具体例を挙げる。「鶏の卵は適切な温度をあたえられると、ひよこに変化するが、石ころは温度をくわえてもひよこにはならない。それは両者の根拠がちがうからである」(f)。たしかにその通りだ。

『矛盾論』には叡智であるとか格言めいたものであるとか、そうしたものは一切ない。この論文が歴史のなかから消え去ってしまったとしても、却って書物の世界は豊かなものになるだろう。それでもある一点において興味をそそられる。それは精緻なつくりでありながら無駄なものであるというところだ。この論文を読んでいると、ボトルシップを眺めているような気分になる。小さくて精巧な船の模型を、製作者は一体どうやって瓶のなかに入れたのか不思議に思う。その一方で、そんなことをするくらいならほかの有意義なことに力を注げばいいのにとも思ってしまう。

詩選集

毛沢東は哲学者としてはいまいちな存在なのだとしたら、詩人としてはどうだろうか? スターリンとはちがって、毛は詩作を決してやめることはなかった。そして本物の詩人のように、詩を自己表現の手段として使った。毛は惨敗を喫したときも悲劇に見舞われたときも詩を詠んだ。奇跡的な脱出劇を演じたあとにも詩を詠んだ。敵との戦いで空前絶後の勝利を収めたときも詩を詠んだ。実際のところ、毛は理論家である以上に詩人だった。

一部の評論のなかには、毛が詠みつづけてきた数多くの詩は珍作などではないと信じ込ませようとするものがある。私が持っている毛の詩選集の表紙には称賛の言葉がちりばめられている。〈ロサンジェルス・タイムズ〉紙によれば毛は〝権力と感性を兼ね備えた詩人〟であり、〈ザ・ハドソン・レビュー〉誌にかかれば〝詩の名手〟となる。毛の詩の翻訳を手掛けた詩人のウィリス・バーンストンは〝大詩人〟と表現している。無数の人々に死をもたらした元凶である人物にこれほどの絶賛が寄せられているという事実に、ただただ驚かされるばかりだ。無論、悪人の詠む詩がすべからく悪いものだとはかぎらないのだが……

中国語を解さない人間にとって、毛の詩の出来を云々することは難しい。とは言え、レーニンとスターリンと同様に政治学においては革新派だった毛は、美学においては保守派だったことは誰が見てもわかる。毛の詩には中国の詩の伝統的な様式と構成が用いられ、古典詩の一節を暗示するものや借用も随所に見られる。適切な引用を如才なく盛り込むこと自体が作詩技術であり、毛は長年にわたってこのテクニックを執筆と演説に生かしていた。実際のところ、毛の詩の英訳版は名作とまではいかなくてもなかなかの出来だと言える。毛の詩を読んでいると、まるで運動をしているような気分にさせられる——山々や空、兵士たち、雲、そして自然のイメージが反復され、そのせいで嫌味にならない程度に退屈なものになってしまっている。ありていに言えば、中国の観光地で土産物として売られている風景画の掛け軸の文学版といったところだ。毛の詩について、ある中国語の翻訳者がこんな言い得て妙な言葉を残している。「ヒトラーの絵ほどひどくないが、チャーチルの絵ほどいい出来ではない（チャーチルも絵をたしなんでいた）」

しかしながら、毛の詩が傑作なのか、それともただ〝通ぶっているだけの凡作〟なのかという問題以上に厄介なところは、実は多言語への翻訳を経ても損なわれることのない部分にある。それは度し難いほど大仰で尊大な毛の〝神の視座〟から描かれているところだ。

まずこの詩を読んでいただきたい。

反第一次大『圍剿《いそう》』(一九三一年春)

萬木　霜天に　紅爛漫として、
天兵の怒気　霄漢《しょうかん》を沖《つ》く。
霧は　龍岡《りょうこう》に満ちて　千嶂《せんしょう》暗く、
声を齊《そろえ》て　喚《さけ》ぶ、
前頭《ぜんとう》　捉えたり　張輝瓚《ちょうきさん》をと。
二十萬の軍　重ねて贛《かん》に入れば、
風煙　滾滾《こんこん》として　天の半ばに来る。
工農千百萬を喚起して、
心を同じうして　幹《や》れば、
不周山《ふしゅうざん》下　紅旗　乱《みだ》る。

(蔣介石による第一回大包囲討伐戦への反抗戦。霜の降りた明け方、森の木々は鮮やかな朱に染まっている。天意を受けて賊を討つ正義の兵の怒りは天を衝く。霧は龍岡に満ち、山々は暗い。声をそろえて叫んでいる。前方で敵の司令官の張輝瓚を捕らえた、と。二十万の軍勢がふたたび江西省に入ってきた。霞が風に乗り、空の半ばまで達している。数多くの労働者と農民たちを呼び覚まして、心をひとつにしてやれば、不周山の下に紅旗が乱れ動いている。）

新鮮味にこそ欠けるものの、まずまずの出来の一節から始まり、陳腐な表現をあちこちにちりばめつつ典型的なプロパガンダ的標語で締めくくられる。とは言え、次に紹介する、プロパガンダに始まりプロパガンダに終わる詩よりもましな出来だ。

『長征』（一九三五年十月）

紅軍は　遠征の難《かた》きを怕《おそ》れず、
萬水千山《ばんすいせんざん》も　只《た》だ　等閒《とうかん》。
五嶺　逶迤《いい》として　細浪《さいろう》を騰《お》こし、
烏蒙《うもう》　磅礴《ほうはく》として　泥丸《でいがん》を走らす。
金沙《きんさ》　水拍ち　雲崖《うんがい》　暖かく、
大渡《だいと》　橋　横たわりて　鉄索《てっさく》　寒し。
更に喜ぶ　岷山《びんざん》　千里の雪、
三軍　過ぎたる後　盡《ことごと》く　顔を開《ほころ》ばす。
（紅軍は、困難な遠征を恐れない。多くの山河があろうとも意に介さない。長く連なる五嶺山脈にしてもさざ波程度にしか感じない。烏蒙山は果てしなく広大で、泥団子を転がしたようにごつごつとしている。金沙江の流れは波打って、高い崖は暖かい。大渡河に架かる橋の鉄柵は冷え冷えとしている。さらに喜ばしいことに、岷山に広がる雪原を越えた紅軍の三方面軍の兵士たちは、みな一様に顔をほころばせている）

これもまたひどい仕上がりの詩だが、ここでも毛はまた神の視座を決め込み、自然の脅威を乗り越える勇猛果敢な共産主義者たちの軍勢という威厳に満ちたイメージを作り上げる。たしかにこれは詩なのかもしれないが、それでもやはりプロパガンダなのだ。

次に紹介する短い詩は多少人間味があるが、それでもやはり聖人伝のような静謐《せいひつ》さがある。

『女民兵の為に　照《しゃしん》に題す』（一九六一年二月）

颯爽たる英姿　五尺の槍《つつ》、
曙光《しょこう》　初めて照らす　演兵場。
中華の児女《じじょ》は　奇志《きし》多く、
紅装を愛さず　武装を愛す。

（女性民兵の写真に題して。颯爽とした勇ましい姿で五尺の銃を担ぎ、朝日に照らされた練兵場に立っている。中国の息子と娘たちは殊勝な志《こころざし》を抱く者が多く、美しい装いではなく武装を愛する）

毛の神の視座は、詩ののんびりとした制作ペースにも反映されているようだ。彼は生涯を通じて詩を詠んできたが、その選集が出版されたのは文化大革命の口火が切られようとしていた一九六五年のことだった。中国の歴代皇帝は詩をたしなんでいたが、毛も二十世紀の最も過激な個人崇拝の対象となる直前に、先人たちと同様に自分も詩作の実践者であることを詩選集の刊行というかたちで表明したのだった。

それでも毛は、その気になればそれほど大仰ではない詩を詠むこともできた。『献給楊開慧（楊開《ようかい》慧《けい》に献ぐ）』（一九五八年七月）では、国民党に捕らえられて殺された二番目の妻のことを偲んで「我は驕《ほこら》かな楊を失い（私は誇らかな妻の楊開慧を失ってしまった）」と詠み、悲しみに暮れている。本当に優れた詩なのかもしれないが、中国語を話さない私には判断しかねる。それでも毛一個人の感情の色合いが濃い詩だということぐらいはわかる。それでもやはり、そこそこの出来のいい詩が多少あるという程度で毛を偉大な詩人とするには無理がある。人生は短く、しかも毛よりはるかに優れた詩人なら大勢いるのだから、そちらを読むべきだろう。

毛沢東は何千万もの人々に無意味な死をもたらしたが、そのわりには高い名声を保ちつづけている。毛の犯した罪は、彼以外の二十世紀の独裁者たちの残虐行為の陰にすっかり隠れてしまっているのだ。歴史学の世界では、毛の業績を〝別の角度から〟把握しようとする学者は珍しくない。彼らは、中華人民共和国の建国という偉業に比べたら六千万人程度の民間人の犠牲など大したことはないとでも言いたげだ。二〇〇二年にはアメリカの出版社〈シタデル・プレス〉が、カール・ユングやアブラハム・リンカーンや仏陀といった世界の偉人に眼を向けたシリーズのひとつとして『毛沢東の叡智』という本を世に出した。

毛は優れた頭脳も洞察力も抜け目のなさも持ち合わせていた。しかし叡智となるとどうだろうか？これは少々無理があると思う。たしかに毛が掲げた数々のスローガンには人の心を捉えるものがあり、英語圏で普通に使われているものすらある。哲学に手を出したことも〝鬼才の共産主義者〟という名声の確立に役立ったのだろうが、それは虚像にしか過ぎない。

毛の真の強みはそのプラグマティズムにあった。中国の革命には農民の決起が必要不可欠だということをいち早く理解し、一九四〇年の『新民主主義論』では〝民主的諸階級の連合国家〟を目指すという革命の指針を示している（結局、共産党の一党独裁となったが）。しかし毛が真に優れ、ほかの独裁者たちよりも確実に勝っていた点は、ゲリラ戦術の何たるかを理解していたところだろう。結局のところ毛の思想を本当に必要としていたのは、何十年にもわたって反乱を企てている発展途上国の急進派であって、ちんけな知的興奮を求める先進国の亡命思想家ではないのだ。

『小さな火花も広野を焼きつくす』で提示したゲリラ戦術の四つの行動指針を、毛は『中国革命戦争の戦略問題』（一九三六年）や『持久戦論』（一九三八年）といった軍事関連の論文で具体的に説明し、発展させていく。毛が主張した中国の現状に合わせたマルクス主義、つまり中国流マルクス主義は、皮肉なことに世界中で受けた。世界各地の植民地や半植民地的もしくは封建主義的な国家の革命家たちは毛の教えに学び、永遠に続くかと思われるような闘争に農民たちを引き入れていった。

毛は戦い方と勝ち方の要点を詳細に説明する。彼は早い段階での勝利を安請け合いせず、革命を成し遂げるには時間がかかることを率直に認める。革命勢力は農村地帯に退き、物資と人員の供給を農民たちに頼り、敵に対してはゲリラ戦術による長期戦を敢行する。防御する領域は狭くし、敵への攻撃により多くの戦力を割けるようにする。毛は活動拠点の構築を訴え、戦略的防御・戦略的退却・戦略的反攻を経て、最終的に勝利を収めるという抵抗戦の構想を提示する。そして遂には農民たちも力を増し、都市を包囲し、ブルジョアの帝国主義者たちを息の根を止めて死に至らしめる。ゲリラ戦術を駆使すれば、弱者は強者である敵を混乱させ分散させ屈服させ、弱者にしてしまうことができる。しかるのちに正規戦争に持ち込んで殲滅する。

征服と権力掌握の手だてを語る毛は、折に触れて理論で飾り立てようと試みる。たとえばこんなふうに――「戦争――それは、私有財産が出現し、階級が出現したときから存在し、階級と階級・民族と民族・国家と国家・政治集団と政治集団間の、一定の段階に発達した矛盾をそれによって解決する、最高の闘争形態である」(g) その一方で、毛の軍事論文は具体的な状況の具体的な分析というレーニンが示した原則に基づいて書かれている。これは毛の優れた著書全般に言えることだ。この点こそが、農業人口の多い貧困国で毛沢東主義が花開いた要因だ。毛は叡智を授けることはないのかもしれないが、弱者が強者と戦う方法を示し、都市部のプロレタリア階級をあてにしなくてもいいと言ってくれる。そして自身の経験を通じて希望を与えてくれる。なので、とうの昔に革命闘争をやめてしまった現在の中国には毛に心酔し切っている人間はいない。いるとすれば中国以外で活動している急進的な毛沢東主義者、いわゆる〈マオイスト〉たちだ。インドでは〈ナクサライト〉たちがケーララ州で一九六七年から中央政府に対して武装闘争を展開し、ペルーでアビマエル・グスマン率いる〈センデロ・ルミノソ（輝ける道）〉が長年にわたって破壊工作を続けている。マオイストと政府の闘争が最初に起こったネパールでは、二〇〇八年に〈ネパール共産党統一毛沢東主義派〉が政権を奪取した。

また例によって、恐怖と暴力を用いなければマルクスとエンゲルスの預言にある〝幸福に満ちた新世界〟を確たるものにはできないという話になってしまった。中国では、自由に動けるようになった農民たちは地主たちに襲いかかり、反革命勢力は制圧され、宗教に凝り固まっていると見なされた人々は強制労働キャンプや集団農場で働かされた。新しい中国は、少なくとも二百万から三百万人の命を犠牲にして歩み出したのだ。それでも毛沢東は、党の思想的純潔にばかり眼を配っていた。新しい時代の幕開けからわずか二年後の一九五一年、毛は汚職と浪費と官僚主義に反対する〈三反運動〉を発動する。しかし取り締まらなければならない〝反〟はこの三つだけでないことがわかった。〈三反運動〉は〈五反運動〉に発展し、贈賄と脱税と国家資材の横領と経済情報の窃盗が対象に加えられた。当局による反動主義者と腐敗した官僚への暴行が日常化し、共産党の党員数は増えていった。

ちょうどこの頃、毛は中国人民の精神の〝改良〟に着手した。中国共産党はプロパガンダ文書を使った兵士と農民に対する識字率向上運動を一九三〇年代中頃から展開していたが、党が中国全土を支配すると、この運動をさらに大々的に推し進めることができるようになった。その結果、何億もの人民がマルクス・レーニン主義の名著を読めるようになった。一九五〇年代になると、マルクスとエンゲルスとレーニンとスターリン、そして無数のソ連の著述家たちの膨大な量の著書が国境を越えて中国に流入してきた。一九四九年十月の建国からの六年間で、二千三百点のソ連および帝政ロシア時代の著作物が中国語に翻訳された。そのなかにはチェーホフやロシアン・アヴァンギャルドの詩人ウラジーミル・マヤコフスキーといった古典的な名著も含まれていた。科学や技術の教本といった実用的なものもあった。しかしそれらはすべてモスクワから送られてきたもので、このソ連の首都が新世界の中心であることをことさらに見せつけるためのものだった。毛と中国共産党幹部の著書も読まれてはいたが、それでも毛沢東思想はマルクス・レーニン主義の中心思想を中国の状況に合わせて改良したものであって、ちゃんとした思想体系ではないと見なされていた。

常に毛は、スターリンに対してしかるべき敬意を示すように心がけていた。一方のスターリンは、中国国民党との内戦を繰り広げていたときに自分の指示をしょっちゅう無視していた毛のことを信用していなかった。モスクワから見れば北京ははるか彼方の極東の地にあり、しかも中国人民からの支持も得ていたので、スターリンの監視下で抑圧的な政権を維持していた東欧の衛星国の指導者たちと比べると、毛はかなり自由に振る舞うことができた。とは言え、毛はソ連と中国の力関係をわきまえていて、長幼の序という儒教的な考え方に基づいてスターリンを〝共産主義の父〟として敬ってもいた。中国人民の決起宣言からわずかふた月後に、毛はモスクワを詣でてスターリンの七十一歳の誕生日を祝福した。初めて訪ねてきた毛を、スターリンは自分の右側に座らせた。毛はお世辞で塗り固めた祝辞を述べ、親分の威光にすがる子分ぶりをいかんなく見せつけた。彼はスターリンのことを〝世界中の人民のみならず中国人民の友人であり教師〟であり、〝全世界の共産主義運動に極めて優れた影響力を広範に与えている〟と称賛した。

毛が共産主義世界の至高の著述家に賛辞の言葉を捧げたのは、これが初めてではなかった。しかしモスクワから来た指示を聞き流しても咎められることはないだろうと思った場合、毛はいつもこっそりと無視してきた。そんなこともあって、独裁者文学の二大巨頭の対面にはいささかの緊張感があった。しかもそのほんの一年前、スターリンは中国共産党に国民党と交渉のテーブルに着くよう指示していた。しかし優位な立場にあった毛は蔣介石を打ち負かしてしまった。これは共産主義の勝利を意味するものなのかもしれないが、それでも命令無視には変わりなかった。さらに悪いことに、その一年前の一九四八年にユーゴスラヴィアのチトー元帥と断絶して以来、スターリンは政敵と裏切り者の狩り出しを続けていた。「中国の共産主義は民族主義的であり、毛は民族主義に傾倒している」スターリンはそんなことを言ったという。

命がけのイデオロギー闘争を三十年間生き抜いてきた毛は、このスターリンの言葉が凶兆だということに即座に気づいた。毛は自らの身を守るために、マルクス・レーニン主義の専門家の中国への派遣と、自分の出版実績の分析と自著の検査と編集を要請した。この策は効いた。一九五〇年の初め、パーヴェル・ユージンが新任の大使として北京に赴任した。マルクス主義の〝科学〟を専門とする学者であるユージンは毛の著書をつぶさに調べ、異端の徴《しるし》を探した。その二年後、彼はソ連政治局の会合で毛の著書はイデオロギー的に健全だと報告した。たしかにそのときにはもう問題はなくなっていた――危うい思想的逸脱や辛辣な言葉を削除した改訂版〈毛沢東選集〉の出版が、一九五一年から始まっていたのだ。五三年の時点で第三巻まで出ていた新しい〈毛沢東選集〉は何百万部も売れたが、この年にスターリンが死去し、毛の異端問題はうやむやになってしまった。

それでも一九五六年二月の第二十回党大会でフルシチョフが発したスターリン弾劾の演説に、毛は気を悪くした。ソ連の新たな指導者が自分のことを目下扱いにしたことが気に入らなかっただけではなかった。フルシチョフはそんな演説をすることを毛に知らせなかったし、原稿の写しも渡さなかった（結局、毛は〈ニューヨーク・タイムズ〉紙の記事の中国語訳でこの演説の内容を読まなければならなかった）。毛はこの秘密報告を〝偉大な先人〟に対する不敬行為だと見なしたのだ。この偉大な先人は、異論はさまざまにあるだろうが、やはり共産主義世界の一大巨頭だった。中国では、パレードは常に〈全世界の偉大なる指導者、スターリン同志万歳！〉という言葉で締めくくられていた。フルシチョフはスターリンの個人崇拝を批判したが、毛も自身の個人崇拝を確立させていた。一九四五年以来、毛沢東思想は中国共産党の党規約のなかに恭しく奉られていた。そんな毛の眼から見れば、フルシチョフの批判は微妙な差異を踏まえていないものだった。「問題は、個人崇拝に対する賛否にあるのではない。崇拝される人物が真実を示しているかどうかが問題なのだ。その人物が真実を示しているのであれば、崇拝されるべきだ」毛と党指導部は、〈人民日報〉紙上で発表した個人崇拝についての公式見解でそう述べている。この公式見解は数字の面で見て正確なものだった。「スターリン同志の七十パーセントは共産主義者であり、残りの三十パーセントはそうではない」実に当を得た比率だ。スターリンの著書は中国で出版されつづけ、その肖像画は政府関連の建物に掲げられつづけ、〈スターリン全集〉は書店の棚に並びつづけた——ソ連とその衛星国の書棚と壁から姿を消したときでさえそうだった。それでも中国共産党はフルシチョフの個人崇拝批判にあからさまに動揺し、党規約から毛沢東思想を取り外し、マルクス・レーニン主義と〝集団指導制〟を強調する全般的な表現に置き換えた。

中国とソ連の同盟関係に生じたすれちがいは、徐々に両国の距離を遠いものにしていった。フルシチョフはレーニンを崇敬し、その著書を国家理念の中心に据えていたが、彼の描く社会主義の楽園像は、先人たちのものほどには禁欲的ではなかった。フルシチョフは検閲を緩め、矯正労働収容所《グラーグ》に収容されていた政治犯を釈放し、スターリンの全著書が突如として消えてしまったためにできた本棚の隙間を埋めるべく、全五十五巻にもおよぶレーニン全集の刊行を指示した。フルシチョフが夢に描いた未来の共産主義は抽象的なところが少なく、実利に重きを置いていた。ソ連の生活水準をアメリカ以上のレベルにまで引き上げること、それが彼が抱いていた野望だった。そんなフルシチョフが掲げる実利主義に傾いたマルクス主義を毛は軽蔑した。すでに六十歳を過ぎていた毛は、老いてもなお急進派であり続けた。そんな毛の懸念は、中国の状況がずいぶんと楽なものになり、党は肥大化して怠惰になり、人民との乖離《かいり》が生じていることだった。とくに知識層は党に対して不満を抱いていた。毛は彼らの鬱憤を活用する、新たな革命を起こそうと画策する。

一九五六年、毛は中国の古典の言葉を引用し、この国の新時代の幕開けを告げるスローガンを発表した――〈百花斉放百家争鳴（百の花を咲かせ、百の思想を戦わせよ）〉。これからのちは、我が国の知識人たちは自分の思うままに発言せよ。たとえそれが批判であっても。毛はそう宣言したのだ。数年前の〈三反運動〉と〈五反運動〉で何十万もの仲間たちを失ったこともあって、知識層はこの毛の提案になかなか乗ってこなかった。それでも毛はあきらめず、一九五七年二月に『人民内部の矛盾を正しく処理する問題について』という講話を発し、自由に発言しても何も心配することはないと訴えた。スターリンには協力的な批判と反動派の陰謀の区別がつかなかったが、中国ではそんなことにはならない。暴力的な階級闘争は終わった。党ですら過ちを犯すことがあるが、その過ちを正す手立ては開かれた議論しかない。毛はそう呼びかけた。かくして自由思想の蕾《つぼみ》が膨らんでいった。が、それが開いたとき、咲いたのは毛が望んだ花ではなかった。腐敗や党の傲慢ぶりに対する批判までは問題なかった。しかし一党独裁や集団農場制や国家のモスクワ依存や毛への個人崇拝といった、〝神聖にして侵すべからざる〟領域を知識層が攻撃した途端、毛はすぐさま変節した。そして各地の強制労働収容所は〝修正〟が必要な知識人たちで満杯になった。

教養のあるエリートたちに裏切られた思いの毛は、今度は大衆に眼を向ける。マルクス主義にどっぷりと浸る以前の最初期の論文で、毛は意志の力と屈強な体の涵養《かんよう》こそが中国の発展の要《かなめ》だと訴えていた。そこに立ち戻ることにしたのだ。歴史的弁証法については問題ないのだが、マルクスの言う人間が介在しない〈歴史の力〉は、身を粉にして働くことと自己犠牲こそがこの国を未来へ向けて推進させることができるという毛の信念に比べたら二の次になる。一九五八年、毛は〝永続的な革命〟と称し、〝より多く、より早く、より経済的な〟生産を人民に求める〈第二次五カ年計画〉を発動した。〝考えるための勇気があり、行動するための勇気がある〟と毛は言い放ち、〈大躍進〉の時は来たと宣言する。〈より多く、より早く、より経済的な生産活動〉というスローガンが、同年五月の第八回党大会第二回会議で採択された。小規模の集団農場が併合されて〈人民公社〉と呼ばれる巨大農場となった。大衆は毛主席の著書の研究会を立ち上げ、偉大なる指導者の言葉から精神的な支えと指導を得て、工場や道路、橋梁の建設に励んだ。人民たちは突如として創作意欲を見せるようになり、詩を詠んだり論文を書いたりするようになった。国の役人たちは中国全土を巡り、大量に生み出される文芸作品を収集した。時間が限られていたので（毛は十五年でイギリスを追い越すことを求めていた）農民たちは鍋釜や農具などの鉄製品を溶かし、国家が必要とする鉄を供出した。

毛の最も詩的な部分は、おそらく彼が詠んだ詩ではなく〈大躍進政策〉のなかに見いだすことができるのかもしれない——詩というものが感情豊かで情熱的で、途轍もなく饒舌なものだとすればの話だが。この〈大躍進〉時代に毛がこしらえたスローガンの数々にも、彼の詩を仰々しくて無感動なものにしてしまった〝神の視座〟が用いられている。素晴らしい歴史的瞬間を迎えようという呼びかけに応じて前進を続ける中国の人民に対して、毛はまるで自分とは関係ないとでも言わんばかりに高みの見物を決め込み、しかもその行為が〈大躍進〉に巻き込まれてしまった人々にどう思われるかなど意に介さなかった。そして彼は言葉の魔術を戦略兵器にしてしまった。どうやら、本に記された史実をいとも簡単に書き換えてしまったスターリンを見て、言葉には現実世界を簡単に変えてしまう力があると勘ちがいしてしまったと見える。これはもう言語中心主義の暴走だ。毛が夢見るようになったのは〝新生中国〟だけではない。北京に拠点を置く中国共産党を唯一の計画主体として、その指導下で〝永続的幸福の時代〟へとつながる新しい世界を築くことも夢想するようになったのだ。何とも素晴らしい話ではないか。

結局のところ、大躍進政策はまったく計画通りにはいかなかった。鉄製の生活必需品を溶鉱炉に投げ込んでしまった農民たちに残されたものはくず鉄だけで、煮炊きをすることも農作業をすることもままならなかった。ところがこれだけでは済まなかった。毛が言葉の魔術を動物界に使うと、収拾不可能な事態が生じてしまった。毛は蚊とハエとネズミとスズメを〈四害〉と呼び、この四つが中国の躍進の妨げになっていると断じた。そして〈除四害運動〉を発動し、まさしく中国全土を挙げて――五歳児もそのなかに含まれた――駆除せよと命じた。蚊とハエとネズミについては不快で不衛生な存在なので、その駆除に反対する者はほとんどいなかった。スズメについては、人間の糧《かて》となるはずの穀類をついばんでしまうのだから害鳥だとされた。かくしてスズメに対する奇怪な戦争が開始された。農民たちは供出を免れた鍋釜や銅鑼を打ち鳴らしてスズメを追い散らし、子供たちは木に登ってスズメの巣を壊した。この戦争で毛は勝利を収めた。スズメたちは延々と空を飛びまわり、やがて疲れ果てて死んでいった。〈四害〉の根絶は目前だったが、ひとつだけ問題があった。スズメたちがついばんでいたのは穀類ではなく、その穀類を食べる害虫だったのだ。

スズメがいなくなると、害虫たちは我が物顔で穀類を貪《むさぼ》り食った。阻止する手立ては皆無だった。飢えた農民たちは土や昆虫を食べ、人食に走ることもあった。スズメとの戦争の勝利は無に帰した。さらに旱魃《かんばつ》と、国家が指定した生産ノルマが追い討ちをかけ、結局スターリンよりもヒトラーよりも多くの自国民の死者を出してしまった。どう考えても回避できたはずの、四千五百万人もの死だった。

これほどの大惨事を引き起こしても毛はひるむこともなく、神の視座を保ちつづけた。そして臆面もなくこんなことを同志たちに言ってのけた。「充分な食糧がないから人民が餓死するのだ。だったら人民の半分を死に追いやって、残りの半分の腹を満たせばいいではないか」唯々諾々と飢えていく何千万人もの人民の腹を、中国共産党は食糧ではなくスローガンとポスターと愛国歌で満たしていった。党はそうしたプロパガンダを通じて、現在は苦難の時にあるが、偉大なる指導者はその比類なき指導力で最終的な勝利に導いてくれるのだと人民に再認識させた。しかし一九五九年になると、さすがに毛も大躍進政策は奈落の底に飛び降りるに等しい自殺行為だということに気づいた。自らの失敗に衝撃を受けた毛は第一線を退き、国家主席を辞任して後任に劉少奇《りしょうき》を据え、党総書記の鄧小平《とうしょうへい》と共に事態の収拾にあたらせた。同年、フルシチョフによるスターリン弾劾以降蓄積されてきた中ソ間の緊張が遂に弾けた。両国間に不和が生じ、ソ連は核技術を提供するという約束を反故にし、技術者を全員帰国させた。中国にとってはまさしく泣きっ面に蜂だったが、そんな災難続きのなかにあっても朗報もあった――〈毛沢東選集〉の第四巻がようやく世に出たのだ（毛は核兵器のことを〝張り子の虎〟だとして無視していたが、それは核兵器の威力を疑う言葉ではなく、自国民の大量死に対する無頓着ぶりを如実に示す言葉だと見るべきだ。一九五七年、北京を訪れたユーゴスラヴィアの使節に対し、毛は〝広大な国土に膨大な人口を抱える〟中国にとって核兵器は脅威ではないと言い、こう述べた。「核兵器で何千万人もの中国人民が殺されたらどうするんだと訊きたいのかね？　大丈夫だ、それでもまだ大勢残っているから」）。

中ソ対立は中国に試練と解放をもたらした。中国共産党は太い金づるを失いはしたが、全世界の共産主義運動の主導権を巡って、かつての宗主と何はばかることなく争うことができるようになった。とは言え、この戦いは出だしから中国のほうが圧倒的に劣勢だった。世界中の共産主義国家のなかで、中国の側についたのは小国のアルバニアだけだった。

毛の眼には、一九五六年のスターリン弾劾以降のフルシチョフは異端の度合いをさらに増しているように映った。ソ連の指導者は、ブルジョア階級の暴力的打破もプロレタリアート独裁も願っていないように見えた。しかもフルシチョフは、資本主義と共産主義は〝平和共存〟が可能で、戦争は必ずしも社会主義体制の確立の前提条件ではなく、さらには共産主義国家は非共産主義国家と同盟を結ぶことができるとまで公言するようになっていた。こんな状況になっている原因を、毛はソ連という国家が齢《よわい》を重ねるにつれて温和になってきているからだとも、フルシチョフはマルクス・レーニン主義の終末論色の濃い部分を修正して、いつまでたっても預言が成就しない理由を説明しようとしているからだとも思っていなかった——彼の言動は、ブルジョア階級の復活という恐るべき事態がソ連で進行していることを示す証拠にほかならない。葬り去ったはずの過去の邪悪な精神は、実際には共産主義のすぐ外側で手ぐすね引いて待っていたのだ。そしてとうとう大挙して攻撃を仕掛けてきた。毛はそう考えた。

革命の生誕地がブルジョア階級の〝悪の軍団〟の攻撃を受けているのだとしたら、中国を含めた共産主義国家も危ない。毛はその恐怖に怯えた。第一線から退いていた毛は、自らが招いた大躍進政策の破滅的な失敗から国家を立て直そうと奮闘している同志たちに対する疑念を徐々に募らせていった。当初毛は、〈経済調整政策〉という実利的な経済再生政策を推し進める劉少奇と鄧小平らを傍観していたし、一九六一年には自己批判の言葉すら発していた。ところが彼は、自分に何も相談しようとしない新指導部に反感を抱き、やがてかつての自分の政策よりも現実的な〈経済調整政策〉を別の角度から考えるようになった——これはまさしく、中国でもブルジョア階級が復活を遂げようとしている兆候だ。これはもう第一線に復帰するしかない。そう決意した毛は、不気味な口調で〝修正主義者〟がもたらす脅威を語るようになり、階級闘争の再開と、反動的なブルジョア階級を放逐する〝革命のなかの革命〟の必要性を訴えた。

一九六〇年代が進んでいっても、毛は新指導部批判を続けた。一九六五年には、中国を訪れたフランスの文化大臣アンドレ・マルローに毛はこう言った。「革命以前の古い思想、文化、習慣は捨て去らなければならない。そのうえでプロレタリア独裁の中国としての思想、文化、習慣を創造しなければならない」毛は政敵の劉少奇主席の失脚とその著書『共産党員の修養を論ず』の消滅を切望した。『共産党員の修養を論ず』は、一九六二年から六六年のあいだに千五百万部も売れ、同じ時期の毛の全著書の売り上げをしのいでいた。さらに悪いことに〈劉少奇全集〉の出版も企画されていた。毛としては、このライバルの全集の出版は何としてでも阻止しなければならなかった。

〈大躍進〉時代の一九五九年、毛は皇帝に臆することなく諫言した明朝時代の政治家の海瑞《かいずい》を誠実な官吏の誉れだと称賛した。この言葉を受けて、明代史研究者で北京副市長の呉晗《ごがん》はプロパガンダ的メッセージを込めた史劇『海瑞罷官《かいずいひかん》』を書いた。一九六一年に初演された『海瑞罷官』を鑑賞した毛はその出来にいたく満足し、主演俳優を夕食に招き、呉晗に自身のサイン入りの〈毛沢東選集〉第四巻を贈った。

しかし北京副市長の呉晗は、毛が敵視している〝修正主義者〟の指導部とつながりがあった。そして一九六五年になると、毛の四番目の妻で元女優の江青《こうせい》が『海瑞罷官』は毛本人を暗に批判していると言いだした。毛はこのことを利用して復活したブルジョア勢力を攻撃しようと思い立ったが、自らが言葉を使うことを控え、上海の党地区委員会に属する著述家の姚文元《ようぶんげん》に文芸批評を書くよう依頼した。この工作の差配には江青があたった。イデオロギー闘争で政敵の論文を酷評することはスターリンの十八番だったが、毛が使った戦術は非常に強力なものだった。半年をかけて十回の書き直しを繰り返した末に満足のいく批評が仕上がり、一九六五年十一月に上海の〈文匯報《ぶんわいほう》〉紙に掲載された。上海が選ばれたのは、北京の〝修正主義者たち〟によって発行差し止めにされないようにするためだった。この批評のなかで、呉晗はイデオロギー的に許されざる過ちを犯したと断罪された――封建地主階級の海瑞は、その地位があるからこそ度を超えた行為ができたのだ。つまるところブルジョア階級を美化している呉の史劇は、社会主義にとっては〝毒草〟だとされた。

『海瑞罷官』への批判の背後に毛沢東がいることなど夢にも思わない呉晗とその同調者たちは、この記事が北京では読めないように手を打った。しかしここで毛が出てきて批評記事をパンフレットにしてばら撒くと脅すと、彼らは手を引いた。かくして北京市民たちは〈人民日報〉紙に掲載された記事を読み、副市長の反共産党・反中国的姿勢を知ることになった。毛にとっては大満足の結果に終わった。

勢いに乗る毛は、中国の革命運動を内側から弱体化させようとしているブルジョア階級の手先たちに矢継ぎ早に攻撃を仕掛けた。演説で、そして論文で、毛はインテリ層や芸術家、作家、そして党のエリート層をフルシチョフになぞらえ、〝修正主義者〟だと批判した。この時点ですでにフルシチョフは権力の座から引きずり下ろされていたのだが、それでも毛はソ連の新指導部のことを〝小フルシチョフたち〟と嘲った。毛の激しい非難の次なる標的は教師たちだった。大学で、高校で、そして小学校で階級闘争が叫ばれ、毛は学生と生徒たちに〝教師たちを放逐せよ〟と命じた。ますます乗りに乗る毛は中国共産党中央宣伝部を〝地獄の王の魔宮〟だと糾弾し、中央政治局の会合では邪《よこしま》な勢力が政府と軍と文化制度の内部に浸透し、独裁体制を確立させようとしていると断じた。我が国にも〝中国のフルシチョフたち〟が存在する。今こそ彼らに対する〝大々的な作戦〟を敢行しなければならない。毛はそう訴えた。善対悪の一大決戦のお膳立ては整った。自身の革命家としての正しさを固く信じる毛は、この戦いを無傷で切り抜けることができると確信していた。そしてとんでもないことが起こった——

一九六六年五月二十九日、北京の清華大学附属中学校の生徒のなかの過激な一団が〈紅衛兵〉と名乗り、活動を開始した。大多数の急進的な平等主義者たちと同様に、紅衛兵たちも他者の特権に猛烈に異議を唱えた——自分たちの特権は別にして。当初、彼らの暴力はあくまで言葉の上だけにとどめられていた。〈毛沢東思想に逆らう者は、何人《なんぴと》であろうともすべからく粉砕せよ！〉誰かがそんなポスターを学校の壁に貼り出した。毛沢東との面会を果たした紅衛兵たちが自分たちの〝アジ文〟に対する感想を尋ねたとき、毛は大いに喜んだ。七十二歳の中国の最高指導者は思春期の急進派たちを公《おおやけ》の場で称賛し、彼らに〝反動主義者に反抗する権利〟を与えた。毛の承認を得た紅衛兵運動は急速に広まっていった。ニキビ面のティーンエイジャーたちは大人による支配を拒絶し、教師たちに刃向かった。少年少女たちは〈造反有理〉を叫んだ。このスローガンは一九三九年の『延安でのスターリン誕生祝賀会での講話』のなかの一節「マルクス主義の道理は数限りなくあるが、とどのつまりはこの一言〈叛逆には道理がある〉になる」という言葉に由来する。しかしこの講話で毛は共産主義にヒエラルキーが存在することを受け容れ、その頂点に立つスターリンに対する忠誠心を必死になって示そうとしている。皮肉なことに、そこには紅衛兵たちが唱える不服従の精神は一切見られない。

若者たちからの支持を得てさらに勢いづく毛は、党のエリートたちに対する言葉の攻撃を続行する。党大会で同志たちを〝牛鬼蛇神《ぎゅうきじゃしん》（妖怪変化《へんげ》）〟と罵り、『司令部を砲撃せよ――私の大字報（壁新聞）』を発表し、中国の〈プロレタリア文化大革命〉を定義する十六箇条を示した。毛の言葉は中国全土に飛び、紅衛兵たちが革命の前衛として決起した。党の思想面のトップだった陳伯達《ちんはくたつ》の求めに応じて、若者たちは指導者を支援するべく北京に大挙して押し寄せた。一九六六年八月十八日、中国共産党第八期中央委員会第十一回全体会議（第八期十一中全会）を終えた毛は公衆の前に姿を現した。若者たちの熱狂ぶりは、ニュルンベルクのナチス党大会や当時熱狂的な人気を誇っていたビートルズのコンサートもかくやというものだった（偶然にもこの日、ビートルズはボストン公演を行っている）。

人民服に身を包み、赤い腕章をつけた毛は、時折腕を上げて歓呼に応じるだけでほとんど動かず、言葉ひとつ発しなかった。ただそこに立っているだけで充分だった。若者たちは泣き、歓声を上げ、踊り、革命歌を合唱した。その手に彼らが最も愛する本であるポケット版の『毛主席語録』を握り、宙に振っていた。この語録は主席の最大のヒット作としてすでに伝説と化していた。

こうした〈大検閲〉と呼ばれる大集会はこの年の十一月までのあいだに七回開かれ、千二百万の紅衛兵たちの前に彼らの神が降臨した。ロシア革命のまずかったところは、レーニンは生きているあいだにあまり大衆の面前に姿を見せなかったことにあると毛は考えていた。この問題を毛は中国で解決したのだ。それ以上に重要なことは、毛の支援を得た中国の若者たちは、自らが革命の英雄となって戦う機会を得たということだった。彼らの親たちの革命は失敗に終わった。次は若者たちが毛主席を支援して革命を続行し、革命の内側で革命を敢行し、革命を純化させ、再生させるのだ。若者たちは大丈夫だ。彼らは偉大なる操舵手である自分の拳となり、人民を害する古い思想と古い文化と古い風俗と古い習慣を打破するだろう（破四旧）。毛はそう考えていた。

八月の最初の〈大検閲〉の直後から〈文化浄化〉が始まった。紅衛兵たちは北京の十万戸以上の家々を襲撃して家捜しし、本と絵画を焼き、彫像を打ち壊し、宗教書や古い文化を示すものを手当たり次第に破壊した。若者たちの革命は九月に入ると中国全土に飛び火し、国内の交通手段と通信手段は紅衛兵たちが掌握した。若者たちの群れは記念碑を倒し、寺院を焼き払い、図書館の蔵書を焚書にするか盗むかし、美術館と博物館の蔵品を略奪し、文化工芸品を破壊し、孔子を含めた過去の思想家たちの墓を辱めた。ソ連の書物やチェスのセット（過度にソ連的だとされた）や金魚や鳴き合わせのウグイスなども、中国の幸福の妨げになるとして標的にされた。紅衛兵たちは検問所を設け、通行する人々を尋問して、毛主席の言葉を知っているかどうか暴きだした。彼らは革命にふさわしい厳格な道徳を人民に押しつけ、過度にブルジョア的な髪形だったり香水をつけすぎていたり華美な靴を履いていたりする女性たちに暴力を振るった。毛の子飼いの若い闘犬たちは、街場の文化にも容赦なく襲いかかった。居酒屋から人形劇に至るまで、庶民のささやかな娯楽は有害なものとして排除された。

暴力好きの毛はこの混乱に狂喜し、こう言った。「反乱を望む若者たちを、我々は支援しなければならない」因習打破の破壊活動に嬉々として励んでいたのは、初めのうちこそ特権的な学校の学生や生徒たちだけだったが、やがてこの熱狂は労働者と農民たちにも伝染していった。上海では、労働者たちの一団が紅衛兵たちと一緒になって乱暴狼藉を働いた。十二月二十五日には北京の抗議活動で国務院（最高行政機関、つまり内閣）労働部が業務停止に追い込まれた。その翌日、毛は自身の七十三歳の誕生日の祝賀会で〝全国的、全面的な内戦の展開のために〟と乾杯の音頭をとった。紅衛兵たちは敵である〝修正主義者たち〟を追いまわし、かつての革命の英雄たちとその家族のことを〝走資派〟だと喧伝した。

事態はたちどころに手に負えないものになってしまった。〝毛沢東教〟は無数のセクトに分裂し、反目し合うようになった。湖北省と湖南省と広西チワン族自治区、そして北京市と広東市と上海市で、合わせて千四百十七もの〈造反有理〉に情熱を注ぐグループが存在し、それぞれが敵対し小競り合いを繰り返していた。守旧的な〈実権派〉と急進的な〈文革派〉との戦いが白熱し、拷問や殺人、そして吊るし上げなどの公衆の面前での侮辱へと発展していくと、各地の実力者たちは自前の紅衛兵を組織して自衛に走った。一九六七年一月に上海市政府が倒されて急進的な〈上海人民公社（コミューン）〉が立ち上げられた。蜂起を容認していた毛は大いに喜んだが、じきに〈上海コミューン〉は極端すぎると考えるようになり、紅衛兵と軍部と党の三者からなる〈革命委員会〉による地方統治を求めた。しかし夏になると毛は〈実権派〉が優勢だと感じ、「左派を武装せよ」と呼びかけた。が、その先には誰にでも予想できた結末が待ち受けていた――さらに多くの血が流されただけだった。結局のところ、若者たちは全然大丈夫ではなかった。武器の扱い方の訓練を受けた若者たちは互いに銃を撃ち合い、刃を交えた。都会からやってきた若者たちが持ち込んだとみられる感染症が農村部に蔓延し、農民たちも狼藉を続けた。この夏の殺戮で百五十万人が死亡したと言われる。

「若者は容易に騙される。なぜなら、すぐに信じるからだ」これはアリストテレスの言葉だ。欧米のベビーブーマー世代は若かりし頃の公民権運動に対して懐古の情を抱き、美化しているので、若者たちの反乱はどこで起きようが必ず穏やかで節操があるものだと信じ込んでいる。それにしてもこのアリストテレスの言葉はあまりにも寛容に過ぎる。若者たちが騙されやすいのは、彼らが尊大で物事を客観視する力をまったく欠き、それでいて自分の判断に根拠のない自信を抱いているからでもあるのだ。そしてオルダス・ハクスリーのこの言葉も忘れてはならない。

何らかの大義のための聖戦を確実に成功させたいのであれば、その聖戦に加われば誰かを傷つけることができると言えばいい。自分たちの悪行を〝義憤〟で正当化し、良心を保ったまま破壊や悪行に走ることができるのだ。これこそ精神の贅沢の極みであり、道徳というご馳走のなかで最も美味なものなのだ。

しかしながら、〈文化大革命〉はこうした破壊や殺戮のことばかりを指すものではない。すでに一九六五年のアンドレ・マルローとの会談のなかで、毛は中国には新しい文化が必要だと述べている。さらにその二年前の杭州市での党の会合で、毛は言葉には事実を明確にし制御する力があるとする従来の考え方を再認識している。「正しい認識があれば国家は繁栄する。誤った認識であれば国家は没落する。正しい認識とは精神から物質への変換である」

言葉の純化活動はどの文化でも起こっている現象だ。しかし中国の紅衛兵たちによる活動は自分たちの〝信仰〟にさらに深く根ざしたもので、形式的な決まり文句と改名を強いるというかたちで遂行された。古いものは新たに聖別され、革命の時代に合うように再生された。商店や学校や新聞、そして町や通りには時代の風潮に合うように新しい名前が与えられた。北京の〈藍天（青空）〉という仕立て屋は〈衛東（東方の防衛）〉となり、国家の敵であるアメリカの団体が設立した医学校〈北京協和医学院〉は〈反帝病院（反帝国主義病院）〉となった。相手を揶揄したかったのだろうが、結局センスのない名前が付けられることもあった――ソ連大使館に面する通りは、突如として〈反修正主義者通り〉となった。言葉の純化活動は人間にも及び、生まれた子供にも〈紅英（赤い英雄）〉や〈学農（農民に学ぶ）〉や〈紅守（赤を守る）〉といった名前が授けられた。

それでも改名運動はまだましなほうだった。一九六三年、毛は〝皇帝と王と宰相と乙女と美女〟しか登場しない中国の演劇に不満を覚えた。そこで妻の江青に、過去の時代遅れの文化の代わりとなる革命中国の新しい芸術の創造という、改名運動よりもさらに壮大な事業をやらせることにした。元女優の江青は、芸術を表現者と政治家の両方の視点から理解していた。そして江青に与えられたこの大役は、おそらく毛夫妻の平和を保つことにも役立った――この重要な革命事業の責任者が自分の妻でなければ、毛は魅力的な女優たちにあっさりと夢中になってしまっただろう。江青は正しい思想を持つ芸術家集団を率い、革命の模範となる劇を八作、歌劇を五作、バレエを二作、そして交響曲を一作発表し、五千年の歴史を持つ芸術の代わりに大衆に鑑賞させた。しかし江青たちはすぐにネタ切れになってしまった。量的に圧倒的に少ない聖なる作品群は中国全土でうんざりするほど上演され、映画やラジオやテレビでもうんざりするほど流された。

文学については、紅衛兵たちが古い書物を焚書にしてしまい、新たに出版される本にしても題名に

〈毛〉という字が登場するものばかりとなった。文化大革命期の中国文学は窒息状態にあり、百篇ほどの小説しか発表されなかったが、それでも『水滸伝』の再版や毛の詩選集を読むことはできた。その百篇の小説にしても毛の著書の面影が見られるものばかりだった。とにかく毛の著書が最高の本だとされていた。眼を光らせる対象が少ないので検閲官たちは暇になった。愛書家である毛の膨大な古典の蔵書は当然ながら焼かれることはなかった。革命の精神の高潔さにおいては絶大なる自信を持っていた毛は、自分に害を及ぼすかもしれない不適切な言葉を恐れなかった。

文化大革命の間に出版された百篇の小説も、結局のところ権勢を取り戻した毛沢東の威光から生み出されたものだった。重要なのは毛の著書だけだった。その重要な毛の作品のなかで、最も崇め奉られている本があった——

一九五九年、国防部長の彭徳懐《ほうとくかい》は大躍進政策の行き過ぎを批判した。最高指導者への直接批判こそなかったものの、それでも毛は激怒し、彭徳懐を解任した。その後釜に据えられたのは、かつて『小さな火花も広野を焼きつくす』という手紙を毛からもらった林彪だった。

林彪は毛に忠誠を尽くしていたが、自前の理論を生み出すことに興味がなかった。彼の好きな格言は短く簡潔で覚えやすく、理解しやすいものばかりだった。そうした格言を彼は単語帳のようなものに書き留めていた。中国人民解放軍の兵士たちは、毛主席の聖典を熟読できるはずがないとされながらも、革命の中心理念と重要な言葉を覚えることを一兵卒に至るまで求められていた。そんな兵士たちのことを、自分も難解な理論が書かれた長大な本を読むことが嫌いな林彪は気の毒に思っていた。格言を書き留めた単語帳にヒントを得た彼は、一九六一年に軍の機関紙〈解放軍報〉に毛の言葉を毎日ひとつ載せるように指示した。ほかの記事よりも目立つように赤いインクで印刷された毛の〝格言〟を、兵士たちは軍に配属された政治委員たちの警戒怠りない指導の下で頭に叩き込み、そして実践した。

林彪は軍における思想教育の必要性をしっかりと理解していたのだ。そしてこの策は見事に功を奏した。兵たちは〈解放軍報〉の毛主席の言葉を切り抜いてノートに貼り、自前の格言集を作るようになった。格言集作りの作業は人民解放軍政治部に集約され、一九六四年一月に選りすぐりの名言を載せた選集が出版された。この第一版は毛の著書や演説から二百の言葉を抜粋し、それを二十三項目に分類したものだった。が、収録される格言はすぐに増え、早くも五月には全三十項目、三百二十六の言葉が収められた増補版が出た。これもまた軍に向けたもので、ふたつの版があった。ひとつは一般兵士用の白い表紙のもので、もうひとつは赤い表紙の幹部用のものだった。翌六五年の八月に出た第三版は軍服のポケットに収まるサイズになり、すべてに赤いビニール製のカバーが掛けられた。この赤いカバーはたちまちのうちにこの本の内容を象徴する顔となったが、本来は水に濡れないようにするためという実用的な目的からつけられたものだった。

最終的に三十三項目に分けられた全四百二十七の毛の言葉を収録した〝究極版〟は毛沢東の最大のヒット作となり、軍でも民間でも大成功を収めた。一九四九年の建国から散々浴びてきた毛の言葉の数々を簡単に参照できる本を、軍人のみならず一般人民も心から求めていたが、そうした言葉は長大な〈毛沢東選集〉と無数のパンフレットのなかにちりばめられていた。林彪はそのニーズを完璧に満たしたのだ。一九六六年六月、国務院文化部はこの年の年末までに二百万部を印刷しなければならないと発表した。毛主席の言葉は中国の出版産業の資源の大半を食い尽くし、紙不足を招いた。最終的にすべての必要な資材が集約された。何よりも大切だったのは言葉だった。海外では〈小さな赤い本〉、中国内では〈紅宝書〉とも呼ばれる『毛主席語録』は、このようにして誕生した。

前書きで林彪は堂々と主張する。

> 毛沢東思想は広範な大衆によって把握されると、つきることのない力に変わり、比べるもののない威力をもつ精神的原子爆弾に変わる。『毛主席語録』の大量出版は広範な大衆が毛沢東思想を掌握し、わが国人民の思想の革命化を推進することにとって、きわめて重要な措置である。(g)

〝精神的原子爆弾〟という言葉は大戦前のヒトラーやスターリンもかくやという、思わず笑ってしまいそうなほど盛りに盛った表現なのだが、実際にはそうした見かけ以上の意味が込められている。林彪のこの言葉が世に出る二年前の一九六四年十月、中国は南西部の新疆《しんきょう》ウイグル自治区で初の核実験に成功した。ソ連の技術支援を受けずに自力で開発した中国の原子爆弾は、奇しくもモスクワのフルシチョフが権力の座から転落したタイミングで砂漠の大空にキノコ雲を立ち上らせた。原子爆弾は国家の威信の象徴であり、共産主義世界の覇権をソ連と争えるだけの力が中国にあることを示す証《あか》しでもあった。そんな原子爆弾と同等の、世界のパワーバランスを変えるだけの力が『毛主席語録』という言葉の兵器にはあった。

独裁をほしいままにしてきた毛沢東も今や老いさらばえ歯も萎え、往時の勢いは見る影もなくなってしまった。そんな毛は自分の語録の第三版を大いに気に入り、『論語』と『老子』と同じように新たな文明を築き上げる歴史的名著だと自画自賛した。とは言え、この語録は目次からして非常に長ったらしく、内容にしても一般的なものではない。むしろ目次の順番を見れば、この本が元々兵士のために制作されたものであることがよくわかる。最初の何章かこそは共産主義の何たるかを語ってはいるが、多くのページは軍事的なことと党関連のことに費やされ、最後のほうでようやく〈青年〉や〈婦人〉や〈文化・芸術〉といったテーマがお情け程度に付け加えられている。

こうした内容の偏りはページを読み進めるうちにさらにはっきりしてくる。あのスターリンでさえ、『レーニン主義の基礎』でソ連の公式イデオロギーについての自分の解釈を述べるときには心を配っている。レーニンの言葉をむやみやたらと引用するばかりではなく、その言葉の前後の文脈をちゃんと解説しているのだが、残念ながら『毛主席語録』にはそんな配慮はなされていない。その理由は、そもそもこの本は兵士たちが常時携行し、党の公式見解を頭に叩き込むために作られたものだからだ。自分が読んでいる本の内容を自分なりに解釈することなど、無教養な兵士たちにはとてもではないが無理な相談だ。しかしひとたび軍の外側に出た途端、『毛主席語録』は文脈から切り離されてばらばらにされた山のような引用がくどくどと繰り返される、退屈極まりない陳腐な本となってしまった。

退屈極まりない陳腐な内容とはいえども、この本にもいいところがないわけではない。『湖南省農民運動の視察報告』の〈革命は、客をごちそうに招くことではない〉といった、毛の珠玉の名言もいくつか収録されている。しかしそうしたわずかばかりの読みどころは別として、『毛主席語録』は全体的に平板だ。スターリンの疑り深い眼を逸らすために危うい思想的逸脱や辛辣な言葉を削除した

〈毛沢東選集〉の改訂版をもとにしているので、〝地獄の王の魔宮〟であるとか〝悪魔〟であるといった、ある意味生き生きとした言葉は一切なく、凡庸ではあるがプロパガンダ文書や論文などよりも鑑賞に堪えうる詩も載っていない。共産主義のふたりの独裁者が一九一七年以来書き綴り世に出してきた、古色蒼然としたマルクス・レーニン主義の決まり文句が並んでいるのだ。

全世界の人民は団結してアメリカ侵略者およびそのすべての走狗を敗北せしめよ！　全世界の人民が勇気をもち、敢然と戦い、困難をおそれず、あとをたやさず前進するならば、全世界はかならず人民のものだ。すべての悪魔どもはどれもこれも消滅されるのだ。〈アメリカの侵略に反対するコンゴ（レオポルドビル）人民を支持する声明（一九六四年十一月二十八日）〉(g)

陳腐な表現と平凡な言葉を交互に交えた、こんな無表情な名言もある。

財政支出は、節約の方針にもとづかねばならない。政府の工作員全体に、汚職と浪費が重大な犯罪であることをはっきり理解させなければならない。汚職と浪費に対する闘争は、従来いくらかの成績をあげたが、今後も、さらに力をいれる必要がある。戦争と革命事業のために、われわれの経済建設のために、銅貨一枚でも節約することが、われわれの会計制度の原則である。〈われわれの経済政策（一九三四年一月二十三日）〉(g)

演説の締めくくりの部分だけを切り取った言葉と同様に、毛の〝代表作〟の要所もこの本の随所にちりばめられている。たとえば『当面の情勢とわれわれの任務』のなかの結論めいた部分が五カ所も登場するが、その結論に至った根拠については一切言及されていない。つまり重要なのは、毛の思想を理解することではなく、正しい言葉を命じられたとおりに諳んじてみせることなのだ。同じ論文からさまざまな格言が引用される例も多い。引用元は『実践論』と『矛盾論』が多い。このふたつの論文を何とか我慢して読み通してもその内容はろくすっぽ頭に入ってこないのだから、そのなかの一部を前後の文脈から切り離して読んでも、やはりさっぱり意味がわからない。国家のためのつらい訓練や仕事からへとへとになって戻ってきた人民解放軍の兵士や人民公社の労働者たちが、言葉のなれの果てを寄せ集めた『矛盾論』から抜き出した、こんな食欲を萎えさせるような一節から多くを学ぶことができるとは到底思えないのだが……

異なる矛盾は、異なる質の方法でしか解決できない。たとえば、プロレタリア階級とブルジョア階級の矛盾は、社会主義革命の方法によって解決する。人民大衆と封建制度との矛盾は、民主主義革命の方法によって解決する。植民地と帝国主義との矛盾は、民族革命戦争の方法によって解決する。社会主義社会における労働者階級と農民階級との矛盾は、農業集団化と農業機械化の方法によって解決する。共産党内の矛盾は、批判と自己批判の方法によって解決する。社会と自然との矛盾は、生産力を発展させる方法によって解決する。……異なる方法によって異なる矛盾を解決すること。これはマルクス・レーニン主義者が厳格に遵守すべき原則である。〈『矛盾論』一九三七年八月〉(g)

『毛主席語録』のいいところと言えば、勤勉と自己犠牲と帝国主義への憎悪、そして節約と禁欲と毛および中国共産党に対する忠誠の大切さといった実用的なテーマを、難解な毛沢東思想から抜き出して並べ立てているところぐらいだろう。出来という点から見ればとにかくぱっとしないのだが、文学形式という点から見ても型にはまり切っている。『論語』の昔から、中国では引用集が道徳や宗教のガイドブック的な役割を果たしてきた。この〈語録〉という古代から連綿と続く中国文学の伝統を、『毛主席語録』は何の手を加えることもなく、そっくりそのまま受け継いでいる。内容も駄目で、ジャンルとしても手垢がつきまくった毛の本は、それでも売れに売れまくった。驚異的な売り上げの理由は、毛が中国の実権を握っていたからだけではない。その毛に忠誠を誓う紅衛兵たちが中国の文化を荒廃させ、『毛主席語録』のライバルとなるものを一掃してしまったからでもあった。中国が長い歴史をかけて育んできた制度や文化を、毛は信じがたいほど初心《うぶ》で騙されやすい若者たちをけしかけて攻撃させ、そこに生じた真空状態を自分の神聖なイメージと言葉だけで満たしたのだ。

大海を満たすほどのインクと、山ほどにも積み重ねられた紙と、湖をつくれるほどの赤いビニールが、後光を放つ神である毛沢東に捧げられた。一九六〇年代が終わりを告げる頃には十億部もの『毛主席語録』が世に出まわった。それだけではない。この本以外の毛の著書とパンフレットも、一九四九年から六五年のあいだに七億八千三百万部も印刷された。文革期の中国の人口は約七億五千万だったが、もちろんそこには赤ん坊と、本と言えば日中戦争を舞台にしたプロパガンダ漫画ぐらいしか読むことができない小児たちも含まれる。とんでもないほど供給過多だったのはまちがいない。大躍進政策の犠牲となった無数の人々が毛の本を読む気満々で墓場から這い出てきたとしても、それでもまだ数百万部は余る計算になる。

毛の言葉は赤いビニールカバーのあいだから飛び出し、本以外のメディアに乗って現実世界の各所にガン細胞のように転移していった。ポスターとして民家の壁に貼り出されたり、看板として街角や公園で掲げられたり、プレートとして熱狂的な紅衛兵たちによって車や列車や自転車に取り付けられたりした。本から切り離された毛の言葉は勇ましい音楽に乗せられて放送電波に侵入し、歌となって中国全土のラジオからがなり立てた。毛がまだ〈大検閲〉を繰り広げていた一九六六年九月三十日に最初の十曲が登場した。西側の反抗的な若者たちがローリング・ストーンズの『夜をぶっとばせ』をがんがん流して親たちを悩ませていた頃、彼らの中国の同志たちは『われわれの事業を指導する核心の力は中国共産党である』や『文学と芸術を強力な武器として敵を殲滅せよ』といった歌に熱中していた。毛の言葉を歌詞に引用した歌は三百六十五曲もつくられた。毛主席の詩も歌舞謡曲に使われた。

こうしたものはちゃんと認可を受けたものだけでなく、地方では海賊版『毛主席語録』が何百種類も流通していた。そして海外でも出版されるようになった。世界革命におけるソ連の影響力を吹き飛ばすべく、中国政府は世界各地に〝精神的原子爆弾〟を投下した。『毛主席語録』の海外進出は一九六六年から始まり、翌六七年五月の時点で十四の言語で八十万部が印刷された。この数字は飛躍的に伸び、一九七一年には三十六言語、一億一千部になる。海外版『毛主席語録』に心を摑まれたのは発展途上国の革命家やパリやバークレーの大学キャンパスの過激な若者たちばかりではなかった。ジャン・ポール・サルトルやミシェル・フーコー、そして女優のシャーリー・マクレーンといった分別があるはずの大人たちも虜《とりこ》にした。サルトルはパリの街角でこの本を手売りし、マクレーンは一九七二年の中国旅行は〝人生を一変させた〟と自伝で述べている。『毛主席語録』が売れれば売れるほど毛は裕福になっていった。ヒトラーと同様に彼も印税を懐に入れていたのだ。中国の文芸雑誌の二〇〇七年の記事によれば、毛は一九六七年だけで中国語と英語とロシア語とフランス語と日本語のバージョンを合わせて五百七十万元（七十八万ドル）の印税を稼いだという。

が、いいことばかりではなかった。毛の若い信奉者たちがこの聖典を開いて導きを得ようとしても、指導者の言葉を正しく理解するよう指導してくれる、この本をしっかりとマスターした政治委員はいなかった。その結果、毛の言葉からたったひとつではなく複数の真実が見いだされ、それぞれの解釈の正当性を巡って紅衛兵たちは派閥を作り、苛烈なイデオロギー闘争を展開した。

この解釈の混乱を毛主席は快く思わなかった。そして葬り去ったはずの自分の言葉を紅衛兵たちが勝手に編纂して出版するようになると、ますます機嫌を悪くした。彼らは襲撃した〝修正主義者〟の党のエリートの家で、改訂される以前の毛の著書を発見したのだ。〝失われた福音書〟は、さまざまな毛の存在を明らかにした――粗野で泥臭く急進的な、マルクス主義者ではない毛を。現人神である毛の隠された言葉の顕現は、聖典と慎重に築き上げてきた毛沢東像の存在を危うくするものだった。毛の手に負えなくなってしまったのは『毛主席語録』だけではなかった。存命中の人物に対する偶像崇拝を禁じる党の方針が、紅衛兵たちが勝手に毛の記念像を建てるようになったことで崩れてしまったのだ。一九六七年五月に清華大学の学生たちが大学構内に毛の大きな全身像を置くと、派閥間で毛の彫像の設置合戦が起こった。

〝修正主義者たち〟はひとりまたひとりと倒され、毛の最大の敵だった劉少奇も一九六七年に自宅に軟禁された（そして一九六九年に幽閉先で亡くなった）。それでも紅衛兵たちの怒りは鎮まらなかった。こんな大虐殺を永遠に続けるわけにはいかないことは毛にもわかっていた。虐殺された死骸が海に棄てられ、イギリス領の香港に流れ着くと、毛は当惑した。毛の熱狂的な信者たちが北京にあるイギリスの代理大使館事務所を焼き討ちにすると、さらに当惑した。六七年十月、毛はいくらかの秩序回復を図ることにし、若者たちに学校に戻るように命じた。それでも革命の熾火《おきび》は一年以上もくすぶり続けた。そして〈革命委員会〉の設立を再度命じ、旧来の官僚たちに代わって地方自治を任せた。

混乱を制御するべく毛は奮闘したが、紅衛兵の派閥闘争は一九六八年に入っても続き、毛の若い弟と妹たちは互いに傷つけ合い、殺し合った。戦えと言われたから戦いつづけた彼らは、今になって戦いの停止を求めているのは毛ではなく反動主義者だと思い込んでいた。若者たちはますます過激化し、自分たちの革命を続けた。一九六八年七月、毛は北京の工場の〈毛沢東思想宣伝隊〉を市内の各大学に派遣した。調停役を買って出た思想教育者たちに、紅衛兵たちは暴力で応じた。ある学校では思想宣伝隊に石を投げつけ、五人を射殺してしまった。毛は激怒し、紅衛兵のリーダーを呼びつけ、彼らが攻撃した思想宣伝隊を送り込んだのは自分だと告げた。その後人民解放軍が大学構内に進駐し、秩序を回復させた。何百万人もの紅衛兵たちは〈上山下郷《じょうさんかきょう》運動（下放《かほう》運動とも呼ばれた）〉の一環として、遠く離れた地で農作業や工場での重労働を課せられた。彼らの多くは都市《まち》に戻ることはなかったが、追放よりも過酷な運命を課せられた者たちもいた。毛の弾圧プログラムには〈階級浄化〉もあり、これがさらなる暴力と迫害と大量殺戮を呼んだ。

毛沢東の直接指示による若者たちの革命が突きつけた矛盾は、弾圧と追放だけでは解消されなかった。大躍進政策の失敗が明らかになったとき、中国共産党は毛への個人崇拝を声高に叫んで理想と現実の乖離をかき消した。紅衛兵たちが引き起こした混乱の収拾にも同じ手段が取られたが、今回はさらに極端なものとなった。秩序の回復のために軍を投入したばかりか、〝精神的原子爆弾〟の権威をあらためて強調したのだ。『毛主席語録』を解釈の混乱のなかから回収するべく、ただひとつの統一解釈を示し、人民解放軍を使って全人民にその解釈を押しつけた。人民解放軍は人々に毛主席の言葉の本当の意味を教える〝偉大な教師〟となった。そして何百万もの人々が、張り詰めた空気に包まれた毛の言葉の勉強会に毎日参加するように義務付けられることになった。この勉強会の目的は中国人民の毛沢東思想に対する意識を促進することではなく、彼らの現人神への傾倒の度合いを深めることにあった。一九六八年、党は〈三つの忠誠〉運動を発動した。三つの忠誠とは――

一　毛主席に忠誠
二　毛主席の思想に忠誠
三　毛主席の革命路線に忠誠

のことであり、ここに〈四つの無限〉が加えられた――

一　毛主席に無限の忠誠を誓い

二　毛主席を無限に熱愛し
三　毛主席を無限に信仰し
四　毛主席を無限に崇拝する

二年にわたって続いたとされる文化大革命が終わると、毛は中国の聖典からそのまま持ってきた、番号をつけた箇条書きというスタイルに突如として頼るようになった。そしてこれもまた中国の古い伝統である、哲学者と賢者と皇帝および彼らの言葉に対する崇敬の念を復活させ、しかもそれを途轍もなく不条理なものにしてしまったのだ。

一九六四年、アメリカのSF作家フィリップ・K・ディックが『パーマー・エルドリッチの三つの聖痕』という小説を発表した。火星に新たな人間社会を築くべく移住させられた人々は、やがてこの星の過酷な環境と単調でつらい仕事の日々から逃避して仮想現実の世界に耽るようになっていった。〈キャンD〉というドラッグを服用して人形のお遊びセットのようなものを眺めていると、地球の懐かしい思い出に浸ることができるのだ。ここで描かれる幻覚は、フルシチョフがソ連の成長目標としていた一九五〇年代のアメリカの大量消費社会の、まさしくバービーとケンのカップルによる理想的な暮らしぶりだ。しかし問題がひとつだけあった。火星移民のカップルたちは、仮想現実のなかでどんなシナリオで遊ぶかを巡って言い争いになり、幻覚体験を台無しにしてしまうのだ。おまけにこのトリップ体験は非常に短い。あるとき、パーマー・エルドリッチという実業家が、〈チューZ〉という新たな幻覚剤を手に、十年にわたる宇宙探検から帰還する。このエルドリッチのドラッグを使えば、お人形セットを使わなくても自分の思い通りの仮想現実をつくり出すことができる。火星移民たちはたちまちのうちに〈キャンD〉を捨てて〈チューZ〉に走る。

ロボット義眼とステンレスの義歯機械仕掛けの義手という三つの聖痕《スティグマ》を持つエルドリッチは、過酷な暮らしを強いられている火星移民たちの救世主ではなく悪魔だった。〈チューZ〉が見せる幻覚の世界には、必ず彼が姿を見せるのだ。エルドリッチは〈チューZ〉がつくり出す幻覚をコントロールし、そのなかに火星移民たちを捕らえてしまう。主人公のバーニイ・メイヤスンはこう言う。「どっちもおなじこと、すべてが彼という創造者なんだ。それがパーマーの正体だ。こうした無数の世界のもちぬし。ほかのわれわれはたんにそこに住んでいるだけ。そして、やつはそうしたいと思えば自分もそこに住むことができる。風景をけとばし、自分の姿を現わし、あらゆるものを好きな方向へ押しやることができる」(h)

『パーマー・エルドリッチの三つの聖痕』はドラッグ常習者が見た幻覚を参考にして書かれたということになっているが、ここに描かれている火星移民たちの現実は、『毛主席語録』が出版された直後の中国で実際に起こったことに比べればまだましだ。宇宙のどこかで見つけてきたドラッグの力を借りなくても、毛はパーマー・エルドリッチも顔負けというほど現実世界をほしいままにした。

毛のスティグマ——後退した額、頭の背後に差す後光、ふっくらとした頬、福々しい笑み——は中国全土の至るところに顕現した。毛は中国の風景の一部となり、何百万もの壁に貼られたポスターから大衆にほほ笑みかけ、その金色の立ち姿が街の広場や大学のキャンパス、そして街角に見られた。毛はボタンにも姿を変え、何十億もの彼の顔が中国人民の心臓から肉と骨と生地を隔てて数センチほどのところに鎮座した。光を放つボタンもあった。赤いハート形のバッジにも、服の刺しゅうにも、ビリヤードの球にもその御姿を見せた。熱心な信者たちは、大きめの毛のペンダントを首にさげたポートレートを撮り、大判の額縁に入れて飾った。田舎の家の祭壇は、古い神が毛と入れ換えられた。

中国全土で増殖していったのは毛の姿だけではなかった。その言葉も拡散していった。山肌に彫り込まれることもあれば、米粒に書かれることもあった。ポスターにもなり、記念碑にもなった。毛を称えるために建てられた塔や堂の壁にも記された。毛の聖戦の攻撃対象は眼だけではなかった。彼は人々の体内に侵入し、その舌を支配した。中国全体が奇妙で理解しがたい革命の言葉の虜になると、中国人民は自分のものではなく毛の言葉を口にするようになった。毛は何百万もの人民の口を借りて同じことを何度も何度も繰り返し語り、その言葉は中国という広大で息苦しい閉ざされた空間のなかで反響した。そうやって毛は、自分の言葉でどんなものまで壊すことができるのかを試していた。毛は邪悪な腹話術師となり、大衆を操って口をカタカタといわせ、自分の言葉をオウムのように繰り返させた。学校では、生徒たちが毛主席の言葉をまるで卓球のように交互に打ち合う遊びに興じた。商店では、客と店員たちが商売そっちのけで声をそろえて毛の言葉の歌を歌い、主席に敬礼した。そしてようやく商売に取りかかると、今度はその場に適した毛の言葉を交わす。さまざまなシチュエーションにふさわしい毛主席の言葉を、相手の社会階級に応じて示してくれるハウツー本すらあった。

毛の言葉の支配は中国人民の身体にすら及んだ。革命の物語を体で表現する〈毛沢東体操〉が奨励されたのだ。最初の論文が『体育の研究』だということが示すとおり、毛は若い頃から身体鍛錬の重要性を強調していた。〈毛沢東体操〉は傍から見ればさまざまなポーズでストレッチをしているように見えるが、毛の有名な言葉を示しており、最後は主席の本をもっと読むという決意を示すポーズで締めくくられる。

毛沢東への忠誠と、毛主席を無限に熱愛することを表現するダンスも広まった。こちらのほうは〈毛沢東体操〉のように革命を物語るという一貫したテーマの色合いは薄く、ある振り付けなどは体をくねらせて〈忠〉という漢字を表現した。このように、毛沢東思想はマルクス主義からかけ離れたものになったばかりではなく、毛沢東思想そのものからも乖離していった。もはや毛沢東思想は、宗教めいた儀式と教条主義、そして毛に対する忠誠の実演ばかりになってしまった。中国人民を救う道はそれしかないとされた。もちろん、信者もいれば異端もいた。後者は情け容赦ない異端審問にかけられた。毛の言葉に対する故意ではない逸脱行為、たとえば紙不足のさなかにあやまって毛の言葉が書かれた紙を便所紙にしてしまったり、毛の言葉をまちがったイントネーションで口にしてしまったら、投獄されることもあれば処刑されることすらあった。

毛の言葉の魔力の顕現はこれだけにとどまらない。しかるべき状況でしかるべきタイミングでしかるべき毛の言葉を口にすれば奇蹟が起こった、という事例が新聞紙面を飾るようになったのだ。そうした奇蹟はこんな単純な流れで起こることが多かった——まず問題が生じ、誰もがお手上げだと言う。そこで熱心な信者が『毛主席語録』をあたって偉大な力を召喚する言葉を見つける。イエス・キリストも奇蹟を起こしたが、ある一点において毛はイエスに勝っている。神の子であるイエスは大抵の場合はその場にいて、死者を蘇らせたり盲人の眼が見えるようにしたりするのだが、毛は遠く離れた場所から、しかも問題が生じていることを知らないのに奇蹟を起こすのだ。そして実際に奇蹟を起こすのは毛本人ではなく、彼の言葉を読んだ信心に篤い者だ。

そうした奇蹟も最初のうちは些細なものだった。文化大革命がまだ完全に凶暴化する以前の一九六六年十月、〈新華社通信〉がこんな深遠な問いかけから始まる記事を配信した——

卓球の中国代表チームの飛躍的な成長と国際試合における輝かしい勝利の数々の背後にある秘密とは何だろう? その答えは、毛沢東主席の偉大な言葉にあるとチームのメンバーは言う。

この記事によれば、卓球チームの技術に多大な影響を与えたのは『実践論』と『矛盾論』だという。この記事の七年前、代表チームはこのふたつの論文に記されている〝哲学〟のなかに極めて重要な戦略的洞察（それがどういうものなのかはつまびらかにされていないが）を見いだした。が、それは始まりにしか過ぎなかった。以来、代表チームは数多くの毛の著書に深く慣れ親しむようになった。その経験は非常に有意義なもので、近年の日本とカンボジアとシリアでの遠征試合では、ほんの少しでも空いた時間があれば、必ず毛主席の言葉の勉強にあてた。彼らにとって偉大な指導者の言葉に触れることはトレーニングではなく、食欲や睡眠欲などと同じ一次的欲求だった。

中国の選手たちは口々にこう述べている。「毛沢東思想という武器があれば、我々は堅固なこと極まりない団結と清きこと極まりない視野と強きこと極まりない勇気と高きこと極まりない志気を得ることができるだろう。我々は階級闘争において怪物も悪魔も恐れない。もちろん手ごわい対戦相手も恐れない」

しかし一九六八年になると、毛の言葉は卓球の中国代表チームをいくらか勝たせるどころではない力を発揮する。ガンを治したのだ――この年の八月、〈北京週報〉誌に、巨大な腫瘍に苦しむ女性患者の記事が載った。その患者を担当していた医師たちは、ブルジョア階級の帝国主義者たちによる西側の科学に全員毒されていて、彼女が助かる見込みはないと考えていた。やがて彼女は、毛の著書を数多く読んでいる医師たちと出会い、生きる望みを得た。新しい医師たちは自分たちのエゴを捨て去ったばかりか、今後の治療方針を決める際に不可欠な医学の専門知識も脇に置いてしまった。その代わりに『毛主席語録』に示されている毛主席の意思に身を任せた。最初の診察では、医師たちはこんな深遠な思想に頼った。「きみはその問題を解決できないのか。それならその問題の現状と歴史を調査したまえ」(g)

毛主席が言わんとすることをきちんと把握した〝調査チーム〟は、次に患者の治療履歴を調べた。これまで誰もそんなことをしたことがなかったと見える。毛の言葉を読んだだけでいきなりガンが治るはずもない。ガンの治療にはまだ劇的な戦いが待ち構えているのだから。しかし案ずることはない。問題解決の妨げとなるものは、毛主席に対する忠誠心と、元々の意味はまったくわからないが重要なヒントを与えてくれる言葉を見つけることで必ず排除できるのだから。この女性患者のガンの切除には、毛の言葉がとくに役立った。医師たちは『毛主席語録』の軍事関連の章を開き、こんな一節を発見した。「さきに分散し孤立した敵を攻撃し、それから集中した強大な敵を攻撃する」(g)。続いてこんな言葉も見つけた。「敵を四方から包囲し、極力、一兵も逃がさぬ完全殲滅をはかる」(g)

このふたつの言葉に大きな霊感を得た医師たちは、患者の巨大な腫瘍を切除した。術後、彼女は自分の命を救ってくれた医師たちにではなく偉大な指導者に感謝し、こう叫んだ。「毛主席万歳！　毛主席がわたしの命を救ってくれた！」手術を受けてから八日後、彼女はベッドから起きて歩くことができるまでに回復した。

毛の言葉は悪天候にもその力を発揮した。一九六九年二月二十三日、北京放送のラジオは、ひどい嵐で漁船が遭難し、乗組員たちは海の藻屑《もくず》になろうとしていたとき、船長はこの毛沢東の言葉から力を得たと報じた。

中国共産党は先進的なプロレタリア階級で構成されるべきである。階級の敵との闘争においてプロレタリアートと革命的な大衆を導くことができる屈強な前衛組織でなければならない。

船長と漁師たちは、自分たちが見舞われている嵐を〝階級の敵〟に置き換えて文章を読み直し、毛のいくつかの詩からも力を得て、無事に生還した。

毛の言葉が起こした奇蹟の記事は増殖していった。氷のクレバスに落ちてしまった二人の少女が、毛の言葉のおかげで凍傷を免れた話。八人の同志たちが喉の渇きにあえぎ、毛の言葉を唱えたら〝たった二、三口の水で渇きがいやされた〟話。毛の言葉で妻を失った悲しみを乗り越えた夫の話、またはその反対――

まだまだ挙げることはできるが、このあたりでやめておこう。結局のところ、古い考え方と価値観は中国に根強く残っているという毛の見立てはまったくまちがっていなかった。ただ、彼が思っていたものではなかったが。毛沢東思想は最初は複雑な疑似言語学から始まり、やがて信仰へと発展していった。そのお粗末極まる宗教の中核にあったのは、何千万もの人間の血にまみれた手で書かれた、小さな赤い本だった。

引用文献

（a）フルシチョフ『フルシチョフ秘密報告「スターリン批判」』志水速雄訳　一九七七年　講談社学術文庫
（b）毛沢東『湖南省農民運動の視察報告』（毛沢東選集　第一巻）中国共産党中央委員会毛沢東選集出版委員会編　一九六八年　外文出版社刊
（c）毛沢東『小さな火花も広野を焼きつくす』（毛沢東選集　第一巻）中国共産党中央委員会毛沢東選集出版委員会編　一九六八年　外文出版社刊
（d）毛沢東『書物主義に反対する』（毛沢東著作選）一九七〇年　外交出版社刊
（e）毛沢東『実践論』（毛沢東選集　第一巻）中国共産党中央委員会毛沢東選集出版委員会編　一九六八年　外文出版社刊
（f）毛沢東『矛盾論』（毛沢東選集　第一巻）中国共産党中央委員会毛沢東選集出版委員会編　一九六八年　外文出版社刊
（g）毛沢東『毛沢東語録』竹内実訳　一九九五年　平凡社刊
（h）フィリップ・K・ディック『パーマー・エルドリッチの三つの聖痕』浅倉久志訳　一九七八年　早川書房刊

※毛沢東の漢詩については
〈毛澤東詩詞〉http://www5a.biglobe.ne.jp/~shici/sub5.htm　から引用させていただいた。

◆**著者　ダニエル・カルダー　Daniel Kalder**
1974年スコットランドのファイフ生まれ。作家、ジャーナリスト。1997年にモスクワに移住。働きながら旧ソビエト連邦諸国を旅し、10年間を過ごす。エスクワイア誌、ガーディアン紙、タイムズ紙などに寄稿するほか、ＢＢＣラジオ向けにドキュメンタリー番組を制作する。テキサス州オースティン在住。

◆**訳者　黒木章人（くろき・ふみひと）**
翻訳家。立命館大学産業社会学部卒。訳書に『フェルメールと天才科学者』『悪態の科学』『人類史上最強ナノ兵器』（原書房）、『ビジネスブロックチェーン　ビットコイン、FinTechを生みだす技術革命』（日経ＢＰ）、『誰もがイライラしたくないのに、なぜイライラしてしまうのか？』（総合法令出版）、『スーパー・コンプリケーション』(太田出版、共訳)など。

独裁者《どくさいしゃ》はこんな本《ほん》を書《か》いていた
上

2019年10月29日　第1刷

著者……………………ダニエル・カルダー
訳者……………………黒木章人《くろきふみひと》
ブックデザイン………永井亜矢子（陽々舎）
カバー写真……©Karl Bulla/SPUTNIK/amanaimages
発行者…………………成瀬雅人
発行所…………………株式会社原書房
〒160-0022 東京都新宿区新宿1-25-13
電話・代表　03(3354)0685
http://www.harashobo.co.jp/
振替・00150-6-151594
印刷・製本……………図書印刷株式会社

ISBN 978-4-562-05703-0 Printed in Japan